U0115967

中華文化思想叢書

漢字闡釋與文化傳統

黃德寬、常森　著

目次

序

　　去年秋，中國訓詁學研究會在合肥舉行年會。會下，研究會的理事、正在攻讀博士學位的黃德寬先生告訴我，他正和常森合寫一本論述《說文》、重新思考對漢字進行闡釋的書，就快完稿了，希望我能寫一篇序。我想，我們早已是忘年之交，這個任務是推脫不得的；但是說老實話，我心裏也在打鼓：近年來關於《說文》的新作已經不少，雖然大多傾注了作者的不少心血，在一些具體問題上時見新解，但在觀察的視角和整體思路上難得看到有突破性的嘗試，黃、常二位的這部新作能不能真的「新」呢？

　　元旦剛過，科技大學出版社就把書的三校樣寄來了，書名曰《漢字闡釋與文化傳統》。夜闌人靜，燈下披覽，——只有這個時候我才能專心地讀點兒什麼——我想，用三個「夜車」總可以把它「開」完了吧。不料，甫一開卷，就不能釋手了：新穎的思路，嚴密的論述，清新的語言，處處洋溢著的才氣和勇氣，像磁石一樣吸住了我。冬夜料峭，竟然不覺，讀畢「結語」，不禁掩卷而歎，方知東方之將白。我為兩位作者而驚喜，更為文字學、《說文》學有了真正新的收穫而慶幸。不意我先於世人享此佳作！

　　我的按捺不住的喜悅是有道理的。

　　大約十年前，我深感訓詁學、文字學到了必須向文化學領域伸展的時候了。傳統「小學」原本對文化現象是十分關心的，但是當它向前邁出關鍵性的一步，比較徹底地離開了經學附庸的地位之後，也就遠離了文化。如果說這是學術從綜合走向分析所必須付出的代價，那

麼二十世紀八〇年代出現種種就訓詁談訓詁，對文化還未及注意的論
著，就是振興這門即將斷絕的學科的必經階段了。但是，傳統「小
學」產生和發展的土壤原本就是文化，或者說「小學」就是為文化的
闡釋而生的，而那個時期文化的最集中的記錄則是經書。爾後的「小
學」與文化的分離實際上是違背了其本有的規律。事實上，「小學」
自身也因此而受害了，訓詁學的框架和理論基本上還停留在半個多世
紀前的格局中，文字學除了考釋，和歷史學的關係也是若即若離，沒
有大的變化。「小學」觀照文化學，從文化學和廣泛的文化現象中吸
取營養，同時文化學得到「小學」這一利器的幫助可以挖掘得更深，
更接近真實，這種雙向的介入和靠攏，或者稱之為交叉、滲透，是歷
史的必然。當然，在同一時間想到這一問題的，絕不只我一人，在此
前後不斷出現的關於文化與語言關係的著作，就說明學術界對這一問
題思考的程度。

　　鑒於我國語言學研究進展緩慢，我曾認為「大約從乾嘉時代起，
語言學家們幾乎忘記了哲學，重實證而輕思辨，重感性而輕理性，不
善於把實際已普遍使用的科學方法上陞到理論的高度，用認識論去闡
釋和論證這些方法」，「直到今天，語言學界，特別是訓詁學界，偏重
考據忽視理論的傾向猶在，懂得哲學，能夠溝通哲學與語言學的人很
少。這恐怕是我們的語言學難以產生新思想新方法的一個重要內因」
（1988）。「實證的語言科學，研究到一定階段，就會有，也應該有哲
學的思辨，並以思辨的結果指導……方法的改進。」「由於文化背景、
學術傳統的特性，我國的古代的語言學和其它學科一樣，一向有重實
用、重情景的人文性特點。這樣的學術風格和道路，一方面大大促進
了文獻學的發展，使文化的傳承牢固而明晰，另一方面也造成忽視理
性思維、缺乏宏觀分析的不足。」「與此同時，在哲學家們那裏，由
於對語言關心和觀察得不夠，恐怕也妨礙了哲學的深入。」（1995）

在黃德寬、常森的這本書裏，既可以隨處看到傳統「小學」的光輝——作者深諳個中精意，並言簡意賅地使之呈現在讀者面前，同時，又再現了原本就存在的許慎與其文化背景之間的辯證關係，深入地開掘了這位偉大的漢字闡釋家成功與不足的深層原因，從這裏不難感到西方文化學、文化哲學的睿智，作者理性思考的昇華。但是作者所寫的又的的確確是「中國的」，是實實在在的漢字闡釋學——實證和思辨在這裏得到了有機結合。我多年來期望出現的研究風氣，一朝而得之於此，能不擊節歎賞？這種感受，我早就想寫出來，寫給作者，也寫給讀者。但是兩三個月來我需要全力去對付當代倉頡和許慎給社會和教育所造成的麻煩，竟拖到今天才動筆，這是我要向作者和出版社道歉的。

本書在《說文》學、廣義文字學的許多根本問題上都提出了新穎的見解。我覺得最值得注意的是以下幾點：

漢字的闡釋者實際上不可能不介入漢字的形音義關係，而這種介入又與闡釋者身上中國文化的影響關係至為密切，因而對漢字闡釋這一主體行為的研究，應該是科學漢字學和中國文字學史的重要理論命題。漢字和文化傳統的關係不是一成不變的，而是隨著時日的推移發生著深刻的轉變（引申轉變、假借轉變、強制轉變）；淡化漢字作為語言符號的功能，超越或部分地超越漢字跟語言的聯繫，從而相對獨立地觀照它時，才能比較完整地把握其自身所蘊涵的文化信息；漢字闡釋應以據形考義為核心，以追索漢字與文化的歷史聯結為目的，以形音義之間的互證互求為中介，闡釋過程的基本模式是：文化抉擇－具體化－體悟－證說；許慎的闡釋實踐最典型地體現了漢字闡釋的特色，他的闡釋實踐（包括錯誤）有著重要的理論意義，他對漢字的許多重要思想奠定了傳統漢字學的理論基礎，同時也是這一理論的終

結；許慎的矛盾（實際上也是漢字的傳統闡釋的矛盾）在於，他既注重從與漢字相關的經驗背景中考析漢字，又執著於漢字構形所體現的原初意義，而形義關係又是朦朧的、不完全確定的；早期漢字的具體性、形象性，源於古人特有的文化心理特徵……這些觀點無論其正確程度和論述深度如何，我認為都是足以引發人的思考的，因而都是可貴的。第十一章「歷史性：漢字闡釋的原則」無異於為漢字闡釋的歷史性原則開了一個很實在而又難以回答的問題單子。如果覺得「提出問題比解決問題更偉大」的說法有點過分的話，那麼起碼我們應該理解作者殫精竭慮的甘苦，感謝他們為人們進一步研究提供了一個新的起點。

本書之所以獲得這樣的成就，不是偶然的，是作者的學術基礎和治學精神所決定的。

兩位作者「出身」於傳統「小學」，在文字學領域尤曾下過「死功夫」；同時他們又對學術的發展趨勢甚為關注和敏感，這就為他們超越微觀、觀察宏觀做了必要的準備。書中的實證與思辨統一，即出於此。這一點，說起來容易，做起來實在難得很。大概正是因為難吧，所以現在不乏企圖省力者.試看坊間一些冠以「文化學」名目的新說新著，可能比此書厚得多，但是比較一下二者真正的分量孰重孰輕，就可以知道此書的兩作者當年所下的「死功夫」之可貴。這恐怕對所有進行中國傳統文化研究的人都有啟示的意義，並不限於文字闡釋的領域。

關於他們的治學精神，雖然過去我就有所了解，但在實際寫這篇序的時候，應該把這種「先入為主」的因素排除掉，只就書論書。這裏我只以一事為例。作者對待前人之說，該肯定的肯定，該懷疑的懷疑，不過譽，不輕毀，即使自己並不同意，也不輕易否定，誠所謂闕疑載疑，不立不破。大至對整部《說文》，小至對一個字的闡釋，此

道一以貫之。例如作者說：《說文》最典型地體現了漢字闡釋的特色，許慎有關漢字的許多重要思想，在爾後兩千年的文字學研究史中，還沒有什麼人真正地超越他；也正是由於這個緣故，所以《說文》幾乎從一開始就成了傳統文字學理論的終結。又如作者認為，《說文》的有些說解，雖然業經古文字證明是錯誤的，但是錯也自有其錯的道理，是許慎所承接的文化傳統的產物，有其必然，其中也有一定的理論內涵。這與那種以今傲古、藐視《說文》的態度相去何遙。又如對段玉裁在「禿」字下的注釋，作者認為是多想像之詞，但是同時也承認他所提供的經驗背景卻比王育所說的具有更明顯的一般性，暗含了接近事實真相的巨大可能。……這些都表現出作者是在努力從歷史的沉積物中精心提煉出一切於今於後有益的東西，而不隨便扔掉，這是負責任的文化傳承者才有的胸懷，同時也只有把目光擴大到文化背景並深入把握貫穿於歷史進程中的哲理才能做到。

此書當然並非盡善盡美。例如，漢字所固有的構形理據既難於確知，如何才能使闡釋者的感悟不致誤導其闡釋行為？作者正確地指出了這一矛盾，但是並沒有提出實在的解決方法，雖然已經概括了漢字闡釋過程的基本模式。又如，有些章節和段落給我以言猶未盡的感覺，是作者尚未思考成熟，還是還未及發現其間更深層的問題？當然，我們不應該要求問題的提出者同時拿出答案，我之所以點出這一點，是寄厚望於作者下一階段的研究，祝他們在這方面再有可觀的收穫。

對書中所提到的一些具體問題，也有我不敢苟同之處。例如對《說文解字敘》中「經藝之本，王政之始」和「甘」字說解中的「一，道也」的理解；「美」字釋為「從大從羊」和「鴟」屬被賦予不祥義的文化背景；「甲」「乙」二字的說解是否矛盾；以及把訓詁學定義為古代詞義學，等等。但是，這都屬於見仁見智的範圍，並非本

書的瑕疵。我想，如果作者能對所據的例證做多角度的思考，或者可以收穫得更多。

許嘉璐

一九九五年四月十五日　於日讀一卷書屋

再版前言¹

　　晚清以來，西學東漸，中國傳統學術受到了嚴峻的挑戰，面臨著存亡危機。隨著西方學術影響的日漸擴大，中國現代語言學研究基本上實現了脫胎換骨的重建，自覺或不自覺地拋棄了中國語文學的研究傳統。在這個歷程中，儘管也有許多學者思考並嘗試建立符合漢語言文字實際的語言學研究方法和學科體系，但是，中國語言學研究實際上卻始終無法走出對西方語言學研究的模仿和照搬。²

　　以《說文解字》（以下簡稱《說文》）為代表的傳統中國文字學也不例外，隨著現代語言學的傳入，一些文字學者試圖擺脫《說文》影響而創立新說，有的人甚至奉西學為神明，無知地否定和批判《說文》和傳統文字學。

　　隨著中國學術的發展和進步，近來一些學者深入反思和重新估價中國語言學研究的傳統和現狀，呼籲「以我國語言學的優良傳統為根源，取西方以及其它地區的語言學精華而融通之，堅定地走自主創新之路，為建設創新型的中國語言學而奮鬥！」³就文字學研究而言，

1　本前言曾以〈回歸傳統與學術創新——「漢字闡釋學」論略〉為題，刊登於《古漢語研究》2011年第2期。這裏略加修改作為本書再版前言，或許有助於讀者進一步了解著者對相關問題的新的思考。

2　參閱王力：《中國語言學史》，第四章「西學東漸時期」（太原市：山西人民出版社，1981年）。

3　魯國堯：《語言學文集：考證、義理、辭章》（上海市：上海人民出版社，2008年），頁62。該書所收《「徐通鏘難題」之「徐解」和「魯解」》《「振大漢之天聲」》《學思錄：說「文史語言學」》諸文皆可參看。

重新估價傳統甚至可以說就是重新認識《說文》，就是再次發現《說文》的潛在價值，並啟發我們尋求建構適合漢字實際的研究方法和理論。

我們認為，作為漢字研究的經典性著作，《說文》博大精深，蘊涵豐富，對中國傳統文字學的影響至深且遠。[4]但是，許慎的一些重要的文字學思想及其價值至今尚沒有被後人充分認識到，有待當代學者進一步去發掘和弘揚。我們提出漢字闡釋問題，就是試圖回歸傳統文字學，從傳統中汲取學術創新的營養，探索建立適合中國語言學研究的獨特理論和方法。

在漢字教學與研究過程中，漢字的闡釋問題實際上是漢字研究的核心問題。無論是教學還是研究，對漢字的認知和解釋，既是起點也是終點。認知漢字的形音義並做出合理的解釋，是學習者、教學者和研究者首先要面對的問題，也是最終要解決的問題。

漢字作為記錄語言的符號系統，學習者在漢字習得過程中，逐步認知漢字的各種屬性（形、音、義），從而達到了解漢字知識並學會書寫和應用漢字。這是一般意義上的漢字認知過程，也就是漢字習得的過程。對普通的語言文字學習者來說，學會運用也就達到了目的。

教學者為實現教學目標，必須盡可能地對漢字的各種屬性給出合理的解釋，這種解釋是建立在研究者對漢字闡釋的基礎之上的。這就涉及漢字研究中的闡釋問題。

漢字的闡釋實際包含兩個不同層次：一是為一般漢字習得者更好學習漢字，對漢字屬性做出必要的解釋，比如漢字教學過程中的字形分析、字音描寫和字義解說。二是對漢字屬性形成的原由予以揭示並

---

4 參閱黃德寬、陳秉新：《漢語文字學史（增訂本）》，一至三編有關章節（合肥市：安徽教育出版社，2008年）。

做出解釋和說明，其目的是要闡明漢字構形的「所以然」，比如漢字形體來源、音義關係的分析等，這種分析往往涉及漢字構形的功能及其文化蘊涵。

漢字闡釋牽涉的問題相當複雜，面對數量巨大、內容龐雜的漢字體系，闡釋者如何分析解釋，影響漢字闡釋的要素有哪些，應遵循什麼樣的原則和方法，如何有效建立漢字與其產生發展的歷史文化背景的聯繫，歷代漢字闡釋的成果如何甄別，能否建立科學的漢字闡釋模式，諸如此類，都需要進行深入的專門探討。

《說文》可以說是漢字闡釋的百科全書式著作，書中不僅對所收全部漢字的形音義及其構造意蘊進行了力所能及的闡釋，而且許慎闡釋漢字的理論、方法和經驗，決定了長期以來中國文字學研究漢字的基本方式和方向，確立了漢字闡釋的基本模式和傳統，同時也為建立現代漢字闡釋學提供了寶貴的借鑒。下面我們看一個例子，《說文》卷一「王」字：

> 王，天下所歸往也。董仲舒曰：古之造文者，三畫而連其中謂之王。三者，天、地、人也；而參通之者，王也。孔子曰：一貫三為王。

對「王」的解釋體現了許慎說文解字的基本方法和目標追求，也包含了他的漢字闡釋思想。「天下所歸往」說的是「王」的讀音來源，即「王」的讀音源自「天下所歸往」的「往」；「三畫而連其中謂之王。三者，天、地、人也；而參通之者，王也。孔子曰：一貫三為王。」這段文字是要闡釋「王」字為何寫成「三橫畫一豎畫」，說的是「王」的構形意蘊，即字形構造的理據。比較一下現在通行的權威工具書，我們就會發現，這些工具書只是注明「王」字的讀音和字

義，一般不再說明其讀音的來源和構形的理據，也就是說現在基本上放棄了《說文》的釋字傳統。即便如此，漢字教學和研究過程中，卻無法迴避這個問題。因此，關於「王」的解釋，一直是學者所關注的問題，後來也提出了不少新說，如王字從火（旺）說、象王冠說、象人端拱而坐說、象牡器之形說，現在大家比較贊成吳其昌、林澐「象斧鉞形」的說法。[5]

上舉新說，雖然多不同意許慎對「王」的闡釋甚至超越了許慎，但是在方法上，則依然繼承了《說文》開創的漢字闡釋傳統，那就是從特定的文化背景和文化傳統出發，通過分析漢字構形及其蘊涵的文化要素，來揭示漢字構造和發展與中國文化的深層關係，從而闡釋漢字構形的理據、特點和規律。這種漢字闡釋的方法，已突破漢字作為記錄語言符號系統的層次，將漢字闡釋從語言層面上陞到與歷史文化的研究相結合的層面，我們曾將具有這類特徵的漢字闡釋稱作「漢字的文化闡釋」。[6]提出「漢字的文化闡釋」，是試圖繼承和發揚《說文》漢字闡釋的傳統，發掘《說文》所具有的當代學術意義和重要價值。我們認為，對「漢字的文化闡釋」進一步理論化和系統化，可以嘗試建立漢字研究的專門之學——「漢字闡釋學」。現代意義的漢字闡釋學，應該是一門跨越語言文字學、歷史學、考古學、民俗學和思想文化史等不同學科的交叉邊緣學科。

從漢字的文化闡釋到漢字闡釋學的提出，並不是我們要標新立異，而是文字學研究的必然要求；將許慎及其《說文》與建立漢字闡釋學聯繫起來，也不是我們要抱殘守缺、盲目推崇古人，而是《說

---

5 參閱于省吾主編：《甲骨文詁林》（北京市：中華書局，1996年），頁3270-3278。

6 黃德寬：〈關於漢字的文化闡釋〉，《語言文字與教學國際學術研討會論文》（臺中市：東海大學中文系，2008年）。

文》及其奠定的文字學傳統確實蘊涵著重大理論價值和文字學研究創新的元素。

近年來，漢字的研究、教學呈現出一片繁榮景象，孔子學院在世界各國的建立更是促進了漢語漢字在海外的廣泛傳播。如果我們全面考察漢字教學和研究的實際情況，尤其是關於漢字文化或漢字與中國文化關係的各種觀點，對漢字與傳統文化的誤讀誤解可謂比比皆是，這在一定程度上造成了漢字闡釋的混亂，給學習者、教學者帶來不少困惑，也使人們對漢語文字學的科學性有所質疑。這種狀況的出現，表明現代文字學理論和成果還不能適應當前漢字教學和研究的需要，建構真正能夠科學解釋漢字與中國文化關係的新的理論學說，對當前的漢字研究和教學都具有現實的必要性。因此，我們認為，借鑒許慎的漢字闡釋成果，發掘《說文》和傳統文字學蘊藏的文字學理論遺產，在此基礎上建立科學的漢字闡釋學，是漢字研究適應時代要求的新拓展。

《說文》作為傳統文字學的經典著作，對建立漢字闡釋學提供的借鑒，至少有以下幾個方面：

其一，《說文》對漢字功能和屬性的認識，奠定了建立漢字闡釋學的認識論基礎。許慎說：「蓋文字者，經藝之本，王政之始，前人所以垂後，後人所以識古，故曰：本立而道生，知天下之至賾而不可亂也。」[7]這種認識，一方面與現代語言學對文字功用的認識完全一致，即文字符號系統通過記錄語言，從而突破有聲語言的時空局限，「傳於異地，流於異時」，實現「垂後」「識古」的功效；另一方面，特別值得注意的是許慎將文字提高到「經藝之本，王政之始」的高度，認為文字是「經藝」和「王政」的本始，具有根本性、決定性的

7　（漢）許慎：《說文敘》。

作用，這就為他闡釋文字的文化內涵奠定了認識論基礎。從這種認識
出發，他對《說文》這部書的作用也就有了明確的定位，那就是「將
以理群類，解謬誤，曉學者，達神恉……萬物咸睹，靡不兼載」[8]。
他的觀點和研究實踐，尤其符合漢字這種自源性文字體系，是對漢字
與中國文化關係的自覺體認。只有準確認識漢字與它賴以產生、發展
的文化背景的深層聯繫，揭明漢字與傳統文化的依存關係，才能發展
出真正適應這種文化背景下產生的文字體系的闡釋理論和方法。從這
個意義上說，將許慎看作漢字闡釋理論的奠基者是毫不為過的。

其二，《說文》確立了漢字闡釋學必須堅持的歷史性原則。確立
漢字的歷史發展觀是正確考察漢字並實現對漢字科學闡釋的基本原
則，這在今天是一個常識問題。[9]因為漢字經歷了產生、發展、變革
等各個發展階段，這是一個漫長的歷史進程。在不同的歷史階段發生
的漢字現象，其蘊涵的文化信息是有差別的，對其正確闡釋必須是建
立在對這種歷史發展的正確認識之上的。但是，許慎所處的時代，對
漢字的歷史發展認識並不清晰，比如對待重新發現的古文，「世人大
共非訾，以為好奇者也，故詭更正文，鄉壁虛造不可知之書，變亂常
行，以耀於世」。許慎批評「諸生競說字解經誼，稱秦之隸書，為倉
頡時書，云父子相傳，何得改易？乃猥曰：馬頭人為長，人持十為
斗，蟲者屈中也。」[10]從《說文敘》這些記錄可以看出，當時對漢字
的歷史發展面貌世人多不知曉，甚至對「古文」這種字形的存在都表
示懷疑，基本上沒有建立起漢字的歷史發展觀。許慎《說文敘》則清
晰地描述了文字的生成和發展，他認為：文字起始於庖犧氏「始作八
卦」、神農氏「結繩為治」，黃帝之史倉頡「初造書契」；「倉頡之初作

8　同上。

9　黃德寬、常森：〈歷史性：漢字闡釋的原則〉，《人文雜誌》1996年第2期。

10　〔漢〕許慎：《說文敘》。

書，蓋依類象形」、「其後形聲相益」、「以迄五帝三王之世，改易殊體」；到周宣王有太史籀大篆，春秋之後「諸侯力政」、「言語異聲，文字異形」；秦始皇於是書同文字，頒行小篆；「是時，秦燒滅經書，滌除舊典，大發隸卒，興役戍，官獄職務繁，初有隸書，以趣約易，而古文由此絕矣」。這個描述，是當時對漢字發生、發展史認識最完整的記錄，就今天的認識而言，也基本符合漢字產生和發展的實際情況，這證明當時許慎已經確立了漢字歷史發展的正確觀點。正是這種觀點的確立，才保證了他的漢字闡釋研究能堅持歷史性原則，經得起時代的考驗。

其三，《說文》發展了漢字闡釋的理論和方法，使對漢字的系統闡釋成為可能。許慎撰寫《說文》一書，對漢字系統的構造進行了深入研究，揭示了作為符號的漢字體系的內在系統性，發明了漢字五百四十部首，將全部漢字「方以類聚，物以群分，同牽條屬，共理相貫，雜而不越，據形繫聯」[11]。《說文》構建的漢字系統揭示了漢字形音義的內在聯繫性，使數以萬計的漢字變得有規律可循。在漢字的構造方面，許慎認為漢字的構形是由「依類象形」再到「形聲相益」而「孳乳浸多」的，他發展和豐富了「六書」理論，這為「說文解字」提供了基本理論和方法，並一直影響著中國文字學對漢字結構的分析。以今天的眼光來看，可以說漢字符號系統性的揭明和構形方式的總結，為漢字闡釋確立了可靠的理論基礎。

其四，《說文》的漢字闡釋實踐，為漢字闡釋學的建立提供了豐富的素材。據《說文敘》記錄，《說文》共收列九千三百五十三字，重文一千一百六十三，解說性文字達十三萬三千四百四十一字。這是對當時所使用漢字和流傳的籀文、古文、或體、奇字的全面整理，是

---

11 同上。

一部皇皇巨著。《說文》對所收文字的闡釋，體現了他的漢字闡釋思想，內容極為豐富。其子許沖《上《說文》表》，稱《說文》「六藝群書之詁，皆訓其意；而天地鬼神，山川艸木，鳥獸蚰蟲，雜物奇怪，王制禮儀，世間人事，莫不畢載」。《說文》不僅收錄宏富，關鍵是許慎「引而伸之，以究萬原」，闡釋了每個字的形音義，進行了一次漢字闡釋的偉大實踐。今天看來，無論他的闡釋正確與否，對漢字闡釋學的建立都具有重要的理論意義和樣本價值。許慎闡釋漢字所體現的認知過程、闡釋模式、遵循原則和基本方法及其對漢字與文化背景關係的梳理，影響和啟迪了歷代學者的漢字闡釋行為，這些學者中有許多成就卓著，如南唐徐鍇，清代段玉裁、王筠、桂馥、朱駿聲等。歷代的漢字闡釋產生了大量有價值的成果，為建立漢字闡釋學做了較為充分的資料積纍和理論準備，而這一切又都是建立在《說文》基礎之上的。

　　基於以上幾點，我們認為從發掘《說文》蘊涵的漢字闡釋成果入手，弘揚許慎漢字闡釋的理論和思想，探索建立科學的漢字闡釋學，以適應當代漢字教學和研究的需要，是當前文字學研究創新的一條可能路徑。

　　在建立現代漢字闡釋學的視野下，我們重新認識和揭示了《說文》這部巨著的重大價值，這也是對中國語言文字學傳統的自覺回歸。當然，這種回歸不是簡單地復古，而是在現代語言文字學的理論維度上對傳統學術價值的再發現。但是，我們應該認識到，真正意義上的科學漢字闡釋學的建立，將是一項艱巨的任務。我們必須通過對漢字闡釋傳統的繼承和合理要素的發掘，充分利用當代文字學，特別是古文字學研究的新成果，吸收考古學、歷史學、思想文化史等學科領域的營養，立足《說文》而又有所超越和發展。

　　首先，要進一步理清漢字闡釋涉及的基本要素和主要環節。漢字

闡釋是一個複雜的主體行為過程，涉及闡釋對象、闡釋主體和闡釋過程，這是構成漢字闡釋的三個基本要素。

第一個基本要素是「闡釋對象」，也就是歷代漢字。漢字是中國文化的產物和文化信息的載體，漢字蘊涵的文化要素既有本源性的，也有歷代發展演變過程中附加上的，異常豐富而複雜。當前對歷代漢字，尤其是先秦漢字面貌的認識，已遠遠超過許慎，我們所見到新出的甲骨文、青銅器銘文、戰國文字資料，許慎都無緣見到，對歷代漢字的發展演變我們的認識也更為清晰。因此，我們要借鑒許慎的思想、理論和方法，回答許慎試圖解決而由於時代和資料的局限無法解決的問題，包括糾正當時背景下所難以避免的錯誤。

第二個基本要素是「闡釋主體」，也就是漢字的闡釋者（解釋者）。漢字的闡釋者既是漢字文化闡釋的實施者，同時又是一定文化的創造物，其闡釋行為模式和認知範式總是取決於他所接受的文化傳統、一定時期文化背景的影響以及個人生長的文化環境。在這一點上，今天的學者比起許慎有許多優勢也有很大局限。許慎去古未遠，沉浸於當時的文化情境之中去體味漢字的一點一畫，這是今天的學者永遠也無法企及的。時代相去越遠的闡釋者，與闡釋對象之間的疏離越是難以彌合，闡釋者總是難以擺脫其時代的局限和對遠古的蒙昧無知。

第三個基本要素是「闡釋過程」。漢字闡釋是一種非常複雜的主體心智活動，從闡釋對象的確定、認知，到對漢字文化要素的揭示，並進一步予以證說，從而得到正確的結論，這個過程嚴密、複雜、艱難，而且充滿歧途。因為，漢字自身不能證說自己而且情況複雜，中國文化又博大無比，其內涵及其變化更是氣象萬千，一個漢字到底在哪一個層面以何種方式與一種文化現象發生內在聯繫，往往是很難做出簡單的判斷的。故此，漢字闡釋的過程就顯得十分複雜和充滿風

險，這個過程最終決定著闡釋的成敗。

近年來，對中國傳統文化的重新估價，使得漢字文化研究再次引起學者的重視。但是，由於闡釋者對漢字文化的簡單化理解以及中國文化和漢字知識的積累所限，致使各種似是而非甚至錯謬百出的闡釋觸目皆是。這也從一個方面表明漢字闡釋的複雜性和艱難性。即便是訓練有素、學識淵博的文字學家，也難以保證自身所做的闡釋就是準確無誤的，歷代學者在這方面更是留下了許多教訓。

其次，在認識到漢字闡釋的複雜性和不確定性的同時，要將《說文》闡釋漢字的經驗進一步上陞到科學的理論。漢字闡釋作為一個非常複雜的主體行為過程，儘管因闡釋者的差異存在著種種不同，但是闡釋者也遵循著基本的闡釋模式。當闡釋者面對闡釋的漢字時，總是試圖調動其全部知識，對漢字的構形及其文化內涵做出合理的解釋和證說。我們認為，排除闡釋者由於所處時代、個人文化積累和背景不同而形成的差異，大體可以概括出漢字闡釋的一般模式，這一點在相關論文和本書中，我們進行了較為深入的討論。[12]為此，我們建立了漢字闡釋模式所涉及的「文化誘導」「文化抉擇」「具體化」「體悟」和「證說」五個概念範疇，本書對這些概念範疇進行了具體限定，並指出它們構成了漢字闡釋完整的模式化過程，雖然並非每個漢字的闡釋都機械地遵循全部的闡釋環節，但是哪怕最簡單的闡釋也不會違背各個範疇的實質，否則，就會走向歧途。漢字闡釋的模式只是對漢字闡釋的主體行為過程和闡釋方式的概括。所有的漢字闡釋幾乎都在一定程度上驗證了這種模式。但是，即使認識到這種模式也不能保證闡釋結論就必然正確。許慎為代表的傳統漢字闡釋及後人對漢字的種種「誤讀」，為我們提供了有益的鏡鑒。

12 黃德寬、常森：〈漢字闡釋與文化傳統〉，《學術界》1995年第1期。

　　最後需要強調的是，建立科學的漢字闡釋學，需要進一步深化對《說文》所遵循的歷史性原則的認識。這一原則不僅應貫穿於漢字闡釋的過程之中，而且也是判斷漢字闡釋結論正確與否的基本依據。[13]

　　一是關於漢字系統層積性的認識。漢字是伴隨著歷史發展而次第產生並逐步完成的符號系統，漢字系統的層積性是漢字闡釋堅持歷史性原則的基礎。漢字作為一種文化遺存所呈現出的完整性和系統性，使人們幾乎無法客觀地再現其內在的歷史層次。因此，當人們去建立漢字與中國歷史文化的聯繫時，常常因忽視歷史層次性而發生種種誤讀。即便是許慎也因此出現許多錯誤，如上舉他對「王」字構形和意蘊的闡釋，就屬於這樣的問題。

　　二是關於漢字與文化發展層次對應性的認識。不同時代產生的漢字，其最初形態及其負載的文化信息只與它產生的那個時代的歷史文化相關聯。文化本身是動態的系統，既體現傳承性，也體現一定的時代性。漢字闡釋者要盡可能排除主觀隨意性，只有堅持歷史性原則，真正尋找並建立漢字與相應時代歷史文化發展層次相對應的關係，對漢字構形的文化闡釋才有可能趨向正確。

　　三是關於漢字攜帶的文化信息層累性的認識。將不同時期產生的漢字置於同一歷史層面，並試圖建立它們與中國古代文化的聯繫，必然會混淆漢字與文化關聯的歷史層次性，在本質上背離漢字闡釋的歷史性原則。漢字攜帶的各種文化要素實際上也是歷時層累而形成的聚積，隨著漢字歷經不同時代的沿用，它負載的文化信息也越來越多，這種層層疊加的文化要素，使得同一漢字因此負載著不同時代的文化信息，如「王」字、干支字的使用、沿革所不斷疊加的信息。因此，漢字的闡釋者只有堅持歷史性原則，才能科學分辨各種文化信息的歷史層次，從而正確地闡釋內涵複雜而豐富的漢字。

---

13 黃德寬、常森：〈歷史性：漢字闡釋的原則〉，《人文雜誌》1996年第2期。

　　當然，漢字闡釋學的建立，面臨的問題遠不止以上這幾個方面。比如，漢字形音義本身還是一個複雜的有待證明的系統，許多漢字的構形及其音義關係是混沌不清的，這需要闡釋者盡可能地將漢字闡釋建立在對漢字本身科學分析的基礎上；漢字的歷史層次性和動態發展的軌跡迄今還未能得到充分的揭示，使得漢字闡釋必須首先面臨漢字發展歷史層次的判別問題，這需要闡釋者以艱辛而嚴謹的漢字斷代研究工作為前提；古代歷史文化雖然得以流傳和保存下來，但是文化信息的丟失、斷裂和變形是普遍發生的，闡釋過程中對漢字與古代文化關係的建立非常不易，有時會面臨誤讀誤判的風險，這就要求闡釋者必須盡最大可能尋找那些失落的文化信息，排除相關文化信息的干擾，從而真正重現漢字與古代文化的本來聯繫；對漢字文化闡釋的證說，總是難以擺脫闡釋者自身的和時代的局限，因此，如何科學地估價歷代漢字闡釋的成果並審慎地加以運用，這也是衡量漢字闡釋者水準高低的一道難題。

　　漢字與中國文化深層關係的探討，是西方語言學未曾遇到的重大課題，因此他們也沒有可能為我們提供現成的答案。中國當代的語言文字學者應該改變對西方語言學的亦步亦趨，努力探求中國語言學的創新之路，這既是一種歷史責任，更是一個難得機遇。通過對傳統文字學的再認識，揭示許慎和《說文》這部偉大著作的當代學術價值，探索建立漢字闡釋學，不僅是創新文字學研究的一種可能的方法和路徑，也將進一步證明和顯現漢字與中華文化的無窮魅力。本書以《說文》為研究對象，從漢字闡釋與傳統文化的關係這個角度，探討了漢字闡釋的有關理論和方法問題。儘管我們的研究還是初步的，但是本書初版之後，我們堅持的方向還是得到了學術界的熱情關注和積極評價。我們相信，只要從漢語言文字的實際出發，重視發掘我國學術傳統的精華，就有可能為世界語言學發展做出屬於中國學者的獨特貢獻，證明並展現中國學者的智慧和創新精神。

第一章
漢字・漢字闡釋・文化傳統

　　漢字的價值究竟何在？換句話說，漢字究竟對人們意味著什麼？這一問題在漢字發生發展了數千年後的今天，理應得到清醒的反思。

　　許慎《說文解字敘》曾云：「蓋文字者，經藝之本，王政之始，前人所以垂後，後人所以識古。」許慎的意思是說，漢字乃《詩》《書》《禮》《樂》《易》《春秋》的根本，乃王政的開始；文字明則六藝明，六藝明則王道生；前人垂誡於後世以漢字，後世明《六經》與王道亦以漢字。總之，漢字對許慎來說主要是經藝王道的載體。

　　許慎以降，研究漢語言文字者或從字形切入，以形求義，或從字音切入，以音求義；他們所關注的典籍或以《六經》為主，或以群經而兼及諸子，或專注於佛教經典。然其意旨大抵以漢字為媒介，以經典為關鍵，以通古賢聖之志為目的。

　　毋庸諱言，將漢字的價值僅僅局限於《六經》或者所有儒家經典的傳統觀念是非常片面的。那麼，是否可以將漢字的全部價值歸結於以漢字為工具所記載的、為華夏民族所擁有的古今所有典籍呢？

　　從殷商時起，中國便有比較發達的圖書事業。《尚書・多士》云：「惟殷先人，有典有冊。」逮至東漢，蔡倫發明了植物纖維紙；再到北宋，畢昇發明了活字印刷術。這些改變人類歷史進程的偉大發明，使古老的中國成為世界上文化典籍最為宏富、浩繁的國家之一。僅以大型類書、叢書為例，魏有《皇覽》，唐有《北堂書鈔》《藝文類聚》《初學記》以及《白氏六帖》，宋有《太平廣記》《太平御覽》《冊府元龜》以及《文苑英華》，明有《永樂大典》，清有《古今圖書集

成》以及《四庫全書》。規模之漸趨宏大，內容之日益浩繁，誠使人瞠目結舌。其中僅《永樂大典》便彙集了先秦迄明初的各類著作七八千種，涵括經、史、子、集、釋藏、道經、北劇、南戲、平話乃至醫學、工技、農藝，凡三億七千萬言；《四庫全書》則多至三十一萬二千冊，收集著錄圖書三千四百五十七種，七萬九千零七十卷，另外存目有六千七百六十六種，九萬三千五百五十六卷，凡九億九千七百萬言。[1] 漢字的全部意義，是否僅僅在於它以這種物化的形式，呈現著華夏文明日積月累的漫長歷程呢？

　　答案無疑是否定的。從更深刻的意義上來說，即便有一套叢書盡收華夏諸民族所創造、所迻譯的以漢字為語言載體的典籍，也不能完整地呈現漢字對中國乃至世界的價值和意義。因為漢字的價值，不僅在於它作為完整的語言符號系統所記錄的東西。一個個相對獨立的漢字本身，便凝結、顯現著華夏文化的各種奧秘。

　　許慎云：「日，實也，太陽之精不虧，從囗一。」（《說文》七上）唐人李陽冰云：「古人正圜，象日形，其中一點，象烏。」[2] 清儒段玉裁認為，《說文》所收「日」之古文即象日中有烏之形。[3] 戰國詩人屈原在《天問》中便已記載過后羿射日、陽烏墮羽的傳說。[4] 逮至兩漢，金烏載日的觀念猶極為流行。後世出土的南陽兩漢畫像石或於一圓輪內雕一金烏，或於一金烏身上雕一圓輪，都是這一觀念的直觀體現；古文「日」字中間的曲筆的確極像漢代畫像中陽烏的簡括象形。[5]

1　參閱馮天瑜、周積明：《中國古文化的奧秘》（武漢市：湖北人民出版社，1986年），頁141-147。

2　「人」當為「文」字之誤。〔南唐〕徐鍇：《說文解字繫傳》（北京市：中華書局，1987年），頁320。

3　〔清〕段玉裁：《說文解字注》（上海市：上海古籍出版社，1981年），頁302。

4　《楚辭‧天問》有云：「羿焉彃日？烏焉解羽？」

5　參閱王建中、閃修山：《南陽兩漢畫像石》（北京市：文物出版社，1990年），圖版176、269、271、274、275、279、280。

　　許慎又云：「叒，日出東方湯谷所登榑桑叒木也。」（《說文》六下）「榑，榑桑，神木，日所出也。」（《說文》六上）段玉裁認為，「杲、東、杳」中之木皆謂扶木，三字的構形生動地呈現了太陽出入於扶桑的情景。[6]《山海經大荒東經》有云：「湯谷上有扶木，一日方至，一日方出，皆載於烏。」如果許慎、李陽冰、段玉裁等人的解釋並非虛妄，那麼可以說「日、杲、東、杳」諸字的構形凝聚著古人那種將自然力加以形象化的神話與傳說；他們的說法即便不對，至少也可以表明漢字曾以自己的形體激發過人們對遠古神話傳說的記憶和聯想。

　　許慎又云：「豬，豕走豬豬……古有封豬脩蛇之害。」「豦，鬥相丮不解也，從豕虍，豕虍之鬥不解也。」（《說文》九下）《淮南子‧本經訓》云：「逮至堯之時……封豨、脩蛇皆為民害，堯乃使羿……斷脩蛇於洞庭，禽封豨於桑林。」封豨即大豕，其大竟至於能與虎鬥，一如許慎釋「豦」所云。由此看來，「豦」字的構形從一定程度上形象地展示了古人關於洪水時代、禽獸逼人的有關傳說。[7]此外，甲骨文、金文「昔」字從古文「災」從「日」，從日與「時」字從日一樣，表示「昔」乃一種時間觀念；古文「災」字則象洪水滔滔。整個字實際上具體、形象地表現了古代洪水氾濫成災的情景。[8]

　　從以上內容可見，漢字至少還可以在另一種向度上體現自身的價值。除了具有作為記錄語言的符號系統的價值功能外，它還可以充當古代某些文化信息的生動提示或指向。

　　漢字的兩種價值具有不同的特點。由於每個漢字與文化傳統的原初關係固定不變，故漢字自身即漢字構形或讀音所反映的文化信息具

6　〔清〕段玉裁：《說文解字注》，頁252。
7　程樹德：《說文稽古篇》（北京市：商務印書館，1957年），頁1。
8　姚孝遂：《許慎與說文解字》（北京市：中華書局，1983年），頁78。

有明顯的單一性；而由於文化傳統不斷地賦予語言並從而賦予漢字新的東西，故漢字作為語言符號的價值處於不停的增值之中。為了履行自身的符號職能，漢字跟文化傳統的關係日漸發生著深刻的轉換。例如，「日」由太陽的象形演進為表示「白天」這一時間概念，這是「引申轉換」；「其」由簸箕的象形演進為抽象的語詞，這是「假借轉換」；「甲、乙」由鎧甲、魚腸的象形演進為天幹用字、陰陽運行的表徵，這是「強制轉換」（在強制轉換之中，漢字與文化傳統之間的關係並非原初關係的自然發展，因而不存在本形、本義、本音方面的基礎或依據）。經過上述轉換，漢字悄悄地建構或重建著它對語言乃至整個文化傳統的適應。

　　不過，這些轉換客觀上使得漢字自身價值的突顯，常常以漢字在語言符號系統中所獲得的完整功能的淡化為前提。甲骨卜辭「其自西來雨」一句凡五字，其中只有「雨」字的兩種價值功能完全一致；「其」本為簸箕之象卻用為語詞，「自」本為鼻子之象卻用為介詞，「來」本為來麥之象卻用為動詞，「西」本為宿鳥棲於樹上之象（《說文》十二上）卻用為方位名詞。由此可以看出，當漢字被納入特定的語言系統之中的時候，其自身的價值常常被不同程度地遮蔽。只有淡化漢字作為語言符號的功能，超越或部分地超越漢字跟語言的聯繫從而相對獨立地觀照它時，人們才能比較完整地把握漢字自身所蘊涵的文化信息。

　　既然漢字的兩種價值功能並不一致，那麼人們對漢字兩種價值的自覺亦不可能發生於同一歷史層次。東漢學者許慎已經清醒地認識到漢字對《六藝》經籍的意義，此後，清儒段玉裁用金文釋《詩》，仍以金文「為《六經》輔翼」；[9]阮元則主張由「鐘鼎」考求古史，並以

9　〔清〕段玉裁：《經韻樓集・薛尚功歷代鐘鼎彝器款識法帖二十卷寫本書後》。

鐘鼎與《九經》並重：「吾欲觀三代以上之道與器，《九經》之外，舍鐘鼎之屬，曷由觀之？」[10]晚清學者孫詒讓更由金文以窺三代之遺跡，並云捨此別無他途：「古文廢於秦，籀缺於漢，至魏晉而益微。學者欲窺三代遺跡，舍金文奚取哉！」[11]雖然他們還沒有完全從鐘鼎之文記載的內容，跨入到對鐘鼎之文本體文化要素的分析，但是，我們卻可以由此看出人們正越來越清醒地趨向漢字自身的文化價值。

　　不管如何，漢字的兩種價值都不存在絕對的間隔或疏離，它們之間實際包含著種種複雜的聯繫。漢字兩種價值的實現可以由漢字闡釋這一中介環節結合在一起。漢字闡釋是主體對漢字構形功能及漢字與文化傳統之深層關係的詮解，它既可以揭示漢字本體與文化傳統的原初關係，也可以附帶或間接闡明這種關係的發展與演變。

　　中國文化乃是依賴於中華各民族運用符號的能力而形成的超有機體的存在，它包括制度、工具、居所、語言、哲學、信仰、風俗以及行為模式等種種要素。它是一個富有生命活力的動態系統，是各種要素互相作用的流程。在這一流程中，每個要素都衝擊著其它要素，有些要素因日益陳舊被剔除，而新要素則不時地被結合進來，發明與發現作為文化要素的新型綜合體，也在這一流程之中不停地產生。本書所謂的文化傳統正是特指這一富有活力的動態系統。[12]它不僅規定了漢字的發生及其存在形態，而且從一定程度上規定著漢字的演變。我

---

10 〔清〕阮元：《揅經室三集》卷三《商周銅器說上》。

11 〔清〕孫詒讓：《古籀拾遺‧敘》。

12 對「文化」的理解看樣子永遠不會達成一致。作為一個科學術語，「文化」在1920年以前有6種不同的定義，可是到1952年其定義已經增加到160多種。本書對「文化傳統」的界定主要參閱〔美〕L.A.懷特：《文化的科學：人類與文明研究》（濟南市：山東人民出版社，1988年），頁72、120有關內容；〔美〕菲力浦‧巴格比：《文化：歷史的投影》（上海市：上海人民出版社，1987年），頁86-112有關文化概念的討論。

們可以從遠古祖先的文化——心理機能同漢字內在屬性的深層關係入
手，來說明文化傳統對漢字形態特徵的規定，以借一斑而窺全豹。

眾所週知，甲骨文是一高度發展了的、迄今為止貯存著最多文化
信息的漢語言符號系統。由甲骨文完全可以上溯漢字早期形態與漢字
創造者所稟有的文化——心理機能之間的聯繫。

文化人類學已經用豐富的事實證明：古人對具體事物的感知能力
特別強；距離「人猿相揖別」的歷史時期愈近，人類的感官功能愈發
展。狗的嗅覺能力、鷹的視覺能力可以使我們直觀地理解這一點。許
慎釋「臭」云：「臭，禽走臭而知其跡者，犬也。」（《說文》十上）
釋「瞿」云：「瞿，鷹隼之視也。」（《說文》四上）狗鼻子靈敏度極
高，相當於人類嗅覺器官的三十至五十倍，可以分辨出空氣中錯綜複
雜的氣味；鷹則可以在數百米高空清晰地看到地面上的雛雞。動物感
覺器官的類似特徵，依稀映現著遠古祖先的文化——心理機能。

當代某些原始部族的極為發達的感知能力及其對感覺印象的驚人
記憶力早就引起過人們的注意。人們發現：澳洲的獵人能整天地穿越
叢林和草原來追尋袋鼠的足跡；他們還能毫無錯誤地找到鼷鼠在桉樹
皮上爬行的爪痕，而且一看便可以知道痕跡是新是舊，是上行還是下
行。[13]人們還發現：對史前人來說，周圍的一切都是具體、形象的，
一塊石頭、一個山洞、無邊無際的森林、碧綠澄澈的溪水、天空的日
月星辰、朝夕相處的同伴以及日夜追尋的禽獸，都是以其外部形象來
體現自身特徵的實體；每個具體事物留給他們的表象，幾乎就是他們
對這一事物的「基本概念」；他們只是憑藉對具體形象的感受、識
辨、判斷、記憶等把握著每日每時所接觸到的各種對象。[14]原始部族

---

13 〔德〕格羅塞：《藝術的起源》（北京市：商務印書館，1984年），頁146-147。
14 鄧福星：《藝術前的藝術：史前藝術研究》（濟南市：山東文藝出版社，1987年），
　　頁104。

的成員可以記住自己曾經路過的有關地方的最微小的細節特徵；[15]有些曾被土人注意過一兩個小時的旅行者，在十數年以後還能被準確無誤地認出。[16]遠古祖先[17]的這種文化—心理機能無形之中規定了漢字的深層特質，從而使早期漢字表現出觸目驚心的具體性。

在甲骨文中，「鹿、象、虎」等——大批象形字異常具體、異常準確地體現了有關事物的感性特徵。「鹿」字呈現了鹿的枝杈狀的角、大大的眼睛、尖尖的嘴巴、跳躍的雙蹄與輕盈的身姿；「象」字呈現了大象長而捲曲的鼻子與寬厚敦實的身軀；「虎」字則突出了老虎的大嘴、利齒、鋒利的腳爪、強健的身軀乃至有條紋的身子。一如容庚先生所云：「羊角象其曲，鹿角象其歧，象象其長鼻，豕象其竭尾，犬象其修體，虎象其巨口，馬象其豐尾長顱，兔象其長耳厥尾，蟲象其博首宛身，魚象其枝尾細鱗，燕象其翕口布翅，龜象其昂首被甲；且也或立，或臥，或左，或右，或正視，或橫視，因物賦形，恍若與圖畫無異。」[18]

因為遠古祖先對具體事物的表象幾乎就是他們對那一事物的基本**概念**，所以對他們來說，事物的類的別異首先在於其感性特徵的不同，所以「侉、豕、龍、象、犬、兒、亥、虎、彪」等甲骨文字中那些顯示事物不同類別特徵的細微差異，也只有對於能夠真切感知這種差異的古人才具有完整的區分意義。[19]

15　〔法〕列維-布留爾：《原始思維》（北京市：商務印書館，1981年），頁106。

16　〔德〕格羅塞：《藝術的起源》，頁146-147。

17　「遠古祖先」「古人」等都是極為籠統模糊的概念，但在確知漢字發生的具體年代以前，我們只能姑且使用這種稱謂。

18　容庚：〈甲骨文字之發見及其考釋〉，《國學季刊》1923年第1卷第4號。

19　何新先生曾用這一組古文字字形的大致相近，來證明它們所指代的事物在上古俱被視為鱷魚的同類。這種看法，忽視了早期漢字所呈現的細微差異對遠古祖先可能具有的重大意義。參閱何新：《龍：神話與真相》（上海市：上海人民出版社，1990年），頁219-237。

毋庸置疑，古人只有具備高度的把握具體形象的能力，才能通過漢字構形生動地呈現如此眾多的事物形象，才能通過極為簡括的筆法來標示不同種類事物的直觀差別。

遠古祖先對事物形象的深切感知，從一定程度上使得漢字構形不可能成為完全外在於字義的純粹的記號；同時，也從一定程度上使得漢字不可能成為完全記錄語音的符號系統，即便漢字中相對說來表義不夠完備的形聲字，也依然隱含著有關事物的生動、具體的意象。例如甲骨文「娶、妊、娠、妹、姪、姷、姘、嬪、娎、娶」等以「女」為意符的形聲字，在向人們提示某種具體事物、行為或屬性之前，首先便向人們展示了女子那種斂手屈膝、婀娜柔婉的體態。

古人思維的具體性還決定了那些被後人賦予明顯一般意義、可以描述幾類事物抽象屬性的漢字，往往產生於對某種具體對象的感知。從犬之字如「狡、獪、狂、默、猝、猥、狦、狠、獷、狀、獳、狎、狃、犯、猜、猛、犰、狟、狅、戾、獨、狩、臭、獎、獻、類、猶」等皆本於言犬，而後才泛化為亦可言人；[20]從羊之「群、善」等皆本於言羊，而後才泛化為亦可言人、物。「淑女」之「淑」本於對水清的感知，所謂「淑，清湛也」（《說文》十一上）；「碩人」之「碩」本於對頭大的感知，所謂「碩，頭大也」（《說文》九上）。如此等等，不一而足。

另外，古人思維的具體性使他們通常不能從同類事物或現象中抽象出某種共同的、一般的特徵，從而使得早期漢字往往存在著大量所謂異體字。《甲骨文編》歸屬於「牢、牧、牝、牡」等字的各種異構

---

20 參閱〔清〕段玉裁：《說文解字注》，頁63「哭」字條。現在還缺乏足夠的材料來證明這些字在殷商時期便已產生，但這至多只需要我們調整部分的論例，並不足以削弱我們的論點。

可以為我們提供豐富的佐證。[21]許慎云:「牢,閑養牛馬圈也,從牛冬省,取其四周匝也。」(《說文》二上)甲骨文「牢」字的確像圈欄養畜之形,但是古人注重的並非「圈欄」本身的某種抽象功能,而是其種種不同的具體情境;因此,不存在抽象的「牢」,只有養牛、養羊、養馬的具體的「牢」。「牧」字原初亦沒有高度抽象而概括的內涵,譬如「治理」「統治」等,只有具體的牧羊之「牧」或者牧牛之「牧」。從牛之「牝、牡」字開始時則並非對雌獸或者雄獸之共同特徵的概括,相反,遠古祖先顯然沒有抽象的「雌雄」概念,只有雌犬、雌豕、雌馬、雌牛、雌羊、雌虎、雌鹿以及雄鹿、雄牛、雄羊、雄豕、雄犬、雄馬等各類動物之具體特徵的經驗感知,所以在甲骨文中「牝、牡」有很多所謂的「異體字」。這種情形的產生可能有時、空方面的原因,但更關鍵的緣由則是古人對事物具體性的關注。從發生學的意義上來說,稱之為異體字可能並不科學。傳統所謂的異體字乃書寫體式不同卻可以互相替代的字,可上述歸屬於「牝、牡」等字的甲骨文字在開始時很可能不可互相替代。又如《甲骨文編》卷一中被釋為「薶」的幾種構形不同的漢字,實際上可能包含著埋牛、埋羊、埋犬、埋鹿等於坑坎之中以祭祀山林川澤的不同。[22]

當然,我們並不完全否認遠古祖先已經具有一定的抽象能力。僅就對禽獸的感知而言,人們甚至不可能對任何兩隻雞擁有完全相同的視覺表象;世界上不存在兩片完全相同的樹葉,也不存在兩隻完全相同的雞,可漢字卻能提取並傳達出大多數雞所具有的形態特徵,這已

---

21 參見中國科學院考古研究所編:《甲骨文編》(北京市:中華書局,1965年),卷二‧五、卷二‧四、卷三‧二十六。

22 于省吾先生認為這一組字或指田獵陷獸,或指陷獸以祭。即便有此不同,仍可從中看出古人對事物具體性的關注。參見于省吾:《甲骨文字釋林》(北京市:中華書局,1979年),頁270-275。

經表現出一定程度的抽象性。又譬如「上、下」二字用一短橫置於一長橫或弧線上下來標識其意義，這顯然也概括了人們在日常生活中對事物之位置關係的豐富經驗感知。

但是這類抽象的程度如此之低，甚至連其它靈長目動物都可以完成。大量試驗表明，猿猴具有初步的排除物體本身屬性而認識其相互關係的抽象能力；經過反覆訓練的黑猩猩則可以非常準確地排除被感知對象的具體特徵來理解介詞「on」的功能。[23]從這種意義上可以說，表現於早期漢字構形之中的「抽象性」，實際上只是顯示了漢字發生與距今相當遙遠的人類早期文化——心理機能之間的深層聯繫。

古人由於對事物的感知極為細膩，必然善於從同類事物中體認某種具體的一致性，因而表現於早期漢字構形之中的抽象每每不能脫離事物的感性特徵。戰國時期荀子曾經把人的本質歸結為父子之親、男女之別以及上下親疏之分；[24]這是一種高度的抽象，撇開了為具體個人所有的形態特徵。創制漢字的人們沒有也不可能完成這種抽象，他們只是悟出了每個具體的人身上都大致相同的、訴諸人類視覺的感性內容，並用漢字構形將這種內容定型化。古人並非不重視同類事物之間的細膩差異，只不過這種差異難以用字形表徵罷了。表徵這種差異的主要不是字形的異構，而是古人為顏色、形象、性能等各不相同的同類事物所命定的特殊名稱。大批材料證明：凡是跟遠古人類的生存密切相關的事物，都曾被賦予很多特稱。例如《爾雅·釋器》中有關網的特稱有「九罭」（細眼魚網）、「眔」（大魚網）、「羅」（捕鳥網）、

---

23 心理學家 DavidPremack 用兩種熟悉的色彩符號代表綠色和藍色，又用一種新的符號代表介詞 on，通過觀看訓練人把綠色放在藍色之上或者相反，七歲的雌猩猩 Sarach 終於理解了介詞 on 的功能，她不久便懂得了如何在多至12種可能的色彩組合裏執行命令，準確率高達 80%-90%。

24 參閱《荀子·非相篇》

「罝」（捕兔網）、「罞」（捕麋鹿網）、「羉」（捕野豬網）等。《爾雅‧釋獸》中馬的特稱多達五十餘個，各因不同的毛色、形狀、性別、身高等命名，其中因四肢不同位置為白色的特稱有八個，因全身不同位置為白色的特稱亦有八個，因白色與其它毛色搭配不同的特稱則有九個。《釋獸》中還有十六個有關牛的特稱，九個有關農桑候鳥——屫的特稱。[25]歷史地看，人類語言均由較為具體的狀態進展到較為抽象的狀態，最初的名稱無不「依附於對特殊事實或特殊活動的領悟」；後人在具體經驗中可以發現的「一切細微差別」，都曾被古人用種種名稱精密而又詳盡地描述過，而且彼時這些名稱「並未被歸於共同的種屬之下」。[26]這種語言學事實，顯然可以從一定程度上證明早期漢字構形的具象性。

另外，漢語中的虛字大都經歷過實字虛化的過程，即便是比較地道的虛字如「乎、兮、只」等，也可能包含著人們的某種經驗感知。「乎，語之餘也，從兮，象聲上越揚之形也」；「兮，語所稽也，從丂八，象氣越虧也」（《說文》五上）；「只，語已詞也，從口，象氣下引之形」（《說文》三上）。如果不糾纏於細枝末節而從早期漢字的整體特徵著眼，許慎的這些解釋可以說有其素樸的合理性。

總而言之，是古人特有的文化——心理特徵造就了早期漢字構形的具體性、形象性。僅從這一側面已經可以看出：漢字是中國文化的結晶，漢字在其最深層次上所突現的，是它跟文化傳統之間的不可分割的聯繫。

文化傳統是一種強大的力量，它不僅規定了漢字的發生、發展與存在，而且規定著漢字闡釋的過程與結果。

25　參閱胡奇光：《中國小學史》（上海市：上海人民出版社，1987年），頁65-66。
26　參閱〔德〕恩斯特‧凱西爾：《人論》（上海市：上海譯文出版社，1985年），頁172-173。

作為一種知識，漢字字形、字義、字音之間的繫聯乃中國文化傳統中的重要內容。闡釋者賦予漢字構形的某種解釋時或不能與漢字原初意義契合，但是他們建立在字形、字義乃至字音之間的聯繫卻常常在一定程度上為某些社會成員所共用。

許慎為了「說文解字」，出入於《易》孟氏、《書》孔氏、《詩》毛氏、《禮》《周官》《春秋》《左傳》《論語》《孝經》等儒家經典之中，博採、稽詮通人之說：釋「王」採自董仲舒，釋「芎、蕟、茵、薪、鷫、虖、軯」採自司馬相如，釋「貞」採自京房，釋「離」採自歐陽喬，釋「溺、濕、汶」等採自桑欽，釋「蔞」採自劉向，釋「蟓」採自劉歆，釋「平」採自爰禮，釋「捧、氏、繒、斡」等採自揚雄，釋「秕」採自宋弘，釋「芰、構、索、怯、渭、耿、娑、斡」等採自杜林，釋「犧、滇、豫、亞、以」等採自賈逵，釋「陛」採自班固，釋「譻」採自傅毅，釋「用」採自衛宏，釋「栗」採自徐巡，釋「瑑」採自張林，釋「為、禿、女、無、醫」採自王育，釋「折、嚛、造、牖、沙、蠹」採自譚長，釋「糞、東」採自官溥，釋「屮」採自尹彤，釋「膶」採自黃顥，釋「典」採自莊都，釋「鉊」採自張徹，釋「帀」採自周盛，釋「狛」採自寧嚴，釋「勾」採自逯安，釋「心」採自博士，釋「給」採自司農，釋「獄」採自（某）復。撝取通人之說凡二十七家，或以說形，或以說義，或以說音。[27]

除《六藝》經傳、通人之說以外，許慎《說文》所稱引者，尚有群書與方言。如釋「鳳」引天老，釋「茲」引《山海經》，釋「櫨、耗」引伊尹，釋「奭、匋、姚」引《史篇》，釋「鷺」引《師曠》，釋「蠱」引《老子》，釋「王、士、羊、羌、烏、粟、黍、貉、犬、狗」引孔子，釋「義、縹」引《墨子》，釋「取、冑、忻、戉、釽」

引《司馬法》，釋「菩、顥、孁、彈」引《楚辭》，釋「公、厶」引
《韓非子》，釋「爥」引《呂氏春秋》，釋「畜」引《魯郊禮》，釋
「媥」引《甘氏星經》，釋「屙」引《五行傳》，釋「歲」引《律曆
書》，釋「頪」引《太史卜書》，釋「芸、蜕、畜」引《淮南子》，釋
「瞋、易」引秘書，釋「乘、鐲、鐃、鐸」引軍法，釋「屙、殊、
箪、貲、襄、舳、鮐、威、姘、姘、織、繒、絩、縵」引《漢律
令》，釋「詻、話、腒、箪、鱓」引傳；[28]釋「莽、雅、雉、娃、倩、
卸、岥、悼、霄、籌」等一百七十餘字引方言俗語，其中見於揚雄
《方言》者即有六十餘事。[29]誠可謂信而有徵，出言不虛。另外滲透
於《說文》之中而未明確標明的人之共識，如「不」為否詞，「毋」
為禁止之詞，「大」為不小之稱，「田」為樹藝之地，「魚」為水蟲，
「鳥」為禽鳥，或見於日常生活，或見於前人典籍，均為中國文化中
不可離棄的重要內容。

　　由《說文》顯然可知，對漢字的闡釋不可能脫離華夏民族長期積
纍的知識，相反，正是這種積纍構成了闡釋者賴以生存的一方文化沃
土，啟示和誘導著他認知漢字蘊藏或關聯的豐富文化內涵。

　　其次，漢字闡釋無法擺脫中國文化價值觀對闡釋者的深刻影響。

　　許慎釋「美」云：「美，甘也，從羊從大，羊在六畜主給膳也。」
（《說文》四上）日本學者笠原仲二經多方考證，認為許慎的解釋意
謂美感指人的味覺體驗。[30]在一定範圍內，這種觀點自然是正確的。

---

28 同上。

29 同上。

30 〔日〕笠原仲二：《古代中國人的美意識》（北京市：北京大學出版社，1987年），
　　頁1-6。笠原氏的謬誤幾乎與他給人的啟發一樣多，他曾用《孟子‧盡心下》「曾晳
　　嗜羊棗」一句來說明羊被用作食物，實際上「羊棗」不是「羊」與「棗」，而是
　　《說文》之「椁」，又稱「楔」。羊棗似柿而小，初生蒼青，漸熟而黃，霜乾而成紫
　　黑，其甘如飴，又稱「羊矢棗」；今北方多稱之「楔棗」。

但笠原卻忽視了一點，即長於《五經》、深於孔孟儒家之學的許慎在說文解字的時候，不可能擺脫儒家傳統的價值觀念。許慎釋「甘」云：「甘，美也，從口含一，一，道也。」（《說文》五上）此處之「道」顯非道路之道，亦非「造分天地，化成萬物」的道，而是孔子「朝聞道，夕死可矣」之道。[31]，或者荀子意指「禮、讓、忠、信」的道[32]所以，它在許慎眼中可以具體化為社會成員的種種行為規範：「毋，止之詞，從女一，女有姦之者，一禁止之令勿姦也。」[33]「乍，止亡詞也，從亡一。」（《說文》十二下）「正，是也，從止，一以止。」（《說文》二下）綜合這些材料可知，許慎本認為「甘」字所反映的美感意識包含著人對某種道德精神的體驗。

由孔子開創的儒學傳統，規定了許慎在闡釋「美、甘」等字的時候不可能不賦予它們以超越肉體官能快感之上的道德內涵。孔子在齊聞《韶》而三月不知肉味，並感慨「不圖為樂之至於斯也！」[34]孔子對《韶》樂的體驗明顯包含著道德精神給予主體心靈的愉悅感，因為對他來說，《韶》樂「盡美矣，又盡善矣」。[35]逮至孟子，道德上的善與審美快感的聯繫得到了更為明確的表述，所謂「理義之悅我心，猶芻豢之悅我口」[36]，正包含著認為人的道德精神也能具有審美性質，也能引起審美快感的意思。[37]

---

31 《論語‧里仁》。

32 《荀子‧強國篇》。

33 大徐本作：「毋，止之也，從女有姦之者。」此依段注本。下文釋「乍」亦依段本。

34 《論語‧述而》。

35 《論語‧八佾》。朱熹《論語集注》云：「美者，聲容之盛；善者，美之實也。」深得孔子之旨。

36 《孟子‧告子上》。

37 李澤厚、劉綱紀主編：《中國美學史》（北京市：中國社會科學出版社，1984年），1卷，頁175。

　　更能標誌儒家美學思想特色的東西，與其說是聲、色、味可以給
人以審美快感的觀點，不如說是理義道德可以給人以審美愉悅的論
斷。許慎釋「美」云羊大為美，釋「甘」云從口含一，或側重於味覺
的感知，或側重於心智的體驗，全面而又明晰地顯示了儒家價值觀念
在美學思想中的滲透。不過，許慎的釋「美」、釋「甘」無疑都是錯
誤的。「美」字原非「羊、大」二字的會合，而是正面而立、頭戴羊
頭或羊角的人的象形；「甘」字更非從口從一，而是指口中含物。
「甘」字體現的才是日常生活中極為普遍的味覺感知與體驗。許慎釋
「美」、釋「甘」的錯誤，尤其是後者，從一個側面說明了傳統價值
觀念對漢字闡釋的強有力的影響。

　　總而言之，價值觀是為廣大社會成員共享的評判事物善惡、是
非、可欲與否的較為一般的觀念，它可以具體化於對社會成員的種種
行為規範之中，也可以以主體為媒介具體化於人們對漢字構形、意義
或讀音的闡釋之中。

　　其三，質言之，任何漢字闡釋都無法脫離主體受自於文化傳統的
觀念系統。

　　秦漢以降，漢文化由諸家卓然自立走向互相兼並融合。《呂氏春
秋》「沉博絕麗，匯儒墨之旨，合名法之源、古今帝王天地名物之
故」，其〈至味〉一篇本於道家《伊尹》，《上農》《任地》《辯土》則
採撷於周秦以前農家者言，如此等等，不一而足。[38]漢初賈誼通常被
人們視為儒家，但在政治思想方面，他卻是以秦制與法家學說為基礎
的帝國原則的堅定擁護者。[39]稍後的董仲舒則顯然是從陰陽五行學說
的立場來發展傳統儒家學說的思想大師。至於《淮南鴻烈》，古人或

38　參閱〔清〕畢沅：《呂氏春秋新校正序》。

39　參閱〔英〕崔瑞德、〔英〕魯惟一編：《劍橋中國秦漢史》（北京市：中國社會科學出
　　版社，1992年），頁164。

謂其於「物事之類,無所不載,然其大較,歸之於道」[40],它雖以道
家為本卻亦兼存陰陽、儒、墨、名、法。司馬遷之《史記》「究天人
之際,通古今之變,成一家之言」,[41]然亦「協《六經》異傳」而「整
齊百家雜語」。[42]

與這種時代思潮一致,中國文化中的種種內容以儒家傳統為核心
而混融雜陳,構成了許慎說文解字的龐大觀念系統。譬如,許慎釋
「一」云:「一,惟初泰始,道立於一,造分天地,化成萬物。」釋
「神、祇」云:「神,天神,引出萬物者也。」「祇,地祇,提出萬物
者也。」(《說文》一上)釋「媧」云:「媧,古之神聖女,化萬物者
也。」(《說文》十二下)這些解釋幾乎沉積著許慎以前有關天地萬物
起源的所有不同的傳說,釋「一」得之於陰陽,釋「神、祇、媧」則
得之於更加古老的神話──宗教觀念。多元而又矛盾的思想就這樣雜
陳、統一為一體。又如《說文》之「神、祇、媧、榑、灥」與「仙、
僊、真」等字俱涉及神話傳說,但它對前一組字的解釋主要來自原始
神話,對後一組字的解釋則主要得之於莊子後學以來羽化成仙的思
想。概而言之,影響許慎說文解字的觀念系統主要有自孔孟以來日益
取得統治地位的儒學傳統、自戰國秦漢以來浸假風靡的陰陽五行思
想、自商周逮至秦漢由盛而衰並日漸轉型的圖騰遺風、自人類童年直
至東漢風行未已並日趨獲得嶄新內容的宗教意識,以及上自遠古下至
兩漢時期的種種風俗與日常經驗。

觀念系統既可以成全闡釋者追索漢字原初內涵的願望,也可以使
闡釋者自覺不自覺地偏離自己的初衷;既可以成為闡釋者的正確導
向,也可以成為闡釋者難以擺脫的局限。不管闡釋者立身於哪一種文

---

40 〔漢〕高誘:《淮南子注·敘》。
41 〔漢〕司馬遷:《報任安書》。
42 〔漢〕司馬遷:《史記·太史公自序》。

化層面，他都不可能完全拒斥觀念系統的誘導作用。

　　于省吾《甲骨文字釋林》有一種重要的觀念，即甲骨文時代的社會是階級社會，「階級社會，都是在政治上人壓迫人、在經濟上人剝削人的社會」。由此出發，于省吾先生認為甲骨文「尼」字象一人坐或騎在另一人的背上，反映了階級社會人壓迫人、人踐踏人的極其殘酷的「具體事例」。[43]

　　觀念系統誘導著于省吾先生，使他認定階級壓迫觀念可以具體化於「尼」字的原初構形之中。實際上就釋「尼」而言，有些問題尚待解決。許慎云：「尼，從後近之，從尸匕聲。」（《說文》八上）段玉裁作《六書音均表》，並大致推定「尼」字古音在十五部，故可用同部「匕」（卑履切）字作聲符。也就是說，段、許二人均認為「尼」中之「匕」本非以所謂「反人」之形來表示意義，其本形對字義而言並無實質作用，起作用的只是與之凝結在一起的讀音。退一步論，即便「尼」字中的「匕」可以理解為人的象形，各家看法亦大不一致。王筠《說文句讀》以為「匕者，比也，人與人比，是相近也；人在人下，是從後也」。林義光《文源》則認為「尼」字「象二人相昵形，實昵之本字」。王、林二家顯然將「尼」字構形理解為某種日常經驗的表徵。於說、王說、林說對字形的理解非常接近，然而于省吾先生進而將「尼」字理解為「人壓迫人」「人踐踏人」，王、林兩家則將其理解為親昵，其間相去何止千里。實際上，即使像于省吾先生那樣將「尼」字理解為某人在另一人背上，其意義、內涵依然可作完全不同的理解；為什麼一定要說這種景象反映了夏桀騎在二婦人的背上，或者殷紂醉踞妲己呢？為什麼不可以將這種景象理解為從古到今更為常見的日常經驗呢？

---

43 于省吾：《甲骨文字釋林》，頁303-308。

　　我們提出這些問題，並非為了證說許慎或其它某家的解釋科學可靠而于省吾先生的解釋則是一種謬誤。我們只是為了說明，闡釋主體對一種文化觀念浸淫愈深，便愈難保持相對於這種觀念的必要的超脫；如果于省吾先生的解釋正確，那麼可以說主體的觀念系統有時可以昭示有關漢字的真實內涵，如果于省吾先生的解釋錯誤，那麼可以說主體的觀念系統有時可以遮蔽漢字真實內涵的外呈。

　　從闡釋的主體和對象方面來說，文化傳統對漢字闡釋的具體支配作用主要表現於以下幾個方面：

　　從字義方面看，漢字闡釋實乃漢字構形功能在特定文化背景之上的顯現。段玉裁認為《說文》所收「日」之古文象日中有鳥之形，而「杲、東、杳」三字的構形則表現了太陽出入於扶桑的情景。可以使「日、杲」等漢字呈現出這種意義的顯然不是字形或主體自身，而是文化傳統中與太陽有關的神話傳說。剝離了這一特定的文化背景，便無以理解段玉裁對這些漢字的解釋。

　　從主體方面看，所有的闡釋者都受特定的文化傳統支配，因而在闡釋過程中，主體常常把某種文化要素視為漢字構形、讀音等指向的內容；闡釋過程，實際上是主體將支配自身的文化傳統不斷投注於漢字之中的過程。例如，許慎生活於以血緣為基礎、以等級為特徵的儒家傳統之中，在那裏，父親乃「家之隆」，人們普遍認為「隆一而治，二而亂……未有二隆爭重而能長久者」。[44]唯其如此，許慎才認定「父」字象以手持杖，指示的是父親在一家之中的地位與威嚴（《說文》三下）。

　　從字形方面看，對漢字構形的認知有待於主體對文化傳統的「預先知識」。例如「婦」字何以「從女從帚」？許慎曾解釋說：「婦，服

---

44 《荀子‧致士篇》。

也，從女持帚灑掃也。」（《說文》十二下）許慎指明「婦」的構形為「從女持帚」自然十分準確，但問題的關鍵是這一構形的功能何以被主體確定。「持帚灑掃」非常淺顯明白地體現了特定歷史時期女性在社會中的職能分工，這一點無論在現代還是古代都不難理解。然而許慎卻取「服」字來界定其意義。這種界定顯示出闡釋者對字形的認知游離了其「淺顯明白」的表層，而進入文化傳統為之設定的預先知識領域。以「服」訓「婦」並非簡單地表明二者音近，為聲訓關係。不管「服」字取古漢語常用的「使用、服事」義，抑或取「順從」義，都表明女性在家庭和社會中獨立人格的喪失。許慎對字形的認知、對字形功能的界定，只是當時一種普遍社會觀念的反映。《白虎通‧嫁娶》說得更為明白：「婦者，服也，服於家事，事人者也。」段玉裁《說文注》也說：「婦人伏於人也，是故無專制之義，有三從之道。」[45]這充分說明：是文化傳統的預先知識，誘導許慎放棄了「子之妻」或「已嫁之女」這些古代婦孺皆知的通常含義而選取了最能體現當時觀念的解釋，並試圖通過尋求它與字形構成的關係來揭示「婦」字構形的理據性。

　　由以上幾個方面可以明顯看出。脫離了漢字賴以產生與發展的文化傳統，漢字便不可能獲得正確的闡釋；漢字闡釋必須亦只能立足於某一文化傳統之中。

　　表音文字主要在一種向度上呈現其自身的意義，漢字卻可以在兩種不同的向度上實現它的價值。因此，表音文字與漢字永遠不可能在同等程度上取代對方。漢字將永遠向世界、向人類呈現著某些表音文字不能呈現的東西。漢字兩種價值的實現最終可以統一於漢字闡釋之中。漢字闡釋致力於揭示漢字與文化傳統的原初關係，同時亦可間接

45 〔清〕段玉裁：《說文解字注》，頁614。

地顯明這種關係的引申轉換、假借轉換以及強制轉換，闡釋漢字必須
要關注文化傳統。一方面，漢字與文化傳統的原初關係客觀而不可移
易；另一方面，任何試圖揭示這種關係的人都無法從實際上拒斥文化
傳統的深遠影響。漢字闡釋的真實性只能產生於某一特定的歷史文化
背景之中，漢字闡釋的謬誤也只能在某一文化背景中孕育和產生。

第二章
許慎與《說文解字》概說

　　許慎，字叔重，汝南召陵（今河南漯河市召陵區）人，相傳為炎帝神農氏之苗裔。黃帝時的縉雲氏、高辛時的共工、夏禹時的太嶽，均為許慎的遠祖。太岳，姜姓，封為呂侯，子孫世代相嗣，歷夏殷之季而國微，故周武王封呂侯文叔於許（今河南許昌市東），遂以國為氏。自文叔以下二十四世，許為楚滅，子孫逃散，其至汝瀨召陵者，即許慎之先。[1]

　　許慎生卒年月不詳。《後漢書・儒林傳》云：

　　　許慎，字叔重，汝南召陵人也。性淳篤，少博學經籍，馬融常推敬之，時人為之語曰：「《五經》無雙許叔重。」為郡功曹，舉孝廉，再遷除洨長。卒於家。初，慎以《五經》傳說臧否不同，於是撰為《五經異義》，又作《說文解字》十四篇，皆傳於世。

　　許沖〈上《說文》表〉云：

　　　慎本從逵受古學……恐巧說邪辭使學者疑，慎博問通人，考之於逵，作《說文解字》。……慎前以詔書校東觀，教小黃門孟生、李喜等。

1　參閱〔清〕段玉裁：《說文解字注》，頁782-783。

在這些簡略的記載中，有幾點值得注意。其一，許慎博學經籍而尤長於《五經》，實為漢代儒學大師之一。其二，許慎當晚生於賈逵而早卒於馬融。賈逵（30-101），字景伯，扶風平陵（今陝西咸陽西北）人。其父賈徽，「從劉歆受《左氏春秋》，兼習《國語》《周官》，又受《古文尚書》於塗惲，學《毛詩》於謝曼卿，作《左氏條例》二十一篇」。逵「悉傳父業，弱冠能誦《左氏傳》及《五經》本文，以《大夏侯尚書》教授，雖為古學，兼通五家《穀梁》之說。……尤明《左氏傳》《國語》，為之《解詁》五十一篇，永平中，上疏獻之。顯宗重其書，寫藏秘館」。章帝建初元年（76），賈逵受詔講學北宮白虎觀、南宮雲臺，向高才生授《左氏春秋》；建初八年（83），向高才生授《左氏春秋》《穀梁春秋》《古文尚書》《毛詩》。賈逵「所著經傳義詁及論難百餘萬言」，「後世稱為通儒」。[2]許慎師事賈逵，大約在建初八年。馬融（79-166），字季長，右扶風茂陵（今陝西興平東北）人。平生遍注《孝經》《論語》《毛詩》《周易》《周禮》《儀禮》《禮記》《尚書》，兼注《老子》《淮南子》《列女傳》《離騷》，俾古文經學臻於成熟的境地。安帝永初四年（110），融「拜為校書郎中，詣東觀典校秘書」[3]，當以此結識許慎，甚推敬之。時馬融三十二歲。

許慎一生著述有《說文解字》《五經異義》《孝經古文說》《淮南子注》等。除《說文》通行至今，其它均已亡佚。許慎作《說文解字》「博問通人，考之於逵」，其創始當於建初八年以後。《說文》初稿，當成於「永元困頓之年，孟陬之月」（〈說文敘〉），即和帝永元十二年（100），時許慎為之敘。《說文》定稿至遲應成於許衝上書安帝之建光元年（121）。[4]

2　〔南朝宋〕范曄：《後漢書‧鄭范陳賈張列傳》。

3　〔南朝宋〕范曄：《後漢書‧馬融列傳》。

4　關於許慎生平、故里、經歷等的多歧意見與煩瑣考訂可以參閱董希謙、張啟煥主

　　《說文》是中國文字學史上的重要著作，也是中國文化史上的重要著作；是可資實用的字書，也是博大精深、體例謹嚴的論著。茲從幾個方面，介紹一下它的整體面貌。

一　編排

　　《說文》共說解文字九千三百五十三個，又有重文一千一百六十三個。全書將漢字分別歸於五百四十個部首字之下。其部首與部首之間的排列，基本上採用「據形繫聯」的辦法；每部字的編次，則大抵按照「共理相貫」的原則。許慎自稱：「其建首也，立『一』為耑，方以類聚，物以群分，同牽條屬，共理相貫，雜而不越，據形繫聯，引而申之，以究萬原，畢終於『亥』，知化窮冥。」（〈說文敘〉）[5]《說文》的編排，既比較方便實用、易於檢索，又能在一定程度上體現漢字系統形、音、義的內部規律與相互聯繫。

二　字體

　　《說文》所收字體以「小篆」為正，兼收「籀文」「古文」「奇字」「或體」「俗體」。

　　「小篆」，是秦始皇書同文字的標準字體。

　　「籀文」，即小篆的前身「史籀大篆」，取自宣王太史籀所著大篆十五篇。《說文》中的籀文，均因結構與小篆有異而錄以備考。

　　編：《許慎與說文解字研究》（開封市：河南大學出版社，1988年），第二部分；關於《說文》創作時間的考訂，可以參閱黃德寬、陳秉新：《漢語文字學史》（合肥市：安徽教育出版社，1990年），頁23-24。

5　「同牽條屬」段注本作「同條牽屬」，此據大徐本。

　　許慎所謂的「古文」，至少有兩層含義：一是特指史籀大篆之前身，一是泛指秦隸以上之諸種漢字。許慎認定：漢字第一階段為古文，「及宣王太史籀箸大篆十五篇，與古文或異。至孔子書《六經》、左丘明述《春秋傳》皆以古文，厥意可得而說」；由古文至大篆，此漢字第一次變異。其後，諸侯力政而文字異形，此漢字之第二次變異。始皇初兼天下，書同文字；〈倉頡〉、〈爰歷〉、〈博學〉三篇，「皆取史籀大篆，或頗省改，所謂小篆者也」，由大篆至小篆，此漢字第三次變異。隸書亦產生於秦，由小篆至隸書是漢字發展過程中的最大革命，故許慎又泛稱隸書以上的諸種漢字為古文，並深有感慨地說：秦「有隸書以趣約易，而古文由此絕矣」（〈說文敘〉）。許慎所稱古文近五百字，主要出自孔子壁中書以及張蒼所獻《左氏春秋》。事實上除傳抄致誤者外，這些古文均為戰國文字。

　　「奇字」，即「古文而異者」（〈說文敘〉），蓋出逸古文經，亦屬戰國文字。許慎特意注明的古文奇字，有「兒」「無」等。

　　「或體」，即同字之異構。《說文》之或體主要是針對小篆而言。在說解漢字的時候，許慎往往列出或體並注明「某或從某」。例如，「詠」下列「咏」，云「詠或從口」；「訝」下列「迓」，云「訝或從辵」（《說文》三上）。

　　「俗體」，即漢代時俗所用而不合於正篆的異體字。《說文》常於正篆之下出具俗體，並說明「俗某從某」。例如，「觥」下列「觵」，云「俗觵從光」（《說文》四下）；「冰」下列「凝」，云「俗冰從疑」（《說文》十一下）。

　　《說文》之常例，乃先列小篆而後列或體、籀文、古文、奇字或俗體。例如，釋「詩」先列小篆，而後分別列從心之或體、從㞢或之籀文（《說文》三上）；釋「信」、釋「謀」先列小篆，而後各列兩個古文（《說文》三上）；釋「倉」先列小篆，而後列古文奇字（《說

文》五下）；釋「磬」先列小篆，而後列籀文、古文（《說文》九下）；釋「商」先列小篆，而後列兩古文、一籀文（《說文》三上）；釋「肩」先列小篆，而後列俗體（《說文》四下）。

　　字頭為古文、籀文者，乃《說文》之變例。釋「麗」後出者既為「古文」「篆文」，則字頭必為籀文無疑（《說文》十上）；釋「豚」後出者既為「篆文」，則字頭必為古籀無疑（《說文》九下）；釋「盧」後出者既為「籀文」「篆文」，則字頭必為古文無疑（《說文》十二下）。《說文》釋「上」等以古文為字頭，是因為「其屬皆從古文『上』，不從小篆『上』，故出變例而別白言之」。[6]

三　說形

　　《說文》實乃形書。因形以考音與義是《說文》的最大特色。許慎說文解字之功，主要在於他將九千多個漢字組織進一個相對穩定的理論系統，這就是「六書」。

　　六書之首為指事。「指事者，視而可識，察而見意，『上、下』是也」（〈說文敘〉）。[7]許慎對指事的界定比較含混，據此很難區分指事、會意與象形。總體說來，許慎對漢字構形方式的界說主要是依據漢字可「視」、可「察」的外在感性特徵。因此，許慎的見解注定不能更科學地反映漢字構形的內部客觀屬性。這也是許慎無以明晰界定六書的根本原因。

　　「上、下」二字的古文均由兩畫構成，一長一短。這兩畫的形體特徵對字義來說是偶然的，顯示意義的主要是二畫之間的位置關係。

6　〔清〕段玉裁：《說文解字注》，頁1。

7　「察而見意」大徐本作「察而可見」，此據段注本。

由此看來，許慎以「上、下」為指事字，似乎意在表明指事字的根本
特徵在於具有外在於字義的點畫，即標指符號。後人亦常常以此區別
指事與象形、會意。然而很難說這就是許慎對指事字的理解，許慎之
意也許正如清儒段玉裁所云：「象形者，實有其物，『日、月』是也；
指事者，不泥其物而言其事，『上、下』是也。」[8]但是，物、事之分
顯然並不能清晰地昭示象形、指事的差異。

　　許慎說解指事字的第一種方式，是指明漢字中的標指符號。許慎
釋「本」云：「從木一在其下。」釋「末」云：「從木一在其上。」釋
「朱」云：「從木一在其中。」（《說文》六上）三字中「一」的作用
只是標識其處。[9]

　　許慎說解指事字的第二種方式，可以表述為「從某，象某（之）
形」。如釋「叉」云：「手指相錯也，從又，象叉之形。」釋「𠦫」
云：「手足甲也，從又，象𠦫形。」（《說文》三下）「從某」指明所因
之字。除去所因之字，該指事字的其餘點畫不能表徵意義。

　　成問題的是，「本、末、朱、叉、𠦫」等字例全是後人理解的指
事字，許慎並未一一注明。因此，我們無以確定這些字例究竟可以在
多大程度上反映許慎的初衷。

　　六書之二曰象形。「象形者，畫成其物，隨體詰詘，『日、月』是
也」（〈說文敘〉）。象形字的特點，乃以線條勾勒事物的體形。

　　許慎說解象形字的主要方式有以下三種：

　　其一，標明「象形」或「象某之形」，或者說明漢字象某物之某
一部分之形、象某物之某種情態之形。如：

8　〔清〕段玉裁：《說文解字注》，頁1「上」字條。

9　這種情形應與釋「立」區分。《說文》釋「立」云：「從大立一之上。」（《說文》十
　　下）其表述方式與釋「本、末、朱」無異，然其中之「一」實可具體化為地，故段
　　玉裁、徐鉉等俱云「一，地也」。這與「本、末、朱」中之「一」字大為不同。

口，人所以言、食也，象形。(《說文》二上)

自，鼻也，象鼻形。(《說文》四上)

人，天地之性最貴者也，此籀文，象臂脛之形。(《說文》八上)

蟲，一名蝮，博三寸，首大如擘指，象其臥形。(《說文》十三上)

其二，許慎以「從某，象形」「從某，象某之形」等方式說解的漢字，後人常常歸之於象形。如：

眉，目上毛也，從目，象眉之形，上象額理也。(《說文》四上)

果，木實也，從木，象果形在木之上。(《說文》六上)

泰，木汁，可以漆物，從木象形，泰如水滴而下。(《說文》六下)

此類象形字與會意字的區別在於，除去所因之字，諸點畫雖能表徵意義，卻並非獨立的文字。根據這一點，自然也可以區分某些指事、象形字。不過這種區分主要是後人的歸納，不能以此掩蓋許慎在說解指事、象形字方面的某些混亂情形。

而且追究起來，許慎對這類字的理解很可能是不科學的。「眉、果」諸字在其發生之時未必有待於「目、木」等字。沒有任何證據可以徹底否定「眉、果」二字的發生乃出於對有關經驗對象的感知。

其三，許慎以「從某某」「從某象(某)形」「象某(之)形」等方式說解的漢字，有一部分可以歸納為變體象形字。如：

夨，傾頭也，從大象形。(《說文》十下)

夭，屈也，從大象形。(《說文》十下)

交，交脛也，從大象交形。(《說文》十下)

尣，𡯁，曲脛也，從大象偏曲之形。(《說文》十下)

許慎認為此類漢字，是在某一漢字基礎上的變異。從發生學角度看，這種觀念十有八九是錯誤的。因為古人在製字之時，顯然更為關注字形與其經驗背景的關係。上述諸字與其說皆因於「大」字之體，不如說皆因於人之種種形態以及對這些形態的細膩感知。漢字產生愈早，愈是難以割捨自身與某種經驗背景的聯繫。[10]

六書之三為形聲。「形聲者，以事為名，取譬相成，『江、河』是也」(〈說文敘〉)。形聲字由兩類字符組成，表示意義範疇的稱為「形符」或「義符」，記錄字音的稱為「聲符」或「音符」。

許慎說解形聲字的常例為「從某某聲」。如：

空，竅也，从穴，工聲。(《說文》七下)

賊，敗也，从戈，則聲。(《說文》十二下)

跛，行不正也，从足，皮聲。(《說文》二下)

「从某」標明義之所取，「某聲」表明聲之所借。取義、取聲多者，為「多形多聲」例；義符、聲符省減者，為「省形省聲」例。多形多聲之字在說解時常被表述為「從某，從某，某聲」「从某，从某，从某，从聲」「从某，某某皆聲」。如：

---

10 周祖謨《漢字的產生和發展》一文云：從一個象形字可以產生許多其它的字，如「夭、夨、天、夫」等都從象形字「大」產生，此實為從《說文》引申而來的本末誤置之論。參閱周祖謨：《問學集》(北京市：中華書局，1966年)，頁4-5。

柩，棺也，從匚，從木，久聲。(《說文》十二下)。

寶，珍也，從宀，從玉，從貝，缶聲。(《說文》七下)

齹，墜也，從韭，次、宋皆聲。(《說文》七下)[11]

　　類似分析雖然明晰，卻有失嚴密。漢字諸形諸聲常常並非處於同一層次，或者說漢字常常並非從造字之初便同時選用兩個或兩個以上的形符或聲符。多形多聲現象是在漢字的歷史發展過程中逐步形成的。甲骨文「寶」字本從宀、從玉、從貝，金文加「缶」聲，致使原來的會意字變為多形形聲字。甲骨文「箕」字本逕作箕形，後來加「丌」聲而為形聲字，又加「匚」形或「竹」形而為多形形聲字。另外，有些漢字本為形聲字，後來只是由於其形符、聲符的作用變得不明晰或不能完整表徵意義，才贅加形符或聲符，不可將多形多聲字人為地拉入同一層面來剖析。

　　許慎說解「省形省聲」的通例，是用「從某省」「某省聲」等表述方式指明省字的原形。如：

　　　　商，小堂也，從高省，冋聲。(《說文》五下)

　　　　鄶，夏后時諸侯夷羿國也，從邑，窮省聲。(《說文》六下)

　　省形省聲乃漢字形體由繁趨簡的自然結果。正確揭示未省之原形對科學理解漢字有相當的必要性。《說文》一書揭明的省形之例較少，省聲之例則多達三百餘。不過證以古文字材料，可以發現《說文》中不少省聲之例並不準確。

　　六書之四為會意。「會意者，比類合誼，以見指，『武、信』是

也」（〈說文敘〉）。會意是指比合兩個或兩個以上單字以構成一形一義的造字方式。

許慎解說會意字的常例可以表述為「從某某」「從某從某」。如：

> 及，逮也，從又從人。（《說文》三下）
> 祭，祭祀也，從示，以手持肉。（《說文》一上）

許慎判斷會意字的標準，主要是漢字能否從表面上切分為兩個或兩個以上的意符。這種標準不嚴密，更不科學。因為就字形的具體功能或內在屬性而言，有些表面看來可以離析的漢字，實際上是一個不可肢解的整體，許慎釋「取」云：「取，捕取也，從又從耳；《周禮》『獲者取左耳』。」（《說文》三下）在這裏，與字義密不可分者乃以手取耳之象，絕非單純的「又」與「耳」。

《說文》會意有「會意兼形聲」之變。其說解方式為「從某（從）某，某亦聲」，顯見字中某一部分兼表意義與讀音。如：

> 政，正也，從攴從正，正亦聲。（《說文》三下）
> 娶，取婦也，從女從取，取亦聲。（《說文》十二下）

許慎對所謂會意兼形聲之字的說解在很多情況下都存在明顯的錯誤。將「政」字分解為從攴從正便是如此。許慎之意：「從攴」表明為政乃與此相似或相關的行為，「從正」表明為政應有的行為、道德規範。許慎釋「政」顯然受孔子思想的影響，孔子嘗云：「政者，正也；子帥以正，孰敢不正？」[12]事實上「政」乃從攴正聲之形聲字，

---

12 《論語・顏淵》。

「正」之本形本義則是一隻腳走向前面的城邑;「政」字似乎直到春秋時期才獲得鮮明的道德內涵。

從發生學角度看,認為同一字符可兼兩種不同功能的說法值得懷疑。

六書之五為轉注,「轉注者,建類一首,同意相受,『考、老』是也」;六書之六為假借,「假借者,本無其字,依聲托事,『令、長』是也」(〈說文敘〉)。一般認為,轉注、假借乃用字之法而非造字之法,本不應與指事、象形、形聲、會意並列。假借指漢字中依聲借形的現象。關於轉注,學術界聚訟紛紜,迄無定論。假借、轉注在《說文》一書中沒有具體的反映。

許慎創立的說解字形的體例既是字書編纂的重要突破之一,又是傳統文字學理論的巨大收穫。六書說乃許慎認知漢字的重要成果,《說文》則為六書說提供了比較全面、系統的證明。因此,六書既是了解、研究《說文》的管鑰,又是把握兩漢文字學理論的綱領。

四　釋義

《說文》釋義偏重於以字形為表徵的本義。從這一方面看,《說文》比其前後許多文字學、訓詁學著作都更為接近漢字發生學領域。《說文》釋義的方法主要有四種:

其一,以義同、義近字為訓,即同義為訓。如「祿,福也」「祥,福也」「祉,福也」(《說文》一上)。這種訓釋方法常常可以造成互訓。如「躓,跲也」「跲,躓也」;「蹲,踞也」「踞,蹲也」(《說文》二下)。同義為訓乃漢代以前最通行的訓釋方法,也是較為原始的方法之一。其弊端在於不能明晰地顯示漢字的意義;尤其是互訓,如互訓雙方均為難識字,則根本無以達到說文解字的目的。

其二，以意義相通的音同字或音近之雙聲、疊韻字為訓，即同音為訓，又稱聲訓。如「天，顛也」（《說文》一上）；「門，聞也」「戶，護也」（《說文》十二上）；「尾，微也」（《說文》八下）。《說文》之聲訓，大多兼推事物命名的由來。聲訓法關注的是字音與字義的聯結以及詞語系統的內部聯繫，它主要是語言學的方法，其弊端在於時或流於穿鑿。

其三，在釋義過程中指明字義之源，兼明構字之理。如「禎，以真受福也，從示真聲」，「祇，地祇，提出萬物者也，從示氏聲」（《說文》一上）。「真」「提」雖可視為「禎」「祇」二字的聲訓，但卻暗含於釋語之中；釋語的重點在於注明字義的來源，兼明漢字構形的理據。

其四，用準確、簡潔的語言來說明漢字所指對象的本質與特徵，即標明義界。如「薇，菜也」（《說文》一下）；「松，木也」（《說文》六上）；「吏，治人者也」（《說文》一上）。這些解釋，都是用上位概念來解釋下位概念。此外《說文》中還有用描述法來說明事物特徵的情形。如「貘，似熊而黃黑色，出蜀中，從豸莫聲」（《說文》九下）。

《說文》之釋義體例與方法不僅集兩漢訓詁學之大成，而且基本上可以代表整個文字訓詁之學的路數和特色。

五　注音

漢字乃記錄漢語言的符號，在字書中標明漢字的讀音是完全必要的。許慎為漢字注音主要採用當時通行的「讀若」注音法。除此以外，許慎尚找不到更先進、更科學的辦法。《說文》的讀若注音法可以分為兩類：

其一，用同音字直接注音，說明某「讀若某」或某「讀與某

同」。[13]如「珣……讀若宣」「璹……讀若淑」「玜……讀與私同」(《說文》——上)。

其二，引用包含同音字的日常用語、通行經典甚至方言俗語等具體語言材料來注音。如：

> 琗……讀若「畜牧」之「畜」。(《說文》一上)
> 䀏……讀若《詩》云「泌彼泉水」。(《說文》四上)
> 㲋……讀若楚人名「多」「夥」。(《說文》八下)

以日常用語注音明白淺近，以經典注音的弊端愈到後來愈為明顯，以方言注音自始至終都有其難以擺脫的地域局限性。

《說文》分析形聲字時常云「某聲」，其主要目的並非在於注音，而在於分析形聲字的結構。所以，許慎對《說文》中相當一部分形聲字一面指明其聲符，一面又用同一聲符的形聲字甚至聲符字本身來注明其讀音。如「芮……從艸內聲，讀若汭」(《說文》一下)；「跛……從足皮聲……讀若彼」(《說文》二下)；「瑂……從玉眉聲，讀若眉」(《說文》一上)；「噍……從口集聲，讀若集」(《說文》二上)。這種現象表明，形聲字聲符系統的讀音至許慎之時已發生很大的分歧，用來注音的形聲字代表當時的實際讀音，聲符則只能代表漢字構造時的讀音。

許慎用「讀若」法注音，主要是考慮《說文》的實用性特點。

《說文》是傳統漢語文字學史上影響最為深遠的一部著作。它既是歷代字書編纂的法典與訓詁學的寶藏，又奠定了傳統文字學的基

13 段玉裁嘗云：「凡言『讀與某同』者，亦即『讀若某』也。」見〔清〕段玉裁：《說文解字注》，頁17「玜」字條。

本理論格局。除此以外，《說文》一書還內含著很多鮮為人知的巨大價值。

第三章
《說文》產生的歷史文化背景

　　本章無意於單純羅列某些歷史、文化現象，因為這樣做根本不能顯示《說文》產生的更真實、更深刻的背景。《說文》與其背景之間的關係，並非像人們歷來理解的那樣只是時間上的某種關聯。《說文》的背景是那些深刻影響了《說文》，以及與之有機聯繫著的歷史、文化現象的總和；它既包含著促導《說文》產生的動力，又包含著《說文》產生所需要的歷史文化契機。

　　公元前二一三年（始皇三十四年），秦始皇批准了丞相李斯的奏議，規定除「醫藥、卜筮、種樹之書」以外，天下所藏「《詩》《書》、百家語」等統統要付之一炬，「有敢偶語《詩》《書》者，棄市；以古非今者，族；吏見知不舉者，與同罪；令下三十日不燒，黥為城旦」。次年，四百六十名「文學方術」之士因故被坑殺於咸陽。[1]這便是歷史上有名的「焚書坑儒」的慘劇。

　　焚書坑儒所打擊的對象不惟儒家或儒家學說，然二者卻無疑是這次暴政中罹害最深、最重者。

　　儒家思想慘遭厄運的原因之一，在於其自身具有的與專制思想相左的深刻內涵。李斯對這種內涵非常清醒：「今諸生不師今而學古，以非當世，惑亂黔首。……古者天下散亂，莫之能一，是以諸侯並作，語皆道古以害今，飾虛言以亂實，人善其所私學，以非上之所建立。今皇帝並有天下，別黑白而定一尊。私學而相與非法教，人聞令

---

1 〔漢〕司馬遷：《史記·秦始皇本紀》。

下，則各以其學議之，入則心非，出則巷議，誇主以為名，異取以為高，率群下以造謗。如此弗禁，則主勢降乎上，黨與成乎下。」[2]

事實正是如此，儒學從一開始便具有鮮明的超越世俗等級秩序、世俗王權的傾向。孔子作《春秋》，「是非二百四十二年之中，以為天下儀表，貶天子，退諸侯，討大夫，以達王事」，「善善、惡惡，賢賢、賤不肖」。[3]這已經表明開創時期的儒學，在很大程度上立身於數百年歷史與現實的對立面。《論語·顏淵》又載：

> 季康子問政於孔子。孔子對曰：「政者，正也。子帥以正，孰敢不正？」
>
> 季康子患盜，問於孔子。孔子對曰：「苟子之不欲，雖賞之不竊。」
>
> 季康子問政於孔子，曰：「如殺無道，以就有道，何如？」孔子對曰：「子為政，焉用殺？子欲善，而民善矣……」

《孟子·梁惠王下》云：

> 齊宣王問曰：「湯放桀，武王伐紂，有諸？」孟子對曰：「於傳有之。」曰：「臣弒其君可乎？」曰：「賊仁者謂之賊，賊義者謂之殘。殘賊之人，謂之一夫。聞誅一夫紂矣，未聞弒君也。」

---

2 〔漢〕司馬遷：《史記·秦始皇本紀》。

3 〔漢〕司馬遷：《史記·太史公自序》。《春秋》一書究否孔子所作迄今尚無定論，本文無意於探討這一問題，只提請讀者注意《春秋》一書內含的批判精神。

在這些記載之中，孔子、孟子那種強烈的批判精神表現得異常尖銳、異常鮮明。他們生存於俗世之中，又超越於俗世之上。他們立足於「道」「仁」「義」「禮」等神聖規範，執行著對世俗社會的莊嚴批判。[4]他們諄諄告誡世人：現世的王權與秩序未必合理。合理的王權與秩序必須體現某種道德精神。可以說，儒學傳統在重塑世人以前，首先給包括天子在內的統治者加上了一副沉重的道德負擔。

秦始皇一統天下之後，意欲「別黑白」而「定一尊」，意欲加強皇權、「主勢」以及上下等級關係。這時，他只允許「諸生」論證專制的正確和英明，不接受而且不容忍任何高標在上的道德規範與道德尊師。因此，他接受了李斯焚書的建議，並借方士韓眾、盧生潛逃之機，坑殺諸生四百六十餘人。焚書坑儒與其說表現了秦始皇個人對文化傳統的憤怒，不如說表現了專治體制對文化傳統的嚴酷審判與虐殺。這場虐殺儘管沒有也不可能消滅儒家思想，卻使之不得不在一定程度上抑制自身的批判精神，以突出其內含的維護等級秩序的另一側面。

正是這一側面，注定了儒學必然的復興。一種理論的繼絕興衰歸根結蒂受制於歷史的抉擇，因為「理論在一個國家的實現程度，決定於理論滿足這個國家的需要的程度」。[5]在中國諸種文化傳統之中，沒有哪一種可比儒學更能滿足等級秩序的需要。漢朝統治者自立國之日便深刻地體會了這一點。高祖劉邦原本非常鄙視儒學。《史記》有云：「沛公不好儒，諸客冠儒者冠來者，沛公輒解其冠溲溺其中。」[6]

4　孔子嘗云「天生德於予」（《論語・述而》），由此可見他眼中的道德、行為規範具有神聖性。

5　馬克思：〈《黑格爾法哲學批判》導言〉，見《馬克思恩格斯選集》（北京市：人民出版社，1972年），一卷，頁10。

6　〔漢〕司馬遷：《史記・酈生陸賈列傳》。

漢高祖五年（前202），劉邦「已併天下，諸侯共尊漢王為皇帝於定
陶。……高帝悉去秦苛儀，法為簡易。群臣飲酒爭功，醉或妄呼、拔
劍擊柱。高帝患之」。史稱「漢家儒宗」的叔孫通因此獲高帝允許，
雜秦儀而採古禮，與魯諸生共起朝儀。漢高祖七年（前200），長樂宮
成，諸侯群臣皆朝，人人准以朝儀，人人振恐肅敬，尊卑秩序一何嚴
明；自始至終，莫敢喧嘩。於是高帝慨然：「吾乃今日知為皇帝之貴
也！」[7]

　　叔孫通雖未為醇儒，然實亦儒家之「時變」。「至聖」孔子、「亞
聖」孟子原非泥古不化之輩，他們堅持歷史發展的某些基本原則，但
卻並不反對適時的變異。故孔子嘗謂殷禮、周禮與繼周之禮均頗有損
益：「殷因於夏禮，所損益，可知也；周因於殷禮，所損益，可知
也；其或繼周者，雖百世可知也。」[8]孟子則主張堅持而不拘泥於常
道，主張置身某種具體情境，應依據經禮做出適當、合理的權變：
「男女授受不親，禮也；嫂溺援之以手者，權也」，「嫂溺不援，是豺
狼也」。[9]此後，漢儒董仲舒大談「經」與「權」，云：「《春秋》固有
常義，又有應變」；[10]「《春秋》有經禮，有變禮」，「夫權雖反經，亦
必在可以然之域。不在可以然之域，故雖死亡，終弗為也」。[11]從某種
意義可以說，儒學之所以具有異乎尋常的生命力，正是因為它內含著
上述適應歷史發展與變化的自我調節機制。孟子之儒不同於孔子之
儒，荀子之儒不同於孔子、孟子之儒，董仲舒之儒又不同於孔子、孟
子、荀子之儒；但孔、孟、荀、董均不失為大儒。這是歷史事實，也

7　〔漢〕司馬遷：《史記‧劉敬叔孫通列傳》。

8　《論語‧為政》。

9　《孟子‧離婁下》。

10　〔漢〕董仲舒：《春秋繁露‧精華》。

11　〔漢〕董仲舒：《春秋繁露‧玉英》。

是理之必然。當叔孫通以君臣等級秩序為原則興起朝儀的時候，他實際上部分地把握了儒家思想的實質、「經禮」或說常道。故西漢史學家司馬遷云：「叔孫通希世度務制禮，進退與時變化，卒為漢家儒宗；『大直若詘』，『道固委蛇』，蓋謂是乎？」[12]

要之，漢初重起朝儀一事，促成了劉邦與其它漢初統治者對儒學、儒家的戲劇性反思。國外中國學學者或視之為「儒家傳統將要勝利的一個可靠的前兆」[13]，可謂獨具慧眼。

另一方面，秦制主要是對法家思想的實踐，其短暫的生命使人們意識到，不折不扣地實行專治大有毀滅自身的潛在危險。文帝（前179-前157在位）時，政治家賈誼曾以秦朝覆亡的史實提醒人們：不施仁義的政府，即便它「威震四海」「金城千里」，也無以戰勝崛起於阡陌之中的烏合之眾。[14]賈誼的論斷說明，近在眼前的歷史，已使漢朝統治階級清醒地意識到儒學對維持自身存在的巨大價值。

事實上，儒法兩家在某些根本原則上完全一致。儒家「列君臣父子之禮，序夫婦長幼之別」，法家則「尊主卑臣，明分、職」，俾「不得相踰越」。[15]君臣名分、上下等級同為兩家學者關注。但是，儒家學說畢竟可以提供治世統業所必需的另外一些東西。首先，儒學既強調下對上、賤對貴、幼對長的道德責任，又從一定程度上強調上對下、貴對賤、長對幼的道德義務。其次，儒學不僅提供了可在相當程度上適應社會發展的體制，而且提供了能夠保證這種體制正常運行的意識形式（如道德規範、人格模式等）。儒家人格的特徵，便是致力培養維護、支持等級秩序的內在道德自覺。荀子云：「少事長，賤事貴，

---

12 〔漢〕司馬遷：《史記·劉敬叔孫通列傳》。
13 〔英〕崔瑞德、〔英〕魯惟一編：《劍橋中國秦漢史》，頁807。
14 〔漢〕賈誼：《過秦論》。
15 〔漢〕司馬談：《論六家要旨》，見〔漢〕司馬遷：《史記·太史公自序》。

不肖事賢，是天下之通義也。有人也，埶不在人上而羞為人下，是姦
人之心也。志不免乎奸心，行不免乎奸道，而求有君子聖人之名，辟
之是猶伏而咶天，救經而引其足也。」[16]儒學中的「修身」之所以能
構成「齊家」「治國」「平天下」的基礎，關鍵便在於它刻意追求這種
認同貴賤、長幼秩序的內心修養與外在實踐，關鍵便在於它致力於將
政體或秩序的需要轉化為自身的「志」——「行」欲求。社會學家認
為：構成政體的東西，必然依賴於人們維護這一政體正常運轉的「感
情」。[17]儒學長於培養這種感情，長於協調西漢封建制度所賴以建立的
上下等級秩序。所以，儒學必然會復興。

當《公羊春秋》專家董仲舒向武帝（前140-前87在位）建議罷黜
百家的時候，他所做的實際上只是使最高統治者在政治、文化生活中
強化儒學以及儒家維持「一統」的內在精神：「《春秋》大一統者，天
地之常經，古今之通誼也。今師異道，人異論，百家殊方，指意不
同，是以上亡以持一統；法制數變，下不知所守。臣愚以為諸不在六
藝之科、孔子之術者，皆絕其道，勿使並進。邪辟之說滅息，然後統
紀可一而法度可明，民知所從矣。」[18]漢武帝毅然接受了董仲舒的建
議，罷黜百家而獨尊儒術。中國文化自由發展的道路再次被阻絕。儒
學獨裁的局面開始出現；孔子從諸子百家之中超昇而出，「變成了東
方世界之羅馬教皇」。[19]

隨著儒術地位的高升，經學亦漸趨興盛。回顧漢興之初，經學寥
落至甚；「聖帝明王」既遠，「仲尼之道又絕，法度無所因襲。時獨有

---

16 《荀子‧仲尼篇》。
17 參閱〔法〕雷蒙‧阿隆：《社會學主要思潮》（上海市：上海譯文出版社，1988年），頁25、26、46。
18 〔漢〕班固：《漢書‧董仲舒傳》。
19 翦伯贊：《秦漢史》（北京市：北京大學出版社，1983年），頁489。

一叔孫通略定禮儀，天下唯有《易》卜，未有它書」。[20]自惠帝（前194-前188在位）除挾書之律，「儒者始以其業行於民間」[21]，「言《易》自淄川田生；言《書》自濟南伏生；言《詩》，於魯則申培公，於齊則轅固生，燕則韓太傅；言《禮》，則魯高堂生；言《春秋》，於齊則胡毋生，於趙則董仲舒」。[22]文帝（前179-前157在位）立《魯詩》《韓詩》博士。景帝（前156-前141在位）立《齊詩》博士。武帝（前140-前87在位）則立《尚書》歐陽氏博士，《禮經》博士，《易經》博士以及《春秋公羊》博士。宣帝（前73-前49在位）繼立《尚書》大、小夏侯氏，《禮經》大、小戴氏，《易經》施氏、孟氏、梁丘氏，《公羊春秋》嚴氏、顏氏以及《穀梁春秋》博士。元帝（前48-前33在位）又立《易》京氏。[23]初，高帝一統天下之後，干戈時有，未遑庠序之事；孝惠、高后時，公卿皆武力功臣；孝文帝稍登用文學之士，然文帝本好刑名；孝景不任儒，竇太后又好黃老之術，諸博士徒具官待問，未有進者。「自武帝立《五經》博士，開弟子員，設科射策，勸以官祿，訖於元始，百有餘年，傳業者寖盛，支葉蕃滋，一經說至百餘萬言，大師眾至千餘人」，「公卿大夫士吏彬彬多文學之士矣」。[24]

不過在西漢哀帝、平帝以前，立在學官的《五經》全用漢代流行的隸書書寫，史稱今文經；用漢以前文字書寫的古文經則只在民間傳授。劉歆揭起今、古文之爭，而後雙方壁壘森嚴，激烈的辯難直至漢末才暫告休止。

20　〔漢〕劉歆：《移太常博士書》，見〔漢〕班固：《漢書‧楚元王傳》。
21　〔唐〕魏徵等：《隋書‧經籍志》。
22　〔漢〕班固：《漢書‧儒林傳》。
23　參閱〔漢〕班固：《漢書‧儒林傳贊》。
24　〔漢〕班固：《漢書‧儒林傳》，並參〔漢〕司馬遷：《史記‧儒林列傳》。

　　劉歆於成帝（前32-前7在位）時與父親劉向受詔校領秘書，以此
發現許多古文經傳。哀帝（前6-前1在位）時，劉歆建議立古文《左
氏春秋》《毛詩》《逸禮》《尚書》於學官。時哀帝詔令劉歆與五經博
士講論其義，諸博士或不肯置對。劉歆又數求丞相孔光為言《左氏春
秋》，孔光不肯；於是移書太常博士以責讓之，謂彼「專己守殘，黨
同門，妒道真，違明詔，失聖意」。[25]今文學派大惡劉歆，甚或以為其
罪宜誅。

　　後漢光武帝（25-57在位）之時，尚書令韓歆、陳元等為立古文
《費氏易》《左氏春秋》，與范升激烈辯難。《左氏春秋》終立於學
官。然議論嘩然，自公卿以下「數廷爭之……《左氏》復廢」。[26]此後
章帝建初四年（79），古文經學家賈逵又曾與今文學家李育往返辯難
於白虎觀。[27]

　　質言之，今、古文經學均為儒學傳統的表現形態或解釋體系。但
今、古文經學的激烈論爭及二者內部複雜的分化固可說明儒學的興
盛，卻也透露了漢儒在把握儒學精神方面的緊張狀態。對經書的不同
理解使儒學精神變得不確定、不明晰。[28]甘露三年（前51年），諸儒講
《五經》同異於石渠閣，太子太傅蕭望之等平奏其議，宣帝「親稱制
臨決」。[29]建初四年（79年），諸儒會白虎觀講議《五經》同異，章帝

25 〔南朝宋〕班固：《漢書·楚元王傳》。

26 〔南朝宋〕范曄：《後漢書·鄭范陳賈張列傳》。

27 〔南朝宋〕范曄：《後漢書·儒林列傳》。關於漢代經學及今古文之爭，可參閱周予
　　同：《經今古文學》，見朱維錚編：《周予同經學史論著選集》（上海市：上海人民出
　　版社，1983年），頁1-39。

28 熱衷陰陽災異學說的讖緯又與今、古文經學日相屬和，並使之充滿了濃重的神秘氣
　　息。關於讖緯與經學的複雜關係，可以參閱周予同：《緯書與經今古文學》，見朱維
　　錚編：《周予同經學史論著選集》，頁40-69。

29 〔漢〕班固：《漢書·宣帝紀》。

「親稱制臨決」。[30]統治階級顯然意欲解決經學內部的分歧。

　　《說文解字》初成於和帝永元十二年（100），定稿於安帝建光元年（121）。這一獨特的時代可以使人們清醒許慎所面臨的種種問題。至少，他必須反思漢字對經藝、王道、前人、後人的意義，必須回答究竟如何把握《五經》之道與聖人之旨。

　　《說文》顯非產生於純粹的文字學動機，因為漢字在許慎眼中並不具有「終極意義」。但許慎卻顯然有意將漢字同社會成員的價值系統聯繫在一起：「蓋文字者，經藝之本，王政之始，前人所以垂後，後人所以識古」，「本立」而後「道生」（〈說文敘〉）；「……今《五經》之道昭炳光明，而文字者其本所由生」。[31]製作《五經》的聖人已遠，後生者無以與之對質；但這並不意味著後人可以對《詩》《書》《禮》《易》《春秋》等儒家經典妄下論斷，「文字」本身正是對漢代「人用己私，是非無正」等浮躁世風的有力的、根本的駁正。但是，許慎同時也提醒人們注意：並非不同系統的諸種字形都具有同樣的「發言權力」。秦代小篆、史籀大篆、孔子《六經》與左丘《春秋傳》之古文，「厥意可得而說」。及秦有隸書「以趣約易，而古文由此絕矣」；隸書構形之意，不可得而說。這是因為：篆、籀、古文，形義無不相合；隸書之下，形義大都相離，妄說隸書之字，其事實近於猥褻。[32]

　　對許慎來說，漢字明則《六藝》明，《六藝》明則王道生；[33]漢字

30　〔南朝宋〕范曄：《後漢書‧肅宗孝章帝紀》。

31　〔漢〕許沖：〈上《說文》表〉，見《說文》十五下。

32　參閱〈說文敘〉及高亨：《文字形義學概論》（濟南市：齊魯書社，1981年），頁31-32。

33　《六藝》與王道的關係在許慎眼中誠如《漢書‧儒林傳》所云：「《六藝》者，王教之典籍，先聖所以明天道，正人倫，致至治之成法也。」

雖非最高價值，但卻指向最高價值。由此，許慎創立文字學的目的必然地趨向於經學的目的。

許慎「說文解字」主要是為了解決儒學面臨的問題。而儒學傳統作為社會普遍價值的體現，又顯然構成了《說文》產生的歷史文化動力。

歷來學者在探討《說文》產生的歷史、文化背景的時候，常常忽視當時思想家對「秩序」的普遍追求。實際上，將意識形態或經驗知識建構於某種秩序、框架或模式之中，乃秦漢思想的根本特徵之一。

戰國末年的《呂氏春秋》較早地表現了這種傾向，其《序意》云：「蓋聞古之清世，是法天地。凡十二紀者，所以經治亂存亡也，所以知壽夭吉凶也，上揆之天，下驗之地，中審之人，若此則是非、可不可無所遁矣。」《呂氏春秋》試圖建構一種包括自然與社會的完整系統，並把人事、政治等具體地納入這一系統之中。

武帝時期的《淮南子》凡二十一篇，而「天地之理究矣，人間之事接矣，帝王之道備矣」。[34]它將宇宙時空的起始與變化以及現實事物的種種形態與複雜變異，全納入精審內在的陰陽五行那一巨大的骨架之中。

董仲舒（前179-前104）則將作為生物存在的人以及作為社會存在的尊卑等級、倫常制度，展示為陰陽五行在天地之間的推演，使人事、政治、制度與陰陽、四時、五行相類相依，構成了一個和諧、穩定、平衡、綿延不絕的「機體」。

彌漫於秦漢思想領域的陰陽五行學說，典型地表現了人們對「秩序」的追求。這種學說以五為數，把天文、地理、曆算、氣候、形體、生死、等級、官制、服飾等天上人間可以觸及、可以觀察、可以

---

34 《淮南子‧要略》。《漢志》著錄《淮南子》內21篇、外33篇，今只傳內篇。

經驗甚至不能觸及、不能觀察、不能經驗的對象，包括社會、政治、
生活、個體生命的理想與現實，全部納入一個以陰陽五行為性質表徵
與運行力量的整齊模式之中。如基本成熟於秦漢時期的《黃帝內經》
以「木、火、土、金、水」五行分別統率著東、西、中、南、北五
方，春、夏、長夏、秋、冬五季，麥、菽、稷、麻、黍五穀，風、
暑、濕、燥、寒五氣，平旦、日中、日西、日入、夜半五時，生、
長、化、收、藏五應，酸、苦、甘、辛、鹹五味，角、徵、宮、商、
羽五音，青、赤、黃、白、黑五色，目、舌、口、鼻、耳五官，肝、
心、脾、肺、腎五臟，膽、小腸、胃、大腸、膀胱五腑，筋、脈、
肉、皮毛、骨五體，怒、喜、憂、悲、恐五志，呼、笑、歌、哭、呻
五聲……[35]

　　漢人的秩序化傾向幾乎滲透於一切思想、生活領域。天地間的萬
事萬物，其大如地裂山崩，其小如一顰一笑，都被安排於某種模式之
中。兩漢時期的歷史發展觀，可以說是這一傾向的又一鮮明表徵。彼
時人們普遍認為：歷史從過去到現在以至將來，均按照某種往復迴圈
的模式運行；每個朝代，包括懸想之中的往古之世，包括未來將要出
現的嶄新王朝，都只能歸結於這些模式中的某一位置之上，而不能逸
出於這些模式之外。

　　漢代有關歷史發展的第一種理論模式，是濫觴於戰國、盛行於西
漢末期以前的五德相勝說。[36]《呂氏春秋・應同篇》云：

　　　凡帝王者之將興也，天必先見祥乎下民。

　　　黃帝之時，天先見大螾、大螻。黃帝曰：「土氣勝。」土氣

---

35 對《呂氏春秋》、《淮南鴻烈》、董仲舒以及陰陽五行的論述，參閱李澤厚：〈秦漢思
　　想簡議〉，《中國古代思想史論》（北京市：人民出版社，1986年），頁135-136。
36 鄒衍首創終始五德學說，作「終始大聖之篇」，參閱《史記・孟子荀卿列傳》。

勝，故其色尚黃，其事則土。及禹之時，天先見草木秋冬不
殺。禹曰：「木氣勝。」木氣勝，故其色尚青，其事則木。及
湯之時，天先見金刃生於水。湯曰：「金氣勝。」金氣勝，故
其色尚白，其事則金。及文王之時，天先見火，赤烏銜丹書集
於周社。文王曰：「火氣勝。」火氣勝，故其色尚赤，其事則
火。代火者必將水，天且先見水氣勝。水氣勝，故其色尚黑，
其事則水。

持這種觀念的人視五行相生為歷史發展中確定不移的秩序，他們偶而
爭論的問題只是漢朝或其它朝代在這一秩序中的具體位置，而不是這
一秩序的有無。漢高祖劉邦自以為獲水德之瑞，與秦同；文帝初期的
賈誼則認為：秦為水德，漢滅秦意味著土剋水，故漢當為土德，大約
文帝十四年，魯人公孫臣上書，亦認為漢當土德，時丞相張蒼則力主
漢為水德之始。武帝太初改制，服色制度終依土德，而黃帝、夏、
商、周、秦、漢數代亦因此被組織入木剋土、金剋木、火剋金、水剋
火、土剋水這一漸次延續的固定模式之中。

　　漢代有關歷史發展的第二種理論模式是三統相繼說。這一學說的
主要提倡者乃武帝時期的儒學大師董仲舒。三統說將朝代的遞嬗歸於
黑、白、赤三統（並輔以夏、商、質、文四法）的循環運行之中。夏
代為黑統，法夏；商代為白統，法質（「制質禮以奉天」），周代為赤
統，法文（「制文禮以奉天」）；春秋為黑統，法商（「制爵宜商」）。[37]
五德相勝說以五行之德為禮樂制度的標準，三統說則以三統、四法作
為禮樂制度的依據；五德相勝說以黃、青、白、赤、黑五色分，三統

---

37 〔漢〕董仲舒：《春秋繁露・三代改制質文》。原文之奪誤可參閱參校本注與顧頡剛
　　〈五德終始說下的政治和歷史〉一文所引。另外需要注意的是，作為四法的「夏」、
　　「商」均非朝代之名。

說則以黑、白、赤三色分；五德相勝說以五數迴圈，三統說則以三與四為小循環，以十二為大循環。三統說雖與五德說有異，但實質上卻是五德說的變異與發展。

漢代有關歷史發展的第三種理論模式為五德相生說。五德相生說盛行於新莽之時，主要提倡者為古文經學的創始人劉歆，主要經典為《世經》。這種學說認為歷史發展的內在秩序並非五行相剋，而是五行相生。有乖於這種秩序的朝代如共工、如帝摯、如秦「伯而不王」，其勢不能長久。五德相生說將太昊伏羲氏、炎帝神農氏、黃帝軒轅氏、少昊金天氏、顓頊高陽氏、帝嚳高辛氏、帝堯陶唐氏、帝舜有虞氏、伯禹夏后氏、商、周、漢、新全部納入一個細密的五行相生的循環之中。[38]

漢人的歷史發展觀念雖然存在著上述諸種歧異或變異，但是對漢代思想的特徵來說，這顯然並不重要；重要的是其背後潛在的共同的、具有一般性的東西，即歷史發展有其秩序而且不可逸出其秩序。

秦漢思想家的所有努力與成就，都可以部分地歸結於在複雜多變的世界中追求具有持久性、具有普遍性的秩序。[39]代表許慎文字學成就的「六書說」與部首編排法等，顯然也是這種追求的結果。六書，就其主要實質而言，是多樣、矛盾的漢字在許慎的經驗感知中所表現出來的一致性與同一性；部首編排法則是許慎透過漢字多端變化與發展而體悟出來的穩定骨架。

在這一點上，許慎《說文》迥異於其自身的傳統。六書之說雖早已見於《周禮》，但在許慎之前，尚無人將其界定為漢字的內在同一

---

38 關於五德相勝說、五德相生說、三統說以及其間的複雜關係，關於這些學說對漢代政治的深遠影響，可以參閱顧頡剛：〈五德終始說下的政治和歷史〉，《古史辨》（上海市：上海古籍出版社，1982年），5冊，頁404-617，。

39 參閱〔英〕崔瑞德、〔英〕魯惟一編：《劍橋中國秦漢史》，頁700。

性或穩定性。因而彼時的六書說並不能排除漢字的「無序狀態」。

　　而《說文》分部編排法的意義，用清儒段玉裁的話說，即「凡字必有所屬之首，五百四十字可以統攝天下古今之字，此前古未有之書，許君之所獨創，若網在綱，如裘挈領，討原以納流，執要以說詳，與《史籀篇》《倉頡篇》《凡將篇》亂雜無章之體例，不可以道里計」。[40]另《說文》析分文字，立「一」為端，云：「惟初泰始，道立於一」(《說文》一上)；《說文》全書畢終於「亥」，云：「亥而生子，復從一起」(《說文》十四下)。這種獨具匠心的編排明顯寓有循環發展之意，由此使書中九千餘字儼然構成一個不可分割的整體。

　　《說文》既反映了漢人在經驗知識、意識形態等方面建構體系的時代趨勢，又說明了正是這一趨勢使許慎從自身的傳統中脫穎而出。許慎嘗云：「俗儒啚夫，玩其所習，蔽所希聞，不見通學，未嘗睹字例之條。」(〈說文敘〉)《說文》與通常字書、工具書的重要差別之一，正在於它明顯表現了作者揭示「字例之條」的努力。

　　上文的分析，已經透露了這樣一個事實：《說文》不可能產生於某種單一的傳統；僅有儒學，無論如何都不可能造就許慎這位儒學大師為達到某一儒學目的而創作的《說文》，戰國以降，各種文化傳統日益互相吸收、互相融合；對這種趨勢的認同，實為許慎「說文解字」的重要保證。

　　戰國末年的《荀子》依然帶有諸子紛爭的色彩，但它卻鮮明地表現了儒學對法家觀念的吸收。《荀子・解蔽》又云：「孟子之蔽者，亂家是也；墨子蔽於用而不知文；宋子蔽於欲而不知得；慎子蔽於法而不知賢；申子蔽於執而不知知；惠子蔽於辭而不知實；莊子蔽於天而不知人。」這種論斷與其說是對諸家思想的拒斥，不如說是對諸家思想的深刻理解與把握。這正是綜合百家的必要前提。

---

40 〔清〕段玉裁：《說文解字注》，頁764。

　　《呂氏春秋》表現了綜合陰陽、儒墨、名法、道德、農家的意圖，此書「以道德為標的，以無為為綱紀，以忠義為品式，以公方為檢格，與孟軻、孫卿、淮南、揚雄相表裏」。[41]

　　《淮南子》以道家面貌出現，視儒家學說為俗世之學。但它骨子裏卻接受了儒家注重人為，注重入世的精神。其反對「自流」「自生」的思想，正是對原始道家的嚴重背叛；其「循理而舉事，因資而立權」的思想，則從事實上接近了《易傳》順天而動的意蘊。[42]

　　漢代群儒之首董仲舒自覺地以儒家精神改造了陰陽家的天——人宇宙系統。[43]這已是眾所週知的史實。

　　對諸種傳統的綜合也是許慎思想的重要特色，許慎首先是一位儒家，他於在世之日便獲得了「五經無雙許叔重」的美稱。[44]將漢字歸結為《六藝》、王道的根本或載體，無疑也說明了他考析漢字的特有立場。但許慎立足於儒學，亦打破了儒學的局限性。他接受了原始儒家即孔子、孟子、荀子的思想，也接受了混合陰陽五行觀念的漢代儒家尤其是《春秋》專家董仲舒的思想；當他以陰陽消長來解釋干支用字或某些數目字的時候，他顯然處於陰陽五行家的立場之上，當他強調臣對君、幼對長、婦對夫的道德義務的時候，他顯然接受了法家的傳統；當他以神仙學說來觀照漢字構形與內涵的時候，他顯然又接受了道家得道成仙的觀念。

　　不管許慎《說文》正確與否，它所呈現出的事實都不容懷疑；這種事實是，漢字闡釋必須採取綜合的立場。漢語是華夏諸民族思維的工具，漢字則是記錄漢語的視覺符號。漢字一開始就不會是某種單一

---

41 〔漢〕高誘：〈呂氏春秋序〉。

42 參閱《淮南子‧脩務訓》；李澤厚：〈秦漢思想簡議〉、〈荀易庸記要〉，見《中國古代思想史論》。

43 參閱李澤厚：〈秦漢思想簡議〉，《中國古代思想史論》。

44 〔南朝宋〕范曄：《後漢書‧儒林傳》。

傳統例如圖騰崇拜的產物，最終也不會僅是一種傳統譬如儒家思想的載體。

許慎「博問通人，考之於逵，作《說文解字》。《六藝》群書之詁，皆訓其意，而天地、鬼神、山川、草木、鳥獸、蟲、雜物、奇怪、王制、禮儀，世間人事，莫不畢載」。[45]這樣一種著作無疑只能產生於對諸種文化傳統的綜合。

在具體的學科發展方面，《說文》自然有其可資利用的傳統。

文字學萌芽於周秦。宣王太史籀的《史籀篇》，是文字學史上的第一部字書。剖判字形來解說漢字的做法，在《春秋左傳》《韓非子》等典籍中已有零星的表現。《周禮・地官》留下了迄今為止有關「六書」的最早、最簡括的記載。見錄於《世本》《荀子・解蔽》《韓非子・五蠹》《呂氏春秋・君守》等著作的「倉頡作書」的傳說，則表現了人們對漢字發生問題的朦朧意識。秦代書同文字，而《倉頡》《爰歷》《博學篇》作焉。漢初，閭里書師又並三篇而為《倉頡篇》。《倉頡篇》每句羅列相關字詞，為四言韻語，表現了作者對漢語字詞系統之內在關係的初步體察。

許慎以前的漢代文字學既繼承周秦之緒，又有新的突破與發展。《漢書・藝文志》記載：「武帝時，司馬相如作《凡將篇》，無復字。元帝時，黃門令史游作《急就篇》，成帝時，將作大匠李長作《元尚篇》，皆《倉頡》中正字也。《凡將》則頗有出矣。至元始中，徵天下通小學者以百數，各令記字於庭中，揚雄取其有用者以作《訓纂篇》，順續《倉頡》，又易《倉頡》中重複之字，凡八十九章。臣（班固）復續揚雄作十三章，凡一百二章，無復字，《六藝》群書所載略備矣。」這些字書，除《急就篇》以外大多已經亡佚。

---

45 〔漢〕許沖：〈上《說文》表〉。

　　《急就篇》以七言韻語為主，雜以三言、四言，以名姓、錦繡、飲食、衣物、臣民等義類羅列漢字，「分別部居不雜廁」[46]，編排謹嚴有序。尤其值得注意的是，《急就篇》時或將同部漢字統歸於部首字之下，如「金」字之後羅列「銀、鐵、錐、鍪、鍛、鑄、錫、鐙、錠」等三十二字，這種情形從某種程度上暗示了字義偏旁顯明漢字類屬的功能。《急就篇》的編排方法與《說文》之「分別部居，不相雜廁」（〈說文敘〉）幾乎只有一步之遙。

　　漢代《倉頡》注同樣表現了文字學的發展。《漢志》列揚雄〈訓纂〉一篇、〈倉頡訓纂〉一篇，列杜林〈倉頡訓纂〉一篇、《倉頡故》一篇。四書已佚。然據《說文》所引，可知類似著作主要是釋義，兼說字形。揚、杜二人顯然繼承了濫觴於春秋、戰國時期析字說義的傳統，這一傳統至許慎《說文》而蔚為大觀。[47]

　　另外，漢代古文經相繼發現。這為許慎「分文析字」提供了當時最為可靠的文字材料。漢初，「北平侯張倉獻《春秋左氏傳》」；武帝末，「魯恭王壞孔子宅而得《禮記》《尚書》《春秋》《論語》《孝經》」（〈說文敘〉）；成帝時，劉歆「受詔與父向領校祕書」，得古文《逸禮》《尚書》《左氏春秋》；[48]「郡國亦往往於山川得鼎彝，其銘即前代之古文」（〈說文敘〉）。

　　對這些古文經的來歷，後人多持懷疑態度。然其中文字斷非「鄉壁虛造不可知之書」（〈說文敘〉）。對古文與隸書的比較研究，可使許慎更為明切地感受到漢字字形的特有功能，感受到漢字字形對其內涵的特定意義。這對許慎確定自己的主要觀照對象與方法，具有不可低估的影響作用。

---

46 《急就篇》篇首。

47 關於許慎以前文字學的具體情況，可以參閱黃德寬、陳秉新：《漢語文字學史》，頁1-23。

48 〔漢〕班固：《漢書‧楚元王傳》。

　　總之，我們認為是特定的歷史環境、特定的文化傳統成全了許慎，並造就了《說文》。我們這樣說無意也不能抹殺許慎個人的豐功偉績。因為偉人之所以為偉人，主要不在於他能超越時代，而在於他能敏銳地感受時代的要求，並牢固把握種種不可多得的歷史契機。

第四章
傳統文字學的理論支點：
〈說文敘〉

　　〈說文敘〉包含著許慎有關漢字的所有重要思想，如漢字的發生、漢字的發展、漢字的構造、漢字的價值以及闡釋漢字所應遵循的求實精神等。這些思想，形成了近兩千年來傳統文字學的整體框架。許慎對漢字價值的追索揭示了傳統文字學所以創立乃至發展的歷史、文化動力，許慎對漢字發生、發展的論斷標誌著傳統文字學對漢字的歷時性反思，許慎關於漢字構形的六書學說代表了傳統文字學理論的基本核心，許慎所倡導、所實踐的求實精神，則提供了漢字學得以構建與發展的根本保證。不過，〈說文敘〉的整體思想及其諸多方面，都具有明顯的欠缺。

　　許慎認為，漢字乃經藝的根本，王政的開端，故〈敘〉中云：「蓋文字者，經藝之本，王政之始；前人所以垂後，後人所以識古。」許慎之子許沖〈上《說文》表〉則云：「蓋聖人不空作，皆有依據，今《五經》之道昭炳光明，而文字者其本所由生。」[1]文字明則《六藝》立，《六藝》立則王道生。

　　許慎將漢字的價值歸結於以《六藝》或《五經》為載體、以王道為根本的儒學傳統，由此締結了漢字與《六藝》、王道的姻緣，使文字之學從創立伊始便成為儒家人格模式「格物、致知、誠意、正心、

1　見《說文》十五下，「聖人不空作」段注本作「聖人不妄作」，此據大徐本。

修身、齊家、治國、平天下」[2]的伸延。這種觀念在後儒思想中愈來愈明晰。元人周伯琦〈六書正訛敘〉即云:「六書者,文字之本也。不達其本而能通其用者,不也……書之六義,大略若此,包羅事物,靡有或遺,以之格物則精,以之窮理則明,以之從政則達。」雖然許慎對漢字價值的這種反思具有明顯的單向性,但它卻表明兩漢時期的儒學復興與經學昌盛乃文字學得以創立的不可缺少的推動。而且一如眾所週知,對漢字價值的這種單向度的追索,在一個漫長的歷史時期內規定了傳統文字學對這一重要問題的反思。

　　許慎對漢字起源與發生的論說具有鮮明的世俗化傾向,這種傾向使得〈說文敘〉與其它有關漢字發生的神奇傳說構成了觸目驚心的對比。

　　《淮南子·本經訓》云:「昔者倉頡作書而天雨粟,鬼夜哭。」《春秋元命苞》則云:「倉帝史皇氏名頡,姓侯岡,龍顏侈哆,四目靈光,實有睿德,生而能書。……於是窮天地之變,仰觀奎星圓曲之勢,俯察龜文、鳥羽、山川、指掌,而創文字。天為雨粟,鬼為夜哭,龍乃潛藏。」這種怪異的傳說,自然會被審慎的文字學家視為閎大不經之論。〈說文敘〉云:

> 古者庖犧氏之王天下也,仰則觀象於天,俯則觀法於地,觀鳥獸之文與地之宜,近取諸身,遠取諸物,於是始作《易》八卦,以垂憲象。及神農氏結繩為治而統其事,庶業其繁,飾偽萌生。黃帝之史倉頡,見鳥獸蹄远之跡,知分理之可相別異也,初造書契,百工以乂,萬品以察。

2　參閱《禮記·大學》。

　　這段文字雖採擷於《周易·繫辭下》，但比《繫辭》之說更有條理。值得注意的是，〈敘〉將「八卦」「結繩」「書契」羅列在一起，並非意指三者有源流關係。[3]其主要用意在於說明：其一，八卦、結繩、書契的產生，都基於「王天下」、治世統業、治百工、察萬品的現實需要；其二，制卦垂象與造為書契，都受益於對天象、地法、鳥獸、山川、人物等自然事物的形象感知。換言之，〈說文敘〉的主要意思是，八卦、結繩、書契都曾發揮過相似的社會功能，八卦與書契在製作方面有著相似的思維方式。

　　〈說文敘〉顯然摒棄了與《淮南子》《春秋元命苞》相類的有關漢字發生的神秘傳說[4]，這對後人來說未必全是幸事。因為它忽視了漢字發生與遠古文化機制（尤其是那些可給人類靈魂以強烈震撼的文化機制，如圖騰崇拜、原始巫術等）的深刻關係。[5]對遠古祖先以及

3　漢代有人以八卦為古文字，如《易緯·乾坤鑿度》以為：☰為古文天字，☷為古文地字、☲為古文火字，☵為古文水字，☴為古文風字，☳為古文雷字，☶為古文山字，☱為古文澤字。幸而結繩之說難與文字附會，否則穿鑿之論必更繁多。參閱高亨：《文字形義學概論》，21-22頁。

4　許慎嘗為《淮南子注》，惜已亡佚。

5　這裏的「巫術」有其科學的內涵，不可簡單地等同於中國古代的巫覡之事。我們基本上採用英國著名人類學家 James G. Frazer（1854-1941）有關巫術的觀點。巫術可以分為接觸巫術與模仿巫術，其心理基礎分別是「接觸律」與「相似律」。澳洲土人認為：人的門牙被棄於地面而有螞蟻在上面爬，那麼他一定會患牙痛；這顯然可以看出接觸巫術對人類靈魂的震撼。中國漢代廣為流行的施法於人偶以求加害於對手的做法，則主要是基於與模仿巫術有關的觀念。圖騰崇拜對人類心靈的震撼不亞於巫術，圖畫與模仿圖騰形象乃圖騰崇拜中極為常見的事；其心理學意義可以從下列文化學科材料間接地看出：一個北美曼丹人曾說為野牛畫肖像的人把曼丹人的許多野牛放進了自己的畫裏，並認為從那時候起，他們將再也沒有野牛吃；大多數印第安人則不允許別人給自己畫像或照相，他們確信這會使他們付出自己身體的一部分，並使自己不得不受制於掌握這些像的人。上述部分材料可以參閱朱狄：《原始文化研究》（北京市：生活·讀書·新知三聯書店，1988年），頁34-52；〔法〕列維·布留爾：《原始思維》，頁38-39。

遠古文化的假定愈理性、愈有世俗經驗基礎，便愈會偏離歷史的真實。[6]《淮南子》《春秋元命苞》的有關記載很可能以一種素樸的形式，從一定程度上展示了歷史的真面目。

〈說文敘〉謂：「黃帝之史倉頡，見鳥獸蹄迒之跡，知分理之可相別異也，初造書契。」後人或申論此說云：先民與鳥獸為伍，或捕鳥獸而得食，或被凶獸所殺，二者必具其一；在嚴酷的生存鬥爭中，先民逐步學得了辨別鳥獸足跡的本領。對先民而言，鳥獸足印便是傳達信息的符號：凶獸未到，先已逃避；食獸剛過，便去追捕。把這些禽獸足印的特徵描畫下來，以轉告他人，便成了記事的圖畫。文字便起源於這種記事圖畫。持這種觀點的人還認為，圖繪鳥獸足跡對漢字發生的影響，尚殘留於漢字構形之中：《說文》「宷」（審）、「悉」「釋」均從「釆」（讀若辨），意指獸足的「番」字亦從「釆」；「釆」象「獸指爪分別」之形，其義正是「辨別」（《說文》二上）。這種觀點，便是有關漢字發生的「鳥獸足跡說」。[7]

表面上看來，鳥獸足跡說有一定的道理。但實質上不過是似是而非之論。文化學家的確曾以大量的事實證明遠古人類對禽獸足跡有極強的辨別能力，如澳大利亞的土人不但能分清各種動物和鳥的足跡，而且在查看了某一獸穴之後，能立刻按照最新足跡的走向準確判斷洞內是否有動物；土人還能夠辨別出每一個熟人的腳印；[8]但是，同樣豐富的材料則證明了原始人類的細膩感知並不止於禽獸足跡。南非布

---

6 今人申小龍〈漢字的文化形態及其演變〉解釋「天雨粟」云：「文字畢竟是人類發展的巨大動力。『天』都會為之『雨粟』，因為文字使人類的經驗得以積累傳承，促進了生產力的迅猛發展」（載香港《語文建設通訊》，42期，1993年12月）。這種解釋跟孔子解釋「夔一足」一樣（見《韓非子·外儲說左下》），看似科學，實難令人信服。

7 參閱胡奇光：《中國小學史》，頁17-18。

8 參閱〔法〕列維·布留爾：《原始思維》，頁104。

須曼人描繪象、犀牛、長頸鹿、以蘭羊、水牛、羚羊、鴕鳥、土狼、猿、狗、牛、馬等動物的形象非常逼真、非常細膩，人物圖形也極其精確，在這個專門狩獵的民族中，植物普遍受到人們的忽視。[9]這些事實證明，與鳥獸為伍的遠古祖先最能具體感知的對象只能是動物和人，對禽獸足跡的高度辨識能力與先民對禽獸本身的細膩感知必然相輔相成；將兩者割離，便無以強化不同足跡與不同動物之間的對應。因此，將漢字的起源單純地歸納為描畫禽獸足跡的說法，至多只能是片面的深刻。

　　另外，鳥獸足跡說強調的是禽獸足印對不同禽獸的區別能力。按照這種觀點，「記事圖畫」或初期漢字應當用禽獸足印的象形來意指各種禽獸。遺憾的是這一點並不能從漢字中得到證明。漢字中不惟沒有用禽獸足印的象形來指不同禽獸的情況，亦且沒有用禽獸足印的象形來指不同禽足獸腳的情況。段玉裁《說文解字注》所謂「見迋而知其為兔，見速而知為鹿」[10]，《爾雅・釋獸》所謂鹿「其跡速」、兔「其跡迋」等，都曾被用來支持鳥獸足跡說；但是「速」為鹿跡而非鹿，「迋」為兔跡而非兔，「鹿、兔」二字並非通過鹿跡、兔跡的象形來別異，而且「速、迋」這兩個字根本就不具有典型的發生學意義。雖然「審、悉、釋、番」的古文字形都取意於「釆」，但籠統的、一般的獸爪分別之形不可能有任何別異不同禽獸的作用。因此「審、悉、釋、番」等字，實不能確鑿地證明任何可以滿足鳥獸足跡說需要的東西。

　　後世學者還曾從〈說文敘〉中衍化出「書畫同源」「書源於畫」等說。清儒段玉裁注「倉頡之初作書，蓋依類象形，故謂之文」云：

9　〔德〕格羅塞：《藝術的起源》，頁136-137。

10　〔清〕段玉裁：《說文解字注》，頁754。「速」實為「跡」之籀文所誤。

「文者，逪畫也，逪其畫而物象在是。」[11]又云：「文字起於象形……古畫圖與文字非有二事。」[12]宋人鄭樵亦云：「書與畫同出，畫取形，書取象，畫取多，書取少。」[13]今人周祖謨等一反書畫同源之舊說，認為「漢字是由圖畫發展來的」。[14]書畫同源說認為漢字與圖畫同出一源，這顯非漢字發生問題的解決。書源於畫說也是如此，當有關圖畫發源的問題還懸而未決的時候，人們不可能亦不應該指望從圖畫之中找到漢字發生問題的著落。

實際上，所謂鳥獸足跡說、書畫同源說、書源於畫說等都沒有完全領會〈說文敘〉的初衷。〈說文敘〉的原意並非指書契的創制起源於對鳥獸足跡或其它事物的圖繪；它只是把漢字發生的契機歸結為鳥獸足跡對史皇倉頡的啟發：倉頡觀察眾鳥眾獸的足跡，見鹿跡而知其為鹿，見兔跡而知其為兔，各種鳥獸都可以從其不同的足跡中識別，於是他悟出不同的事物可以用不同的文理來「別異」；於是他勾勒不同物類的形象來作為它們的表徵。這便是「文」。

〈說文敘〉的問題在於：第一，它把漢字的發生歸結於某人的偶然經驗，沒有說明漢字發生的必然性。換句話說，它並沒有把漢字的發生視為某種文化機制運行的必然結果。第二，〈說文敘〉沒有說明造字者為何已意識到不同事物的文理可以別異事物本身，卻不曾意識到僅不同的聲音便可以在——定程度上表徵不同的意義；因而它不可能說明造字者為何不用某種符號來記錄表示不同內涵的聲音。第三，〈說文敘〉沒有說明漢字發生的文化——心理前提，即對事物形象的細膩感知以及對這種感知的清晰表象與精確傳達。

---

11 同上書，頁754。

12 同上書，頁763。

13 〔宋〕鄭樵：《通志‧六書一》。

14 周祖謨：《漢字的產生和發展》，見《問學集》，頁3。該文還為此提供了更新的證明材料，即「甲骨文已經是一種很發達的文字了，可是還保留不少圖形的文字」。

　　〈說文敘〉的這些問題都說明，由許慎創立的漢語文字學並沒有清醒地自覺傳統文化給予漢字發生的深遠影響。

　　跟漢字發生密切相關的問題無疑是漢字形體的演變，在這一方面，〈說文敘〉比較關注影響漢字演變的外部歷史、文化條件。〈說文敘〉認為：黃帝史官倉頡為了以百工、以察萬物，「初造書契」，是為「古文」；此後周宣王太史籀著大篆十五篇，雖與古文或異，然大要是對古文的因襲，是為「籀文」，又稱「大篆」；[15]自孔子、左丘以下，「諸侯力政，不統於王，惡禮樂害己而皆去其典籍，分為七國，田疇異畝，車途異軌，律令異法，衣冠異制，言語異聲」而「文字異形」，是為戰國文字；[16]秦始皇初兼天下而「書同文字」，李斯《倉頡篇》、趙高《爰歷篇》、胡毋敬《博學篇》皆採摭史籀大篆，或頗有省改，是為「小篆」；當此之時，秦又「燒滅經書，滌除舊典，大發吏卒，興役戍，官獄職務繁，初有隸書以趣約易」，古文、大篆、小篆由此遂絕。

　　〈說文敘〉對漢字形體演變的論列次序井然。其中尤為值得注意的是，〈說文敘〉把由篆而隸的變化視為漢字形體變遷中的巨大變革，認為漢字構形自小篆以上，「厥意可得而說」，自隸書以下，形義「大都相離」。[17]這對漢代「稱秦之隸書為倉頡時書」，並「競逐說字解經誼」的世風，[18]無疑是一種批判。

　　〈說文敘〉對漢字演變的條理，從客觀上說明了漢字「日趨約

---

15 籀文興於周宣王時，未見用於西周，而見用於春秋戰國；未遍行於海內，而獨行於西方之秦。參見高亨：《文字形義學概論》，頁42-43。

16 〈說文敘〉並未給以專名。一般認為，戰國時秦之文字即史籀大篆，而東土之文字即為壁中古文。參閱王國維：《史籀篇疏證序》；高亨：《文字形義學概論》，頁34、42-43。

17 參閱高亨：《文字形義學概論》，頁32。

18 《說文》大徐本作「競說字解經誼」，此依段注本。

易」乃不可逆轉的歷史趨勢，漢字構形終將日益喪失其呈現漢字內涵的意義。但是〈說文敘〉並沒有意識到，最初遵循形──義原則的漢字自發生之日起便經受著音──義原則的困擾，漢字作為記錄漢語言的符號系統，能否貫徹音──義原則從某種意義上說更為重要。當然，漢字迄今為止仍然沒有達到完全以形表音的程度，其構形與主要遵循形──義原則的古文字依然具有一定程度的對應關係。但任何人都不會懷疑：其一，隸書以下，漢字構形的表義功能主要由合體字體現，因為合體字的某一或某些偏旁從邏輯意義上說已經先行凝固為形、義、音三者統一的整體；如果進一步考察作為偏旁的獨體字，人們可以發現其表義功能幾乎蕩然無存。其二，漢字構形與字音的結合雖然不能內化於漢字構形之中，但卻可以經過反覆的強化使這種結合凝結為一體。隸書通行的時代以下，對於大眾用字，人們首先要做的主要是強化字形與字音的結合。

〈說文敘〉幾乎完全忽略了這一事實，即從漢字自身發展的內部規律立論，其構形日趨約易、日趨背離字義實乃歷史的必然。但是不管如何，〈說文敘〉對漢字形體演變的論說，同它對漢字發生的假定一樣，代表了傳統文字理論的又一高峰，後說可以修補它們，但卻無法取而代之。

就歷史的考察而言，〈說文敘〉最為重要的內容是「六書」理論。

六書之名，始見於《周禮‧地官‧保氏》，所謂「保氏諫王惡，而掌養國子以道，乃教之六藝……五曰六書」云云，只有總名，未聞其目。六書之目始見於漢代。《漢書‧藝文志》云：

> 《周官》保氏，掌養國子，教之六書，謂象形、象事、象意、象聲、轉注、假借，造字之本也。

《周禮》鄭玄注引鄭眾《周禮解詁》云：

> 六書，象形、會意、轉注、指事、假借、諧聲也。

二說已有六書條目，但無具體界說；而且名目或異，次第亦殊。〈說文敘〉不惟為六書正名，亦且最早給六書以具體的界定：

> 一曰指事。指事者，視而可識，察而見意，「上」「下」是也。
> 二曰象形。象形者，畫成其物，隨體詰詘，「日」「月」是也。
> 三曰形聲。形聲者，以事為名，取譬相成，「江」「河」是也。
> 四曰會意。會意者，比類合誼，以見指，「武」「信」是也。五曰轉注。轉注者，建類一首，同意相授，「考」「老」是也。六曰假借。假借者，本無其字，以聲托事，「令」「長」是也。

許慎六書說結晶於他說文解字的具體實踐，他並非預先設定六書的框架，然後再硬性地把漢字塞到這些框架裏面。漢字成千上萬，其形態紛繁複雜、變動不居，〈說文敘〉第一次使人們從中清晰地看到一種基本穩定的秩序。

六書本有體用之分，嚴格說來不應當並列在一起。許慎說文解字九千餘，沒有一字注明「轉注」「假借」，〈敘〉中提及的「考、老、令、長」實際上被分別歸於形聲、會意之中。許慎本人顯然已經意識到轉注、假借跟象形、指事、會意、形聲四書的差異。清儒戴震對這種差異進行了清醒的論說，明確以指事、象形、諧聲（即形聲）、會意為「字之體」，以轉注、假借為「字之用」。段玉裁極贊其睿智，以為「聖人復起，不易斯言」。[19]

---

19 參閱〔清〕戴震：〈答江慎修先生論小學書〉；〔清〕段玉裁：《說文解字注》，頁755。

　　然而體用之分併不能治癒許慎六書說的致命傷。許慎六書的分類缺乏一種應有的、明晰固定的、反映漢字自身屬性的科學標準。轉注、假借可以不論，轉注、假藉以外，指事、會意關注的是字形與字義之間的關係，象形關注的是字形與物形之間的關係，形聲關注的則是字形與字義、字音之間的雙重關係。

　　字形、字義、字音雖為漢字的三種屬性，但是對作為語言符號的漢字來說，它們並非處於同一邏輯層面上，字形只是中介，字音與字義才是終極目的。誠如段玉裁所云：「聖人之造字，有義以有音，有音以有形；學者之識字，必審形以知音，審音以知意。」[20]漢字構形方式的分類，理應以字形的表義、表音功能為內在依據。

　　〈說文敘〉云：「象形者，畫成其物，隨體詰詘，『日』『月』是也。」表面上看來，許慎似謂象形字以自身的形體表徵字義，實際上事情遠非如此簡單。《說文》釋「日」云：「日，實也，太陽之精不虧，從口一，象形。」（《說文》七上）「口」應為日形之變，其中之「一」指示日中實而不虧。[21]《說文》釋「本」云：「本，木下曰本，從木一在其下。」（《說文》六上）徐鍇注曰：「一，記其處也」，「本」「末」「朱」皆同義。[22]就是說，「一」作為記號只是標指木下、木上、木中之所在。許慎顯然以「本、末、朱」三字為指事字。《說文》釋「刃」云：「刃，刀堅也，象刀有刃之形。」（《說文》四下）實際上，「刃」字刀上之一畫也是標指字義的記號。

　　上述解釋已經顯示出明顯的混亂。「日、刃、本、末、朱」等字明明都有指事符號，可許慎卻分別以象形、指事目之。這說明許慎在區分象形字與指事字的時候，並沒有充分關注漢字構形的具體功能。

20 〔清〕段玉裁：《說文解字注》，頁764。
21 同上書，頁302。
22 〔南唐〕徐鍇：《說文解字通釋》，卷第十一「本」字條、「朱」字條。

　　許慎對會意字的界定與此相似。「會意者，比類合誼，以見指，『武』『信』是也」；這種說法的關鍵問題實不在於例字恰當與否。《說文》釋「戒」云：「戒，警也，從廾持戈以戒不虞。」釋「兵」云：「兵，械也，從廾持斤，並力之貌。」（《說文》三上）就漢字構形的表義功能而言，「戒」字中的「廾」與「戈」「兵」字中的「廾」與「斤」不可離析為兩個獨立的部分，兩者都必須還原、組合成一個整體，即雙手持戈、雙手持斤之像。《說文》「它」之或體「蛇」從蟲從它，「蟲」為象形字，在此作形符表示「蛇」的義類，「它」字本身亦逕作蛇形（《說文》十三下）；「糾」字從糸從丩，「糸」本為束絲之形，表示「糾」的義類，「丩」本作互相糾繚之形，表示「糾」之狀貌，「糾」者，三合繩也（《說文》三上），「蛇、糾」兩字均不可還原、組合為一個整體。可在許慎眼中，「戒、兵、蛇、糾」四字均為會意字，這說明許慎判斷會意字的標準，在於漢字是否可以從表面上離析為兩個或兩個以上的表義字符或表義形象。

　　按照許慎的標準，人們完全可能將兩個根本不同的漢字牽合在一起。例如甲骨文「保、毓」二字均從人從子[23]，若其意在於會合兩個獨立的部分，二字豈非毫無差別？實際上就這兩字來說，建立在字形與字義之間的關係，並非以兩個獨立的部分為中介。甲骨文「保」字的兩個偏旁皆平列，乃人負子之像；「毓」字的偏旁「人」則位於「子」之上，其中「子」字時或倒立，乃人生子之形。二字均不可切分。

　　不顧漢字構形的具體功能而隨字形外觀來討論會意字，乃傳統文字學的重大謬誤之一。今人周祖謨在〈漢字的產生和發展〉一文中所列舉的十四個所謂「合體表意字」實際上都不可簡單地視為「會意

---

23 分別見中國科學院考古研究所編：《甲骨文編》，卷八·三、卷十四·十六。

字」。[24]具體說來,「從、牧、逐、伐、秉、祝、降、武、相、啟、得、受、休、取」諸字並非意指人與人、持鞭之手與牛、人之足止與豕、戈與人、禾與手、神主與張口祝禱跪伏之人、陵阜與雙腳、人之足止與戈、人目與木、人手及閂、人手與貝、人手與舟、人與木、人手與耳的機械拼合。在這裏,與字義聯結在一起的與其說是兩個或幾個獨立的部分,不如說是這幾個部分之間不可分割的關係。因而,這些字都必須被理解為一個完整的有機體,即一人跟隨另一人、以手持鞭驅趕牛、人放足追逐豕、戈擊人頸、手持禾稈、人跪於神主前禱告、腳下於陵阜之坑坎、人荷戈而行、眼觀樹木、手排門扉、手取海貝、一人授舟而一人受之、人倚木而憩、手持人耳等。

也許在說文解字的過程中,許慎已經朦朧地意識到有些所謂的會意字實不可理解為兩字或數字之會,但他確乎自始至終都沒有從理論上釐清這個問題。

許慎《說文》中「有清晰的界限的,只有形聲一類,可是有一部分『亦聲』的例子,依舊和會意有些牽纏」。[25]許慎不可能為指事、象形、形聲、會意奠定牢固、科學的基礎,因為他並非從漢字的內在屬性中尋求漢字構造的規律。六書說在很大程度上只是對漢字的表層的、素樸的經驗感知。這注定了後人在許慎圈定的範圍內所進行的那些繁雜的重新排列與組合,依然具有鮮明的隨意性與盲目性。當主張新四書說的人們,依然沒有清醒地意識到漢字構形功能(作為漢字的內部屬性)乃客觀的既定史實,並提出漢字是否為記號字將隨不同的主體而變化的時候,他們實際上是在自行削弱所謂四書說的價值。

不過話說回來,許慎六書說的巨大缺陷並沒有影響它在一定範圍內、一定程度上支配著從東漢直至今天的漫長時代。許慎之下,「一

---

24 見周祖謨:《問學集》,頁6。

25 唐蘭:《中國文字學》(上海市:上海古籍出版社,1979年),頁73。

千八百多年，人們所研究的六書，至多只能做小部分的修正，大體上沒有變動」。[26]

〈說文敘〉留給世人的最後一個重要遺產，是許慎致力提倡與躬身實踐的求實精神。許氏《說文》總體上說是對當時人用己私、師心立說等浮躁世風的反叛。〈敘〉云：「諸生競逐說字解經誼，稱秦之隸書為倉頡時書，云父子相傳，何得改易？乃猥曰：馬頭人為『長』，人持十為『斗』，『蟲』者屈中也；廷尉說律，至以字斷法，苛人受錢，『苛』之字，止句也。若此者甚眾。」此種世風非惟禍及文字，亦且傷於聖人之旨，故〈敘〉中又云；「俗儒啚夫，玩其所習，蔽所希聞，不見通學，未嘗睹字例之條，怪舊埶而善野言，以其所知為秘妙，究洞聖人之微旨；……其迷誤不諭，豈不悖哉！」

許慎為了昭炳、光明「《五經》之道」，力倡文字解說必須實事求是：「書曰：『予欲觀古人之象』，言必遵修舊文而不穿鑿，孔子曰：『吾猶及史之闕文，今亡也夫』，蓋非其不知而不問，人用己私，是非無正，巧說邪辭，使天下學者疑。」故許慎以「聖人不妄作，皆有依據」[27]為原則，說解天下文字；「博採通人至於小大」，以求「信而有證」，稱引古文《易》《書》《詩》《禮》《周官》《春秋左傳》《論語》《孝經》等，以求近古近是；於其所不知，則付諸闕如。

可以說，求實精神是漢字學得以創立並發展的根本保證。倘若「治學問而至不敢明是非，還成什麼學問。學問本只是求真理，我們找出自己過去的不是，指謫別人的不是；同樣，也願意別人指謫我們的不是」。[28]只有實事求是，才能具有直面別人與直面自己的勇氣和膽識。

---

26 唐蘭：《中國文字學》，頁70。
27 〔漢〕許沖：《上《說文》表》，見《說文》十五下。
28 唐蘭：《古文字學導論》增訂本（濟南市：齊魯書社，1981年），頁12。

　　本著求實的精神，我們論列了許慎在漢字發生、演變、構造、價
值等方面的重要思想，一方面指出其不可忽視的巨大歷史價值；一方
面也揭示其不可克服的重要欠缺。本著求實的精神，我們還必須追
問：由許慎創立的傳統文字學理論從整體上看究有何種不足？

　　我們認為，傳統文字學理論就像一副軀體，其阿喀琉斯之踵在於
忽視了漢字與文化傳統的深層關係。在探索漢字的內部構成規律方
面，以六書說為核心的傳統文字學理論做出了可貴的、值得進一步反
思、回顧的努力；但在探索漢字的外部制約規律方面，這一理論體系
幾乎沒有留下多少明晰、具體而又富有啟發意義的東西，這一理論體
系並未清醒地認識、理解文化傳統在漢字發生、發展、構造、認知、
價值等方面的決定性作用。從一般意義上來說，傳統文字學日益接近
的有關漢字內部構成的規律只能使人知其然，不能使人知其所以然。
傳統文字學理論從來都沒有找到，甚或從來都無意於為自身尋找堅實
的歷史、文化根基。

　　儘管在具體考察許慎《說文解字》的時候，我們可以發現其中許
許多多解釋都已經觸及漢字與文化傳統之間的關係，然而許慎並沒有
將這種關係昇華為清醒的理論自覺。對許慎來說，歷史殘酷無情。對
後人來說，歷史同樣殘酷無情：許慎有關漢字的許多重要思想，幾乎
從一開始就成了傳統文字學理論的終結。

第五章
漢字闡釋與圖騰遺風

　　人們在闡釋漢字時有兩種常見的傾向：一是將漢字闡釋限定在既有字書與典籍範圍內做某種邏輯判斷或驗證；二是在探求字形原初意義的過程中，只關注漢字體系固有的內部屬性，譬如字形、字音、字義之間或不同漢字之間的聯繫，以及同一漢字的不同發展形態之間的聯繫等。這對漢字的研究自然是必要的。然而，準確地闡釋漢字，尤其是在追溯漢字早期構形的原初意義時，卻不能忽視漢字背後那一博大、深厚的文化傳統的價值和意義。

　　雖然歷代漢字闡釋所積纍的豐富的材料，已經說明人們在實踐中從來都沒有排斥漢字與文化傳統的深刻聯繫，但卻很少有人能夠將這種聯繫昇華為高度的理論自覺。漢字闡釋歸根結蒂是一種文化的闡釋。建立在字形與字義之間的種種聯繫，不管它在多大程度上接近歷史的真實，都無法擺脫來自文化傳統的強有力的規範，漢字闡釋在其終極意義上，是人對自然界以及人類社會的種種一般觀念的體現，是漢字構形的功能在特定文化層面上的界定和再呈。即便是「柞，木也」「杏，果也」（《說文》六上）這種最簡單、最普通的解釋，也絕非純粹個人思想的產物，它們實際上是為某一社會集團所共用的判斷，它們反映的是為這一集團所擁有的、對有關事物或現象的、最一般的觀念和感知。

　　本章將從圖騰遺風對許慎「說文解字」的影響這一特定的側面入手，來說明漢字闡釋與文化傳統的深層關係。

　　許慎對圖騰崇拜並沒有清醒的認識。圖騰崇拜幾乎從西周初年便

已經開始走向衰落，逮及兩漢，許多崇拜對象已在不知不覺中完成了
其內涵的歷史性轉換。然而不可否認，在春秋、戰國以及秦漢時期，
圖騰崇拜依然以種種不完整不系統的形態，對人們的思想意識發揮著
重要作用。這種作用在《說文》中的具體表現揭示了這樣一個事實，
即文化傳統對漢字闡釋不是無所作為，而是至關重要。

　　第一，以生命的孕育、產生為核心的有關圖騰崇拜的風俗和觀
念，明顯構成了許慎闡釋有關漢字的文化背景。

　　《說文》云：「姓，人所生也，古之神聖母感天而生子……從女
從生生亦聲。」（《說文》十二下）在許慎眼中，「姓」字取意於女性
而非男性，並非母系氏族社會女性核心觀念的歷史積澱，而是對「古
之神聖母感天而生子」這一傳統觀念的形象再現。「姜、姬、姚、
嬀」等古老姓氏以「女」為意符，也是出於相同的原因。《說文》
云：「姜，神農居姜水以為姓，從女羊聲」；「姬，黃帝居姬水以為
姓，從女聲」；「姚，虞舜居姚虛，因以為姓，從女兆聲」；「嬀，虞舜
居嬀汭，因以為氏，從女為聲」（《說文》十二下）。《說文》的意思是
指：神農、黃帝、虞舜所居的姜水、姬水、姚墟、嬀汭曾對姜、姬、
姚、嬀四個字的讀音發揮過明顯的影響作用，但卻並沒有影響它們的
構形（否則，按許慎認定的漢字構形原則，姜、姬、嬀應當從水，而
姚則應當從土）。

　　上述解釋，顯示了圖騰感生那一普遍而又悠久的信仰對許慎《說
文》的巨大作用。在古代傳說與一些緯書的記載中，太昊（即伏
羲）、少昊（即朱宣）、炎帝（即神農）、黃帝、顓頊、帝堯（即伊
耆）、帝舜、帝禹（即高密）、商祖契、周祖棄、秦祖太業等都是感天
而生：

　　　《詩含神霧》云：「大跡出雷澤，華胥履之，生宓犧；大電光

繞北斗樞星，照郊野，感附寶而生黃帝；瑤光如蜺，貫月正白，感女樞，生顓頊；慶都與赤龍合昏，生赤帝伊者，堯也；握登見大虹，意感而生舜於姚墟。」

《春秋元命苞》云：「黃帝時，大星如虹，下流華渚，女節夢接意感，生白帝朱宣。」

《春秋元命苞》又云：「安登遊於華陽，有神龍首感之於常羊，生神子，人面龍顏，好耕，是為神農。」

《尚書帝命驗》云：帝舜母縱華，感樞星而生舜，所謂「姚氏縱華感樞」。

《吳越春秋・越王無余外傳》云：「禹父鯀者，帝顓頊之後。鯀娶於有莘氏之女，名曰女嬉，年壯未孳。嬉於砥山得薏苡而吞之，意若為人所感，因而妊孕，剖腹而產高密。」

《詩・商頌・玄鳥》云：「天命玄鳥，降而生商。」

《詩・大雅・生民》云：姜嫄「履帝武敏歆」，「載震載夙」，以生后稷；《春秋元命苞》又云后稷乃「蒼神精感姜嫄而生」。

《史記・秦本紀》云：「秦之先，帝顓頊之苗裔孫曰女脩。女脩織，玄鳥隕卵，女脩吞之，生子大業。」[1]

　　圖騰感生的超經驗領域強調的是神聖力量，其經驗層次強調的則是女人的作用。許慎對「姓」等一組字的解釋，無疑表明暸他所接受的文化傳統對他分析漢字構形與內涵的獨特規定。

1　某些感生傳說殆非先秦圖騰感生之說的舊觀，譬如以感生附會太微五帝便是秦漢以後的觀點。鄭玄注《禮記・大傳》「王者禘其祖之所自出」云：「王者之先祖，皆感太微五帝之精以生，蒼則靈威仰，赤則赤恷，黃則含樞紐，白則白招拒，黑則汁光紀。」這些看似荒誕無稽的傳說，隱約透露出圖騰感生觀念衍化的蛛絲馬蹟。文中所引《詩含霧》、《春秋元命苞》、《尚書帝命驗》俱見《叢書集成初編・古微書》。

　　因為遠古祖先堅信圖騰神明與生命的繁衍生息有重要的聯繫，所以圖騰崇拜常常很自然地衍生出種種與求子、生子有關的風俗。許慎認為，「乳、孔」等字便是這種風俗的結晶。

　　《說文》云：「乙，玄鳥也，齊魯謂之乙，取其鳴自呼，象形。」（《說文》十二上）「燕，玄鳥也。籋口，布翅，枝尾，象形。」（《說文》十一下）乙便是燕，二字俱為象形字，燕篆象其全體之形，乙篆象其於飛之狀，橫看之，便可見其翅開首觫的情態。[2]

　　許慎認為，鳥有很多，非所貴者其字皆為形聲，惟「朋、舄、燕（乙）、焉」諸字為象形。《說文》釋「焉」解釋這種現象云：「凡字，朋者羽蟲之長，烏者日中之禽，舄者知太歲之所在，燕者請子之候，作巢避戊巳；所貴者，故皆象形，焉亦是也。」（《說文》四上）[3]

（《說文》鳳之古文，即朋）　　（《說文》烏之篆文與古文）

（《說文》鵲之古文，即舄）　　　（《說文》焉）

（《說文》燕）　　　　　　　　（《說文》乙）

　　鳳鳥自古被視為神鳥。《山海經·南山經》云丹穴之山，有鳥如雞，五彩而文，名為鳳凰，飲食自然，自歌自舞；《海內經》又雲西南黑水之間，都廣之野，鸞鳥自歌，而鳳鳥自舞。《尚書·益稷篇》則云：「簫韶九成，鳳皇來儀。」儒學大師孔子終生都在盼望鳳鳥臨

2　參閱〔清〕段玉裁：《說文解字注》，頁584。
3　大徐本作「朋者羽蟲之屬」，此據段注本。

世。鳳凰之貴，乃在群鳥之首。《禮記・禮運篇》云：「麟鳳龜龍，謂之四靈。」《大戴禮記・易本命》云：「有羽之蟲三百六十，而鳳皇為之長。」以烏為日中之禽的神話傳說亦有悠久的歷史。屈原《天問》曾云：「羿焉彈日，烏焉解羽？」可見戰國時期已有羿射九日，而烏羽紛紛解落的傳說。《淮南子・精神訓》謂：「日中有踆烏，而月中有蟾蜍。」踆猶蹲也，踆烏即三足烏，故《論衡・說日篇》有「儒者曰：『日中有三足烏』」云云。舃即鴰鷽。《說文》釋「鷽」云：「鴰鷽，……知來事鳥也。」（《說文》四上）清人段玉裁認為鴰鷽即今之喜鵲，避太歲，知來歲風，知人憂喜，知行人將至。[4]《淮南子・氾論訓》云：「夫螫蟲鵲巢，皆向天一」（天一即太陰），《博物志》則云「鵲背太歲」。鴰鷽之巢，恒向天一而背太歲，故自古傳說，或以鴰鷽知太歲之所在。

總之，在許慎眼中，「朋、烏、舃、燕（乙）、焉」諸字之所以象形，乃是由於文化傳統的規定，乃是由於文化傳統賦予它們的特定內涵和價值。但許慎的解釋隱含著一個重要的問題。許慎認為「可貴者」——「象形」，「非可貴者」——「形聲」；但為什麼可貴之鳥必然要用象形呢？作為造字方法，象形與形聲並沒有高低貴賤之別，它們都是標指某一語言信息的手段；但假如在一定範圍內，「象形」這種手段本身並沒有什麼獨特的價值，那麼諸字在構形方面的象形與形聲之分又有什麼意義呢？

許慎解釋的這組字至少有三個曾經指代宗族圖騰，即朋、燕、乙。從人類學立場上看，惟妙惟肖地勾畫圖騰形象並非出於某種浮淺的審美動機，它具有更加強勁的內在趨動力。它所再現的是為某一群體共用的神聖偶像；圖騰部族的成員認為，僅僅這種再現本身——

4　〔清〕段玉裁：《說文解字注》，頁150。

——在武器上、宗族旗幟或禮器上、護身符上、周圍的其它事物乃至
自己的身體上——便可以給人的生存帶來莫大的吉祥，帶來一種無形
而又神秘的再生和保祐力量。因此，對圖騰神明的「象形」不是一種
偶然的、隨便的、可為可不為的事情，而是發自生命深層的強烈欲動
和祈求。值得注意的是，這種欲求的結果必然會產生超出其主觀動機
的意義。當一種圖騰被表現為某種形象並呈現在人們面前的時候，人
們不可避免地要對之做出相應的認定，要把它同心中的某種事物或觀
念聯繫起來。因此圖騰崇拜在客觀上強化著「形」與「名」之間的關
聯；當這種關聯被強化到一定程度，以至於某些圖騰形象被自然而然
地當作記錄語言信息的視覺符號的時候，這些「形象」便獲得了文字
的功能和意義；將這種原則進一步普遍化，大量勾畫事物形象來標誌
語言中的諸多物名，則導致了一批象形字的產生。

顯然，只有立足於上述文化背景，才可以明白許慎解釋「朋、
燕」等字所涉及的經驗事實對漢字產生及其深層特徵的完整意義。[5]

在朋、烏、鳥、乙、焉等動物中，尤其值得注意的是乙鳥，即玄
鳥、燕兒。許慎認為，玄鳥所負載的特定文化意蘊首先在於它是「請
子之候鳥」。《說文》云：「乳，人及鳥生子曰乳，獸曰產，從孚從
乙。乙者，玄鳥也。〈明堂月令〉：玄鳥至之日，祠於高禖以請子，故
乳從乙。」「孔，通也，嘉美之也，從乙從子。乙，請子之候鳥也，
乙至而得子，嘉美之也。」（《說文》十二上）[6]

5　有關漢字發生問題的種種神話，使得具有現實意義的所有假說多少都有其理論價
　　值；漢字只能是中國文化機制不斷運行的自然產物。郭沫若〈殷彝中圖形文字之一
　　解〉認為凡圖形文字之作鳥獸蟲魚之形者，必係原始民族之圖騰或其孑遺，其非鳥
　　獸蟲魚之形者乃圖騰之轉變，即在文化發展中已脫離其原始吟域之族徽，此說可與
　　許慎《說文》互相發明。
6　大徐本「通也」後無「嘉美之也」，此據段注本。

　　使許慎做出上述解釋的是古人在玄鳥來臨之日祈求子嗣的風俗，其起源正是圖騰崇拜。

　　玄鳥是殷商民族的圖騰。在遠古祖先的心目中，玄鳥與商族的產生、繁衍有著非常重要的關係，故《詩》云「天命玄鳥，降而生商」。《史記‧殷本紀》更云：「殷契，母曰簡狄，有娀氏之女，為帝嚳次妃。三人行浴，見玄鳥墮其卵，簡狄取吞之，因孕生契。」從某種意義上可以說，玄鳥本身便是生命的象徵。[7]正因為帝嚳高辛氏有簡狄吞燕卵而生子的嘉祥，其後帝王便立之為媒神；對玄鳥的圖騰崇拜從此與源遠流長的郊禖請子之風走向融合，玄鳥來臨之時祠祭高禖以請子嗣成了先人代代相傳的風俗。[8]直至後儒所作《禮記》，尚保留著有關這一風俗的某些記載。

　　許慎認為，這種風俗直接融入了「乳、孔」二字的構形。「乳」表示人或鳥生產，與玄鳥來至之日「祠於高禖以請子」有關；「孔」表示嘉美，與玄鳥來至之時喜得子嗣有關，故二字都取意於「乙」。

　　不過，許慎顯然已經不能深刻了解這種風俗的文化內涵。《說文》釋「乳」云：「請子必以乙至之時者，乙春分來，秋分去，開生之候鳥，帝少昊司分之官也。」似乎玄鳥只是自然生命周而復始的象徵。但儘管如此，許慎在觀照「燕、乙」諸字（尤其是「乳、孔」二字）的時候，並沒有拒絕這一風俗給他帶來的暗示。[9]

7　類似的材料又可見《楚辭‧天問》《列女傳‧母儀傳‧契母簡狄》《呂氏春秋‧音初篇》。

8　參閱《禮記‧月令》孔穎達疏。或以為高禖乃指簡狄，參見丁山：《中國古代宗教與神話考》（上海市：龍門聯合書局，1961年），頁9-12。

9　《說文》云：「苢，芣苢，一名馬舄，其實如李，令人宜子。」（《說文》一下）《說文》同部又收有「薏」字，釋為薏苡。自古以來，人們多以薏苡、芣苢為二物。清人吳其濬《植物名實圖考長編》引《圖經》云：薏苡「生真定平澤及田野，今所在有之。春生苗，莖高三四尺，葉如黍，開紅白花作穗子。五月、六月結實，青白

第二，就心理基礎而言，圖騰崇拜也是一種對生命存在的深刻憂慮。通過文飾打扮或者其它手段來模仿圖騰神明，以求得到圖騰神明的保祐乃是圖騰崇拜的核心內容之一。[10]

古越人的文身習俗是蛇圖騰崇拜的典型行為。從春秋時期直至東漢，越人常常斷髮文身，《左傳‧哀公七年》《莊子‧逍遙遊》《史記‧吳太伯世家》《史記‧越王句踐世家》《說苑‧奉使篇》等均有記載。這種風俗的表層目的在於模仿圖騰形象，其深層動機則在於求得圖騰神明的保護。所以《淮南子‧原道訓》云：「九疑之南，陸事寡而水事眾，於是民人被髮文身，以像鱗蟲。」而高注則云：斷髮文身，「為蛟龍之狀，以入水，蛟龍不害也」。

與此類似的風俗曾對許慎「說文解字」發揮過明顯的作用。

《說文》云：「尾，微也，從到毛在尸後。古人或飾繫尾，西南夷亦然。」（《說文》八下）「尸，陳也，象臥之形。」（《說文》八

色，形如珠子而稍長，故呼薏珠子，小兒多以線穿如貫珠為戲」。又云：芣苢一名馬鳥、車前、當道，「生真定平澤邱陵道路中，今江湖淮甸，近京北地，處處有之。春初生苗，葉布地，如匙面，累年生者長及尺餘。如鼠尾。花甚細，青白微赤，結實如葶藶，赤黑色」。然今人聞一多推斷禹母吞而懷妊者當為芣苢而非薏苡，後世歧說變芣苢為薏苡（聞一多：《詩經通義‧周南‧芣苢》，見《聞一多全集》，2卷，頁122，北京市：生活‧讀書‧新知三聯書店，1982年）。龔維英《原始崇拜綱要》則以為薏苡即芣苢（頁37，北京市：中國民間文藝出版社，1989）。倘若如此，所謂「芣苢令人宜子」之說亦導源於圖騰崇拜，與視玄鳥為求子之物候異曲而同工，二者均非帶有科學性的現實經驗的總結和概括。薏苡乃夏民族圖騰之一，班固《白虎通義‧姓名》有「禹姓姒氏，祖以億（薏）生」云云，段玉裁《說文解字注》引《史記》《白虎通》云：「禹祖昌意以薏苡生，賜姓姒氏」（頁612「姓」字條）；《吳越春秋‧越王無余外傳》則云禹母吞薏苡而產高密。這兩種傳說都顯示薏苡與夏民族的繁衍有密不可分的關係，芣苢（薏苡）令人宜子的傳說當為這種圖騰意識的延伸、變異。如《詩經‧芣苢》所寫，渴求子嗣的婦女有於平田曠野中採摘芣苢的美俗，誠與玄鳥來之時郊禖請子的古風相映成趣。

10 參閱王小盾：《原始信仰和中國古神》（上海市：上海古籍出版社，1989年），頁72-73；聞一多：《神話與詩‧伏羲考》，見《聞一多全集》，1卷，頁27-31。

上）許慎的解釋並非妄說。「尾」字甲骨文象人軀幹末端飾以尾形。「僕」字甲骨文亦顯然作身附尾形。西南夷盤瓠之後以繫尾為飾更是一種見於文獻記載的歷史事實：盤瓠實為五色龍犬，是西南蠻夷部族的圖騰之一；該部族成員穿著打扮常摹擬其圖騰祖先的形象，范曄《後漢書・南蠻西南夷列傳》即謂盤瓠之後，「好五色衣服，制裁皆有尾形」。[11]

乙四二九三　　　　　　　　　　后下二〇・一〇

　　許慎釋「尾」的關鍵在於引進了它背後潛藏的經驗背景。這種背景絕非一種可有可無的擺設，它實際上是對字形功能以及字義的界定；只要人們引入上述風俗並建立起它與「尾」字的關係，就不可避免地要對該字做出類似的解釋。

　　第三，不同的部族常常有不同的圖騰，因而不同的圖騰又常常成為不同宗族的象徵。

　　《說文》云：「旒，龜蛇四游，以象營室，游游而長」；「旗，熊旗五游，以象伐星，士卒以為期」；「旌，游車載旌，析羽注旄首，所以精進士卒」；「旟，錯革畫鳥其上，所以進士眾」（《說文》七上）。

　　許慎對這一組字的解釋無疑有其特定的歷史文化背景。《列子・黃帝篇》云：「黃帝與炎帝戰於阪泉之野，帥熊、羆、狼、豹、貙、虎為前驅，雕、鶡、鷹、鳶為旗幟，此以力使禽獸者也。」「以力使禽獸」云云顯然是後人的附會。因為在這一古老的傳說中，熊、羆、

11 盤瓠之事，可參閱干寶《搜神記》卷十四，1973年在青海大通縣孫家寨出土了一件繪有舞蹈場面的馬家窯類型的彩陶盆，畫面以手拉手的五人為一組，三組並列。或以為該器提供了原始社會的舞蹈形式。值得注意的是舞蹈者身上顯然飾以尾形。參閱鄭為：《中國彩陶藝術》（上海市：上海人民出版社，1985年），頁44、64圖版。

鷹、鳶之類只是用不同的部落圖騰來指代各部落本身，以雕、鶡、鷹、鳶為旗幟則是指各部落的旗幟上裝飾著他們各自崇奉的圖騰。[12] 在古代，用圖騰神明雕繪或裝飾旗幟，既有祈求圖騰祖先保祐的作用，又有用作族徽（即宗族標誌）的含義。故宗族之「族」便取意於，者，旌旗游之形也。[13]

甲九四四　　　　　　　　　　　　甲二三七四

乙六三一〇　　　　　　　　　　　粹二五八

旐圖畫龜蛇，旗圖畫熊虎，旟圖畫鷹隼，旌裝飾鳥羽，分別代表了蟲圖騰集團、獸圖騰集團以及鳥圖騰集團的文化習慣。這種習慣與澳洲人在武器上裝飾圖騰形象的風俗具有一致的意義。澳洲人的圖騰往往是袋鼠、老鷹、蜥蜴或魚等動物，他們用這些動物作各自的族名或部落名，並把這些動物的形象裝飾在武器上，作為一種保祐的力量。[14]

另外，《說文》釋「欂」云：「欂，龜目酒尊，刻木作雲雷之象」（《說文》六上）；釋「彝」則提及雞彝、鳥彝、虎彝、蟲彝、斝彝（分別飾以雞、鳳、虎、蜼、禾稼之象）（《說文》十三上）；又謂笙象鳳身，簫象鳳翼，飾為猛獸（《說文》五上）。凡此等等，探究起來，無不與圖騰崇拜的種種經驗事實有關，並可與地下發掘的文化遺存（如殷周青銅器等）互相發明。

---

12 實際上，所有宗族都應有圖繪其圖騰神明的旗幟，不過在戰爭中陣容龐大的獸圖騰集團作為前驅，故傳說分別言之。

13 「氏」字原初亦為宗族標誌，其早期字形疑為與「㐱」相類的木杖，上面有樣子怪誕的龍蛇狀圖騰形象。如此，則「氏」字從側面證明了「族」字從的含義。

14 〔德〕格羅塞：《藝術的起源》，頁106-107。

　　從總體上說，影響許慎「說文解字」的圖騰遺風常常呈現出一種不完整的形態。這首先表現於：當許慎從事實（經驗）層次接受了這一傳統的引導之後，他給予這種事實的解釋往往只是想當然。這一點在許慎解釋「朋、乙、乳、孔」諸字的時候表現得非常突出。其次，左右許慎說文解字的圖騰崇拜在內涵方面已經發生了明顯的轉型。

　　《說文》釋「鳳」云：「鳳，神鳥也。天老曰：鳳之象也，鴻前麐後、蛇頸魚尾、鸛顙鴛思、龍文虎背、燕頷雞喙，五色備舉，出於東方君子之國，翱翔四海之外，過崑崙，飲砥柱，濯羽弱水，莫宿風穴，見則天下大安寧。」（《說文》四上）[15]

二一〇一九　　　　　　　　　　　　　二八二五九

三八一九〇　　　　　　　　　　　　　一四二九四

　　甲骨文「鳳」字有幾個突出的特點：（1）頭上有突出的冠；（2）尾上覆羽依稀延伸為飄灑、美麗的尾屏；（3）尾屏上有醒目的錢紋。鳳鳥原本為東夷部落的圖騰神明。東夷最古老的部落太昊為風姓，風姓夷民便是鳳凰的後裔。遠古時代有因生以為姓的習俗：禹祖昌意以薏苡生，故姓姒；殷契以玄鳥子生，故姓子；周棄以生，故姓姬；姜姓的「姜」字上半是羊，下半是女，可以理解為羊母親或者頭戴羊角的女人。[16]太昊的居住地在今河南東部，其後代則分封在任、宿、須

---

15 唐以下《說文》傳本不同，天老云云或作「麟前鹿後」「龍文龜背」而無「鸛顙鴛思」，《詩‧大雅‧卷阿》正義、《爾雅‧釋鳥》疏、《初學記》卷三十、《太平御覽》卷九百十五所引《說文》都是如此。

16 王小盾：《原始信仰和中國古神》，頁32、40。在殷代並沒有單獨的「風」字，「風」「鳳」乃同一個字。

句、顓臾。直到春秋時代，這些地方的居民仍然以風為姓，並崇祀
太昊。

許慎釋「鳳」所云，絕非鳳鳥形象的原貌，它已在歷史發展的過
程中積澱了多種圖騰形象的特徵。許慎釋「鳳」還表明鳳鳥已由某一
部族的生命之根延變為對世俗道德行為的超然的肯定。許慎云：鳳鳥
出「東方君子之國」。東方君子之國指的正是東夷，《說文》釋「羌」
云：「東夷從大，大，人也，夷俗仁，仁者壽，有君子不死之國。」
（《說文》四上）綜合《說文》釋「鳳」、釋「羌」的有關材料可知，
在許慎這裏，鳳鳥正由圖騰神明轉型為道德化的靈禽。《山海經·南
次三經》云：「丹穴之山……有鳥焉……名曰鳳皇，首文曰德，翼文
曰義，背文曰禮，膺文曰仁，腹文曰信。」這段話實際上是對鳳鳥道
德化的機械而又直觀的表述。許慎云鳳鳥「見則天下大安寧」，其確
切含義是指天下安寧有道，則鳳鳥現世。《韓詩外傳》卷八載黃帝召
天老而問鳳鳥之象，天老答曰：「天下有道，得鳳象之一，則鳳過
之；得鳳象之二，則鳳翔之；得鳳象之三，則鳳集之；得鳳象之四，
則鳳春秋下之；得鳳象之五，則鳳沒身居之。」許慎《說文》正是對
這種內容的概括性的說明。

圖騰內涵的轉換乃是中國文化傳統發展的大勢所趨，許慎不可能
超然於這一強勁的文化思潮之外。《說文》對「麒、虞」的解釋同樣
可以說明這一點。麒麟、騶虞原本都是典型的宗族圖騰，這樣講的依
據主要有兩點。其一，《詩經·周南·麟之趾》云：

> 麟之趾，振振公子，於嗟麟兮！
> 麟之定，振振公姓，於嗟麟兮！
> 麟之角，振振公族，於嗟麟兮！

《詩經‧召南‧騶虞》則云：

> 彼茁者葭，壹發五豝，於嗟乎騶虞！
> 彼茁者蓬，壹發五豵，於嗟乎騶虞！

就字面而言，上述兩詩中的麟趾與公子、麟定與公姓、麟角與公族、彼發者與夫騶虞都沒有任何語義上的聯繫，然而它們在詩中卻能直接交替、代換，表現出極其鮮明的同一性。這充分證明了麒麟、騶虞俱為圖騰神明，圖騰與其宗族成員之間的關係乃是一種超出語義範疇的文化規定：宗族成員對自己的圖騰祖先常常具有強烈的認同心理，[17]圖騰崇拜的對象每每被直接作為某一宗族或者其成員的代稱，《列子‧黃帝篇》《史記‧五帝本紀》之熊羆鷹鶚等都是如此，《莊子‧天運篇》載孔子稱老子為龍，《人間世》載接輿稱孔子為鳳，亦是同樣的道理。[18]

其二，麒麟、騶虞本為宗族圖騰，這一點亦可從其文化內涵中找到蛛絲馬跡。在漢唐人的思想意識中，麒麟、騶虞都具有一種普遍的好生之德。《麟之趾》鄭箋云「麟角之末有肉，示有武而不用」，孔疏引京房《易傳》云：「麟……不履生蟲，不踐生草」。《騶虞》釋文、毛傳則云騶虞「不履生草」「不食生物」。這種好生之德，正是對圖騰與生命的聯結這一根本內容的泛化。

---

17 原始人對部族成員與其圖騰之間在肉體與心理上的一致性常常有極其強烈的意識。參閱〔法〕列維‧斯特勞斯：《野性的思維》（北京市：商務印書館，1987年），頁132。

18 參閱聞一多：《神話與詩‧龍鳳》，見《聞一多全集》，1卷，頁70-71。又聞一多《詩經通義‧周南‧關雎》云：「三百篇中以鳥起興者，不可勝計。其基本觀點，疑亦導源於圖騰。歌謠中稱鳥者，在歌者之心理，最初本只自視為鳥，非假鳥以為喻也。假鳥為喻，但為一種修詞術，自視為鳥，則圖騰意識之殘餘。」（見《聞一多全集》，2第，頁107）

不過，許慎對麒麟、騶虞的解釋與子夏、毛亨、陸德明等人對它
們的看法完全一樣，已經將這兩種動物圖騰演化成了「仁」「義」
「道」「德」「信」「禮」等道德品性的象徵，演化成了對現世道德的
神秘的肯定。《說文》：「虞，騶虞也，白虎黑文，尾長於身，仁獸，
食自死之肉。」（《說文》五上）《騶虞》毛傳：「騶虞，義獸也……有
至信之德則應之。」《詩序》：「仁如騶虞，則王道成也。」《說文》又
云：「麒，仁獸也，麋身，牛尾，一角。」（《說文》十上）《麟之趾》
毛傳：「麟信而應禮」，釋文引《草木疏》：麟，瑞獸也，「音中鍾呂，
行中規矩，王者至仁則出」。

總之，正在轉換內涵的圖騰崇拜對象規定了許慎對有關漢字的闡
釋，由此同樣可以看出文化傳統對許慎「說文解字」的巨大規範作用。

綜上所述，可以肯定地說：

第一，許慎對有關漢字的闡釋根本不可能超越漢代圖騰遺風的既
有形態。一方面，許慎對這些漢字的文化意蘊的準確揭示並非純由個
人思考所致；另一方面，這些漢字原初內涵的大量散失亦非全屬許慎
個人的缺憾。文化傳統規定了許慎對這些漢字的可能的闡釋，也規定
了許慎對這些漢字的不可能的闡釋。

第二，與此相關，漢字闡釋只是漢字的內部屬性（即構形或意
義）在特定文化層面上的顯示；《說文》對「姓、姜、姬、姚、嬀、
朋，鳥、舄、燕、乙、乳、孔、尾、旗、旌、鳳、麒、虞」等字的解
釋無不如此。試以許慎釋「乳」「孔」申論之。

合集二二二四六　　　　　　　　　　　　　《说文》

「乳」字甲骨文字形象母親抱子哺乳之狀，其篆文形體不過是甲

骨文的訛誤：誤為，而誤為。[19]訛變以後的篆文字形對「乳」字的原初內涵來說已經喪失了意義，它已經不能還原為一個正確顯示其本義的完整視覺表象；換句話也可以說，「母親給孩子餵奶」這一意義已經難以規範其篆文形體的構形功能。《說文》作為據形說義的字書，不可避免地要對篆文「乳」字的構形重新做出解釋（值得注意的是，許慎無法系統追索形義結合得更為完美的漢字早期字形）。許慎認為：「乙」字提示的是與生命密切相關的玄鳥，而「孚」字提示的則是與鳥圖騰崇拜不可分割的卵生信仰，所謂「孚，卵孚也，從爪從子」（《說文》三下），徐鍇《說文解字繫傳·通釋》第六：「鳥抱恒以爪反覆其卵。」《說文》對「孔」的解釋與此相似。「孔」字本形本義乃指示小兒頭上有孔（即囟門），變為小篆以後，其中指示符號的固有功能大為淡化，形態上的相似再次使許慎不由自主地聯想起「乙」這種生命的象徵。可以說，到《說文》為止，文化傳統通過許慎完成了它對「乳、孔」二字的重新界定。

虢季子白盤

王孫誥鍾

石鼓

《說文》

　　許慎「說文解字」的實踐說明，在探尋漢字原初意義的過程中，文化傳統對漢字闡釋的制約作用必須得到應有的重視，人們在闡釋漢字的時候必須關注漢字與文化傳統的複雜關係。許慎說文解字之時雖已部分地實踐了這一原則，但對這一原則的理性自覺要比實踐這種原則困難得多，許慎沒有也不可能把有關這一原則的清醒思索引入由他

---

19 參閱徐中舒主編：《甲骨文字典》（成都市：四川辭書出版社，1989年），頁1267。

建構的傳統文字學理論中。這種情形延續了近兩千年，許慎的缺憾也由此變成了整個漢語文字學的缺憾。

第六章
漢字闡釋與古代民俗

　　從字形方面看，我們認為漢字闡釋的終極目的在於明確字形的功能，即明確字形與字義、字音的結合究竟是偶然的還是必然的，明確字形究竟是暗示意義還是標誌讀音，究竟暗示何種意義，以及用何種方式來暗示這種意義。漢字構形功能的確定是漢字研究中最充滿魅力又最複雜、困難的命題。

　　漢字永遠不可能自我表述，因此，其構形功能的蒙昧、混沌常常成為闡釋者最大的苦惱。例如，《說文解字》卷八所引古文「襄」，段注云：「不能得其會意形聲所在。」[1]卷九：「㐬，闕」，段注云：「謂其義其形其音說皆闕也。」[2]由此可見，作為漢字闡釋的根本目標，對漢字點畫的功能做出明晰、合理的界定是相當困難的。當人們審視甲骨文「單」字的時候[3]，最容易感知到的信息無疑是樹杈或小草，但有人卻認為它可能是雄黿洞穴的象形；對甲骨文「喪、噩」二字[4]，人們肯定會產生更為豐富的聯想，僅其主體部分即可想像為數種槎枒參差錯見、枝幹屈曲盤回的樹木。但有人卻認為：它們很可能不過是雌性黿鼉巢穴的象形，其中「口」字形的東西與「單」字上部的圓圈一樣，暗示黿鼉出入的洞口。[5]事實上，由古文字學家做出的與這兩

1　〔清〕段玉裁：《說文解字注》，頁394。
2　同上書，頁448。
3　字形見中國科學院考古研究所編：《甲骨文編》，卷二‧十四。
4　字形見上書，卷二‧十四。
5　甲骨文「單、喪、噩」等字因印刷困難，不直接引用。本書凡引用古文字，如有可能儘量不出原形，讀者若要了解原形，可以自行查檢《甲骨文編》《金文編》（中華

種說法大異其趣的另一種解釋已經為大家廣泛接受。「單」原為先民狩獵的工具，係取一枝杈，並縛以石塊而成。「喪」之體部分乃桑樹之象形，眾「口」乃採桑所用之器，「喪」之本義指採桑，後來才借為喪亡之「喪」；[6]「噩」即《說文》之「咢」字，意為嘩訟。[7] 以上解釋至多只能有一種相對正確。然而錯誤的解釋在這裏亦並非毫無意義，它們的存在起碼可以說明古文字的構形作為視覺圖像，具有闡釋或認知方面的多種可能性。

漢字構形的功能非常繁複，其遵循的內在標準並不劃一。我們姑且借用傳統所謂的象形字、指事字、會意字、形聲字、記號字等名目對此加以具體的說明。

一 象形字

許慎云：「乙，玄鳥也……象形」（《說文》十二上）；「冊，符命也……象其劄一長一短，中有二編之形」（《說文》二下）；「出，進也，象草木益滋上出達也」（《說文》六下）。在許慎看來，「乙」字形體絕非曲蟻之類拳曲前行之貌，而是玄鳥於飛之側影，「冊」字形體絕非摹擬依圍院落的籬笆，而是編連簡劄之形；「出」字形體絕非火苗伏竈之狀，而是草木出地、益滋之象。許慎《說文》的解釋，既排

書局1985年版）等工具書。此三字的解釋請參閱何新：《龍：神話與真相》，頁151-164。大多數語言文字學家對何氏之說不以為然，我們認為何氏「說文解字」的實踐至少在一點上具有一定理論價值，他在為漢字提供一種具有實證性的經驗背景方面做了值得贊許的探索。何氏之弊在於忽視了漢字作為視覺形象的多義性，因而無以在闡釋字形功能時有效地排除這種多義性的干擾。

6 參閱于省吾：《甲骨文字釋林》，頁74-77。
7 參閱徐中舒主編：《甲骨文字典》；容庚編著：《金文編》。

除了對「乙、冊、出」等字形的可能的歧解[8]，也表明了象形字所具有的特殊性，即以字形摹狀對象的形象特徵。從一定意義上可以說，象形字的原初意義內含於字形之中，其形、義之間的聯繫並非純粹偶然的、全靠後天反覆強化才得以明確的硬性規定。當然作為視覺圖像，象形字本身並不能使這種聯繫自明，揭示這種聯繫正是漢字闡釋義不容辭的重任。

值得注意的是，象形字各部分構形的功能可能具有極其微妙的差異。下列甲骨文「頁、身、聞」三字無疑都只能作為一個完整不可分割的視覺形象，但在這一整體形象之中，其頭部、腹部、耳部卻顯然居於更為突出的地位：

乙八七八〇	乙八八一五	合四四一
乙七七九七	續五·二三·六	前七·七·三

古人用這種方式，表明類似漢字的各個部分併非均衡地傳達整個文字所負載的信息；可以說，這裏身體的其它部分只不過是一種初步的界定，被突出的部分才是對該信息的更為具體的指向。

相似的情形還有很多。如果只保留下文「眉、須、齒」三字中描摹眉毛、面毛、牙齒的部分，人們無疑會產生很多不同的聯想；創造漢字的人們為力求使字形導致預期的讀解，便採用與之密切相關的事物的圖像，來暗示、界定、闡明眉、須、齒之形所要傳達的語義信

8　三字篆文字形分別見於《說文》同字之下。實際上許慎釋「乙、出」並不準確，但這是另一問題，此不詳論。

息。因此，有關眼、面、口的圖像在此並未與其它部分一起平等地參
與整個漢字的意義構成；它們雖然不可缺少，但卻不過是次要的表義
成分。這類次要表義成分，與上文「頁、身、聞」中的主要表義成分
一樣，具有某種類似指示符號的功能，但它們又絕非純粹的指示符號，
作為視覺形象，它們與字義之間畢竟存在著一定程度的內在關聯。

續四・二九・一　　　　　诼季盨　　　　　後下五・三

二　指事字

《說文》云：「本，木下曰本，從木一在其下」；「末，木上曰
末，從木一在其上」；「朱，赤心木，松柏屬，從木一在其中」（《說
文》六上）。指事字的意義同樣內含於字形之中，但其構形卻可以離
析為兩個不同的部分，一是象形符號，一是標指符號。前者是對字義
範圍的大致界定，如「本、末、朱」三字中的「木」字，後者則是對
字義的具體標指，如「本、末、朱」三字中的「一」字。指事字中的
標指符號並非以形見義，它完全可以被其它形狀不同的符號取代。如
果像在某些民族的古文字中那樣不同的顏色可以表示特定的字義，創
造漢字的人們完全可用某種顏色在漢字象形符號上標明字義所在，從
而導致標指符號被徹底取消。[9]因此，標指符號的感性特徵是偶然
的；對字義來說，更重要的是它的位置以及它與象形符號所構成的位
置關係。

9　納西東巴文字可以利用塗黑來區別意義與讀音，參見王元鹿：《漢古文字與納西東
　　巴文字比較研究》（上海市：華東師範大學出版社，1988年），頁88-95。

三　會意字

　　許慎釋「折」云「從斤斷草」（《說文》一下），釋「秉」云「從又持禾」（《說文》三下），釋「伐」云「從人持戈」（《說文》八上）；類似漢字常常被人們視為會意字。但這種看法明顯缺乏科學性。「折、秉、伐」等字雖然涉及並呈現了兩種不同事物的圖像，但其內涵卻絕非兩種事物的單純相加；從意義方面看，其各個部分必須被組合、還原為一個視覺整體，根本不存在所謂「會」的問題。這一特徵，在甲骨文字形中表現得非常鮮明：

人三一三一	續六‧二三‧一〇	後一‧一七‧三

　　由此可見，這類視覺符號雖與象形字有別，一象「事形」，一象「物形」，但其功能卻並無多少差異，視之為會意字的傳統說法必須糾正。會意這一概念如意欲表徵漢字的構形方式，就必須著眼於漢字的內部屬性，而不能著眼於漢字表面上是否可以離析為兩種或兩種以上的、有關事物的視覺形象；當建立在字形與字義之間的聯繫與其說以幾個相對獨立的視覺形象為中介，不如說以這幾個形象之間主施或受施等諸種不可分割的關係為中介的時候，漢字根本就不應該被表述為所謂「會意字」。

　　通常所說的會意字基本上可以分為三類：

　　第一類由象形符號加象形符號構成，而且每一個象形符號都作為獨立的視覺圖像呈現著整個漢字的部分意義。

　　許慎云：「吹，噓也，從口從欠。」（《說文》二上）甲骨文「欠」字本身便象張口噓吹之形，[10]但這一圖像既可理解為人之噓吹，

---

10 字形見中國科學院考古研究所編：《甲骨文編》，卷二‧七。

亦可理解為噓吹之人，故又附以「口」形，以使其內涵更為確定。

此類會意字跟象形字非常相似，它們的根本區別，在於前者所包含的幾種視覺符號不能如象形字那樣組織為一個完整的有機體。

第二類雖由象形符號加象形符號構成，但其中某一（或某些）象形符號卻並非以形象顯示意義，而是以其後起的借用義或引申義參與整個漢字意義的合成。

《說文》釋「馴」云：「馬八歲也，從馬從八。」（《說文》十上）「馬」字的形象呈現了「馴」字所指代事物的部分特徵，然而「象分別相背之形」的「八」字（《說文》二上）卻只不過是以其假借義（即數目八）來標示「馴」字的某些相關內涵。又如許慎釋「雀」云：「雀，依人小鳥也，從小隹。」（《說文》四上）「隹」字以其形象提示了雀作為短尾鳥的感性特徵；「小」字本作散落之細小沙粒形，後來引申為表示凡物之小，參與「雀」字意義合成的，顯然不是「小」字作為視覺形象的特徵或其原初內涵，而是「小」字的引申義。

第三類會意字中的各組成部分均已超越其原初構形和內涵，而完全以其後起的假借、引申義參與整個漢字的意義合成。

例如「尖」從小從大，「小」本象散落的細沙，「大」本象正面而立的人，二者均以引申義會合為「尖」。又如「歪」從不從正，「不」字本指種子萌發時向地下生長的胚根，「正」字本標示一隻腳走向前面的城邑，二者分別以假借義與引申義會合為「歪」。

四　形聲字

形聲字由形符與音符組合而成，其中形符以自身的形象特徵展示了該字的部分內涵，而音符則僅僅用以提示該字的聲讀。當然追究起來，音符亦常常為象形、指事或會意字，但其構形所彰明的意義卻並

沒有參與到這一形聲字的整體意義之中。

許慎云：「鳳，神鳥也……從鳥凡聲。」（《說文》四上）實際上，「鳥」乃類形符，甲骨文「鳳」本為象形，或加注「凡」聲，此後只以「鳥」為形符來提示鳳鳥的類屬特徵；「凡」字從一開始就只用於標誌讀音，其構形與鳳鳥無涉。又如，犬肥者可獻於宗廟，故「獻」字從犬鬳聲（《說文》十上），然「狋」字的意義卻絕非以肥犬獻祭神主，因為這裏的「示」字僅用以識音，其形象、意義與「狋」字並無半點兒關聯。[11]

五　記號字

記號字的構形不僅外在於其意義，而且與其讀音無涉；當初，其字形與意義、音讀之間的聯繫純粹是偶然的，[12]它必須經歷反覆的強化才能使形體、意義、讀音凝成一個牢固的整體。數目字中的「五、六、七」等很可能是典型的記號字。

上述論列無疑並不完備，但它已經可以使我們從中窺見漢字構形功能的複雜性、多變性。因此在漢字闡釋過程中，要明確漢字構形的功能，必須經歷一個複雜的「辨析──比較──排除──確認」的判斷過程，必須對其形音義做出一種符合構形準則的闡解。這一過程的完成及結果，往往滲透著豐富的文化要素。

---

11 在此我們不取「形聲兼會意」之類的說法，這並非僅僅為了表述的明晰。在所謂的形聲兼會意字中，某一符號的作用既可以理解為表義，又可以理解為識音；這類字事實上首先應當被視為會意字。因為漢字歸根到底並不具有表音的功能，形聲字中的聲符之所以可以識音，只不過是在歷史發展過程中字形與字音之間的聯繫被反覆強化的結果。

12 形聲字之中的音符與其自身讀音的結合，在一開始也是偶然的；只不過當它參與構造一個新字的時候，它已經在實踐中經反覆強化而變成了一個固定的結合體。

　　具體說來，應如何明確漢字構形的功能呢？這實在是一個非常重要卻又不曾得到應有重視的、與理論與實踐都有重大關涉的問題。

　　第一，就最一般的意義而言，明確漢字構形功能的根本途徑在於建立漢字構形與某種經驗背景的聯繫；換句話說，明確漢字構形的功能，必須關注漢字跟包圍漢字的外部文化系統之間的、深刻的相關性。許慎《說文》從古代民俗出發，闡釋了一系列漢字；雖然其說是非駁雜，卻均可啟人深思。

　　許慎云：「棄，捐也，從廾推棄之，從𠫓，𠫓，逆子也。」（《說文》四下）「棄」之篆、籀、甲骨文字形無疑都可以理解為以雙手持箕中新生兒；然而這種構形卻具有明顯的多義性，除可以理解為「捐棄」外，或許還可以理解為「安置」或其它。歷來說者俱從「捐棄」義出發來闡釋「棄」字構形的功能，但實際上它所內含的原初意義很可能不是「捐棄」。

《說文》「棄」之小篆、籀文字形以及甲骨文「棄」（後下二一‧一四）

　　據《詩經‧生民》記載，周始祖后稷初生時曾有「誕寘之隘巷」「誕寘之平林」「誕寘之寒冰」的獨特經歷；漢人對此不能深知，故有「初欲棄之，因名曰棄」的說法。[13]后稷之「棄」以及「棄」的早期構形所反映的，很可能是一種古老的民俗——試子風俗。人類的發展從來都是充滿艱難與險惡的，追溯歷史的早期，諸多材料都表明了人類生存所面臨的巨大壓力。有些人類學家曾對北京人頭骨上的一些傷痕做過分析，他們認為這些傷痕乃人為所致，很可能與食人之風有

13 〔漢〕司馬遷：《史記‧周本紀》。

關；通過對三十八個北京人個體的研究，人們還發現：這些北京人除十六位死於成年期並難以確定歲數外，其餘二十二人中竟有十五位夭折於十四歲以前。[14]這種殘酷的事實可以使我們從側面了解：后稷之時，生存並非一件輕鬆的事，嬰兒的降生所帶來的與其說是興奮，不如說是憂慮；因此將他們置於箕中（或其它東西之中）放到某一地方，並通過各種偶然的事件來推測其命運、前途的吉凶便成了情理之中的一件大事。這種風習衰歇已久，但卻依然可以從後代某些民族習慣中找到其餘緒或佐證。晉代張華《博物志》卷二云：「荊州極西南界至蜀諸民，曰獠子，婦人姙（妊）娠七（十）月而產臨水，生兒便置水中，浮則收養之，沉便棄之。」又苦聰人「孩子生下後用水洗過便用芭蕉葉包裹好放於大塘邊」。[15]《顏氏家訓・風操篇》記載的江南「試兒」風俗，又稱「試晬」「抓周」，則可能是試子古風的另一種演化形式。凡此種種，對我們科學界定「棄」字早期構形的具體功能均不無啟發。

與試子之風相映成趣的是有關喪葬的禮俗。許慎云：「葬，藏也，從死在茻中，一，其中所以薦之。《易》曰：『古之葬者，厚衣之以薪』」（《說文》一下）；「弔，問終也，古之葬者，厚衣之以薪，從人持弓會敺禽」（《說文》八上）。

僅就字形而言，「葬」字中的「茻」完全可以理解為僅僅標誌聲讀的音符；但正如許慎所說，「葬」字的構形反映了古代那種以草薪覆薦屍體的風習，因此「茻」實以其形象特徵呈現了「葬」字的部分意義。許慎稱引的野葬之俗記載於《周易・繫辭下》，所謂「古之葬者，厚衣之以薪，葬之中野，不封不樹……後世聖人易之以棺槨」。

---

14 參閱鄧福星：《藝術前的藝術：史前藝術研究》，頁45。
15 徐志遠、楊毓驤：《拉祜族社會歷史調查（二）》，轉自全國民俗學少數民族民間文學講習班編：《少數民族民俗資料》，上冊，頁305。

然葬之中野便難免鳥獸之災，《莊子‧列禦寇》即謂「在上為烏鳶
食」，故古代又有守喪驅禽之風。《吳越春秋‧句踐陰謀外傳》載楚人
陳音謂越王曰：「古者人民樸質，饑食鳥獸，渴飲霧露，死則裹以白
茅，投於中野。孝子不忍見父母為禽獸所食，故作彈以守之，絕鳥獸
之害。」因而弔者亦常常持弓往助之。[16]許慎之說可能未必真確，然
而如果沒有他所說的弔者「持弓會毆禽」這一經驗背景作參照，則小
篆「弔」字從人、從弓何指，實不得而知。

　　與「葬」字相似，「婚」亦由二字組合而成。從女之意自可了
然，但從昏之意實難猝然作解。「婚」字中的「昏」完全可以理解為
單純的記音符號，但這種理解顯然跟自許慎以來的傳統說法迥不相
同。可見，如果不將「婚」字同其背後潛在的古代社會習尚相聯結，
便很難斷定「昏」的具體功能。許慎云：「婚，婦家也，禮娶婦以昏
時，婦人陰也，故曰婚，從女從昏昏亦聲。」（《說文》十二下）既然
「婚」字反映了古代黃昏婚嫁的禮俗，則黃昏之「昏」參與了「婚」
字整體意義的合成則斷然可知。

　　除了以上論列的生、死、婚嫁之俗曾被許慎視為相關漢字的經驗
背景以外，古代民俗中某些特有的思維方式亦曾為許慎「說文解字」
提供過不可缺少的參照。許慎釋「腥」云：「腥，星見食豕，令肉中
生小息肉也。」（《說文》四下）參照段注，可知「息」指寄肉，而
「腥」則指豬肉中如米而似星者。許慎認為：腥之生成與「星見食
豕」有關，「星」字與「肉」字一樣呈現了「腥」的部分意義。

　　許慎絕非強為解人或故作高深之語，其背後潛藏著一種饒有興味
的民俗心理傳統，即一種跟弗雷澤所謂「模仿、感染巫術」極為相似
的異類相感觀念。張華《博物志》卷二云：「婦人妊身，不欲令見醜

---

16 參閱〔清〕段玉裁：《說文解字注》，頁383。

惡物、異類鳥獸，食當避其異常味」，「故古者婦人妊娠，必慎所感，
感於善則善，感於惡則惡矣。妊娠者不可啖兔肉，又不可見兔，令兒
唇缺；不可啖生薑，令兒多指」。這些都是異類相感觀念的典型體
現，其它如「白鶂雄雌相視則孕」「兔舐毫望月而孕」等，亦可見其
一斑。異類相感觀念的根本特徵，在於把某種偶然的相似性視為物物
「感應」的必然結果。豬肉中米粒般的息肉像星，故被牽合為豬堯見
食於星空之下的特定感應；這與上述有關孕婦的種種禁忌實乃異曲
同工。

此外，漢字構形有時極其相似，僅著眼於它們的外觀很難發現其
功能的細微不同；只有揭示它們與特定背景的關聯，才能使這種差異
變得具體明晰。譬如「集、梟」兩字[17]，前者既然可以理解為短尾鳥
停於木上，後者為何不能相應理解為長尾鳥停於木上呢？

許慎云：「梟，不孝鳥也，日至捕梟磔之，從鳥在木上。」（《說
文》六上）[18]梟之不孝，以其食母；段玉裁《說文解字注》以為黃帝
欲絕其類，故或磔之於木上，逮至漢代，猶於五月五日作梟羹以賜百
官。[19]以這種背景觀照「梟」字的構形，便可發現其具體功能與
「集」字似同而實異。

《說文解字》的突出特徵和巨大意義之一，便是注重從漢字相關
的經驗背景中考析漢字，注重對漢字構形的直覺感悟和體認，注重漢
字構形同某種經驗背景的聯繫與契合。證據俯拾皆是，不煩一一列舉。

第二，更深一層說，與漢字構形聯結在一起的經驗背景必須具有
某種普遍意義。

---

17 篆文見《說文解字》。大徐本「鳥」篆無足，段注本已正。

18 大徐本作「從鳥頭在木上」，此依段注改。

19 參閱〔清〕段玉裁：《說文解字注》，頁271。

　　漢字構形不能自行呈現其功能。這樣說，並不意味著明確漢字構形的功能可以依靠個人的、純粹主觀的認定。事實上，作為記錄語言的符號系統，漢字具有也必須具有毋庸置疑的社會普遍性。漢字是為某一社會集團所共用的文化機制正常運行的產物，其定型無法脫離廣大社會成員的認同。因此，明確漢字構形的功能，必須從具有一般意義的、為廣大社會成員共用的文化傳統出發。

　　《說文》云：「禿，無髮也，從人，上象禾粟之形……王育說：倉頡出，見禿人伏禾中，因以制字。未知其審。」（《說文》八下）王育提供的這種「經驗背景」只不過是一種極其個別、偶然的現象，它沒有構成漢字所指事物或現象的任何層次上的特徵，根本不可能影響漢字的構形。故段玉裁曾譏之云：「因一時之偶見，遂定千古之書契，禿人不必皆伏禾中，此說殆未然矣。」段玉裁又云：「象禾粟之形」當作「象禾秀之形」，以避諱改之，「象禾秀之形者，謂禾秀之穎屈曲下垂，莖屈處圓轉光潤如折釵股，禿者全無髮，首光潤似之，故曰象禾秀之形」。[20]段氏此注雖多想像之辭，但他所提供的經驗背景卻比王育所說具有更明顯的一般性。這已經暗含了接近事實真相的巨大可能。

　　許慎《說文解字》在這一方面也顯示了其特有的深刻性。許慎已經或多或少地意識到影響漢字構形和內涵的經驗背景絕非種種孤立、偶然的現象，而是具有明顯普遍內涵的東西。他用以說文解字的古代風俗以及圖騰遺風、宗教信仰、神話傳說、陰陽五行思想、儒學傳統、日常經驗等都是為某一社會部落或集團所共用的、滲透於該部落集團的思維和行為之中的一般特徵。許慎對王育那種以一時之偶見來定千古之書契的做法流露了明顯的懷疑。

20　〔清〕段玉裁：《說文解字注》，頁407。

　　第三，值得注意的是，建立在漢字構形與某種經驗背景之間的聯繫還應當具有一定的歷史性。

　　漢字不僅在特定的歷史文化背景之下產生，而且還以自己的形體貯存、呈現著這一背景的某些內容，因此字形與字義的結合，常常具有不可逾越的歷史層次性。甲骨文「監」字的構形只能產生於「以水為鏡」的那一特定歷史階段；[21]《說文》所收古文「社」字的構形（《說文》一上），亦只能產生於古代那一「樹其土所宜之木」為社的特定歷史環境中。許慎在說解文字之時，顯然已經意識到這種樸素的道理。例如，許慎釋「表」云：「表，上衣也，從衣從毛，古者衣裘，以毛為表。」（《說文》八上）釋「姓」云：「姓，人所生也，古之神聖母感天而生子……從女從生生亦聲。」（《說文》十二下）類似材料，都說明了他把漢字構形跟可能與之共生於同一歷史層面之中的民俗聯結起來考察的努力。

　　遺憾的是這種努力具有明顯的限度。當許慎用成熟於春秋戰國、并盛行於兩漢時期的陰陽五行學說來闡釋天干、地支乃至某些數目字的時候，他似乎對漢字構形同某種經驗背景的歷史的結合一點都不關注。當然，許慎所審視、觀照的主要對象是小篆，這種漢字書寫體系曾經秦人李斯等有意識地改定、劃一，而陰陽五行學說等文化思潮則完全可能構成這次字形改定的錯誤導向，但歷史的誤會絕對不等於歷史的真實。更何況就基本情形而言，小篆字形只是對甲骨文、金文傳承發展基礎上的規整。因此，漢字闡釋必須注意這一事實，即漢字在產生以後雖不可避免地要與種種文化思潮發生極為密切的關係，譬如「一、二、三、四、甲、乙、丙、丁」之於陰陽五行，但是這種關係卻並非字形的內在屬性，相反，它只不過是外在於漢字構形的、歷史

---

21 字形見中國科學院考古研究所編：《甲骨文編》，卷八・九。

的反覆強化的結晶；漢字闡釋根本不應立足於這種關係而強為其說。

我們在上文之所以說許慎有時「似乎對漢字構形同某種經驗背景的歷史的結合一點都不關注」，是因為這一傾向只表現於許慎說文解字的某一閾限之中。在其理性層面上，他完全可能把「歷史性」作為漢字闡釋的基本前提；只不過有時他眼中的「歷史性」說到底乃一種假象或者一種錯誤的認定而已。

第四，必須說明，即便上述三個方面都可以做到，亦很難確保漢字闡釋正確無誤；因為正確的闡釋還有一個不可缺少的前提條件，即建立在漢字構形與某種經驗背景之間的聯繫必須具有真實性。

從表面上看，漢字構形有時可以與同一歷史層面之上的、多種具有一般意義的經驗背景建立聯繫，然而對其原初構形與意義而言，其中至多只能有一種聯繫真實可靠。因此，科學的漢字闡釋還必須確證它自身的真實性。

最能反映其原初意義的漢字構形常常能夠更為確切、形象、直觀地顯現它與歷史文化背景的聯結，所以闡釋漢字首先必須儘量從各種文化遺存中追索漢字的早期構形。許慎釋「美」云：「美，甘也，從羊從大，羊在六畜主給膳也。」（《說文》四上）「美」字背後潛藏的日常經驗背景真的是許慎、徐鉉等所說的「羊大則美」嗎？「美」字的構形真的反映了人們對羊肉的味覺感知嗎？在這些問題得到肯定的答覆以前，許慎、徐鉉所說的只不過是一種主觀的假定。

「美」字的甲骨文、金文字形[22]雖與《說文》中的小篆寫法極為相似，但卻更明顯地可以還原為一個完整的視覺形象。這從一定程度上排除了「大」字由其引申義參與「美」字原初內涵的可能性。事實

---

22 字形見中國科學院考古研究所編：《甲骨文編》，卷四・一四；容庚編著：《金文編》，卷四・二六二。

上「美」字原本象一個正面而立、首戴羊頭或羊角的人；其分展的兩肢與叉開的雙腿雖與「大」字極似，但準確說來應為歌舞之像。對「美」字早期構形的這種分析，顯然已經動搖了許慎等人的解釋。

　　進一步說，與漢字密不可分的時代情狀亦可以從一定程度上證明建立在漢字構形與歷史文化之間的聯繫是否是一場誤會。仍以《說文》釋「美」為例。如果「美」字的內涵誠如許慎所說意指人的味覺感知，那麼它為何取意於「羊」而非「馬、牛、豕、犬、雞」呢？《說文》云「羊在六畜主給膳」，然《周禮・膳夫》謂「膳用六牲」，何獨羊哉？徐鉉所謂「羊大則美」等，不過是想像之辭耳。段玉裁《說文解字注》云：「羊者，祥也，故美從羊。」[23]段氏之說顯然更接近歷史的真實。可進一步追究下去，人們依然可以問：「羊」何以包含「吉祥」之義呢？

　　一如上文所說，「美」字的原初構形或為先民扮作圖騰神明投足歌舞之狀。對先民而言，圖騰神明可以為本部族成員帶來福祐，而圖騰歌舞則可以為他們帶來類似迷狂般的陶醉。在前一種意義上，羊被很自然地目為吉祥的象徵；在後一種意義上，圖騰歌舞又很自然地充當了美感意識的最初起源。[24]古代以羊為圖騰的部族很多：上古的鬼方氏（即羌族的先民）以羊為原生態圖騰，共工氏以羊為準原生態母系圖騰，炎帝族和周族亦以羊為準原生態母系圖騰。[25]由此可見，以羊為圖騰神明乃影響先民生活至深至廣的一種風俗。這再一次說明了許慎等人對「美」字的闡釋只是一種想當然的主觀設定。

---

23 〔清〕段玉裁：《說文解字注》，頁146。

24 參閱李澤厚、劉綱紀主編：《中國美學史》（北京市：中國社會科學出版社，1984年），1卷，頁79-81頁注。另于省吾認為「美」從「羊」為戴羊角偽裝狩獵，後來進一步發展為一般裝飾、美觀尊榮和禮神裝飾，見于省吾：〈釋羌、苟、敬、美〉，《吉林大學社會科學學報》1963年第1期。

25 參閱龔維英：《原始崇拜綱要》，頁6、10、28、42。

　　此外，先秦文化典籍中運用漢字的種種具體情形，亦往往可以證明有關漢字闡釋是事實還是謬誤。但運用古文之義例來做漢字原初構形或內涵的佐證必須慎之又慎：在不能多方證明某一義例反映了漢字原初內涵的情況下，不可輕易將其作為闡發字形功能的出發點；同樣，在不能多方證明某一義例完全外在於漢字早期構形的情況下，亦不可輕率抹煞這一意義對漢字構形功能的提示作用。

　　在確證漢字經驗背景的真實性方面，許慎《說文解字》無疑存在著種種缺陷。許慎既不可能擺脫自身稟有的個人局限，亦不可能超越為當時人們共用的歷史文化規定。許慎只能是許慎，只能是根植於特定歷史土壤中的許填；《說文》亦只能是《說文》，只能是漢字意義與功能在特定個人─歷史層面中的顯現。

第七章
漢字闡釋與儒家傳統

　　漢字是以形表義的文字。這樣說並不意味著漢字能夠將其內涵明確、清晰地呈現在它的形體之中，古文字不能，今文字更不能。當闡釋者面對一個個小篆、籀文乃至甲骨文等古體漢字的時候，這些漢字很難用它們的形體向闡釋主體完整地傾訴其固有的意義（尤其是後起意義）。因此「卜」的小篆字形有些時候被理解成了占卜過程中灼炙龜甲的形狀，有些時候則被理解成了龜甲灼炙以後裂紋縱橫的樣子。[1]

　　在闡釋過程中，跟漢字有關的某些文化要素往往構成闡釋者認知漢字形體、讀音和意義的預定「期望」，從而使闡釋者自覺不自覺地把一定背景下的特定的文化要素當成某些漢字指向的內容。在這種情況下，闡釋者無論如何也無法避免文化傳統對漢字闡釋的影響或導向作用，因為傳統已經成了來自他靈魂深處的難以抗拒的暗示或指令。

　　本章將探討漢字闡釋與儒家傳統的多側面、多層次的關係。

　　儒家天命意識曾對許慎「說文解字」產生過明顯的影響。儒家天命意識中的天是一種至高無上的人格化的終極存在。許慎釋「天」云：「天，顛也，至高無上，從一大。」（《說文》一上）這一解釋實際包括兩個層次：從義訓上，許慎選擇了「天」為人之「頂顛」（頭頂）的訓釋。但是他並未僅僅停留在這一義訓上來解釋「天」的構形，而是進入「至高無上，從一大」這一更深的解說層次。「至高無上」是對「天」作為終極存在的直接描述，「從一大」正是從這個角

1　參閱《說文》三下。

度出發對「天」字構形的解釋。許慎釋「秌」為「天賜后稷之嘉穀
也」(《說文》七上);釋「來」為「周所受瑞麥來⋯⋯天所來也」
(《說文》五下)。這種能賜予人世嘉穀、小麥的「至高無上」的
「天」,實際上正是上帝的同義語。

漢儒如董仲舒等人大都認為上帝密切注視著世人的行為,並常常
通過與日、月、星辰有關的種種自然現象來預示人世的吉凶休咎,以
引起人們對自身行為的反省。這一觀念對許慎闡釋漢字的影響顯而易
見。許慎釋「示」云:「示,天垂象,見吉凶,所以示人也。從二
(即古文上);三垂,日、月、星也。觀乎天文,以察時變。示,神
事也。」(《說文》一上)對「示」字構形的這些分析,完全是對上述
觀念生動而具體的闡解。

對許慎來說,上帝用來儆戒世人的當然並非只是日月星辰的變
化,各種自然災異也是上帝意志的體現:

> 螟,蟲食穀葉者,吏冥冥犯法即生螟,從蟲從冥,冥亦聲。
> (《說文》十三上)
> 蟘,蟲食苗葉者,吏乞貸則生蟘,從蟲從貸,貸亦聲。(《說
> 文》十三上)
> 蟊,蟲食艸根者,從蟲,象其形,吏抵冒取民財則生。(《說
> 文》十三下)

許慎在解析這三個字的讀音和構形的時候,顯然把官吏的現實品行與
自然事物的變異看成了由一種超然的力量所決定的因果聯繫,這種力
量無疑只能是神或上帝。當官吏冥冥犯法、搜刮民財、掠奪民物的時
候,它便會用種種害蟲來警醒人世。

另外,表示幸福和災禍這兩種意義的漢字常常用「示」作意符,

例如「禛」「祿」「禎」「福」「祺」「禍」「祟」等等,《說文》將這些字中的形符「示」字解釋為「神事」,這無疑表明了許慎贊同這樣一種信念,即幸福或災禍都是上天或神的給予,當一個人胸懷美德的時候,上天便會賜他以幸福。許慎對「禛」字的解釋正是由這種觀念出發:「禛,以真受福也,從示真聲。」(《說文》一上)「以真受福」的「真」並非意指許慎曾經說過的那種變形而登天的偓人,而是像儒家典籍中大多數「真」字那樣意指「真誠」。這正如《禮記·中庸》所說,「誠者,天之道也;誠之者,人之道也」。

毋庸置疑,如果不接受儒家傳統的天命觀念的影響,許慎無論如何也不可能對漢字做出上述種種闡釋。

先秦儒家典籍如《尚書》《左傳》等,都認為宇宙間存在著一種決定人類命運的上帝的意志,即「天命」。這些典籍常常用這種無形的絕對力量,來解釋個人和歷史的興衰沉浮。但在這裏,上帝並非一種絕對超然的終極存在,相反,它異常關注人的現實行為和道德品行:只有德行盛明的人才能得到上帝的保祐和賜福,德行敗壞的人最終要被上帝遺棄。所以儒家經典宣揚,「祭祀」上帝或神的最好的東西並非粟稷椒糈、醴酒犧牲,而是人類本身的現實美德,即所謂「黍稷非馨,明德惟馨」,「鬼神非人實親,惟德是依」。[2]儒家思想的這種觀念,可以使我們理解《說文》對「福」「禍」等一系列漢字所持有的那種不曾直接言明的看法,尤其是對「禛」的解釋。

儒家經典還常常把自然與人世之中的種種現象,諸如日食、月食、彗星的出沒與運行、山崩川竭等,看成是天命意志給予世人的儆戒和預兆,認為它們指示著世人命運的幸福或禍殃;對自身的德行多加反省併棄惡行善,則常常被視為逃脫禍殃的唯一辦法。繼承了這種

---

2 《左傳·僖公五年》。

思想傳統的漢代史學家司馬遷曾經記載:「帝太戊立伊陟為相。亳有祥桑穀共生於朝,一暮大拱。帝太戊懼,問伊陟。伊陟曰:『臣聞妖不勝德,帝之政其有闕與?帝其修德。』太戊從之,而祥桑枯死而去。」[3] 這一歷史故事,正是儒家天命思想的形象反映。漢儒特別強調以種種與此類似的變異為鑒戒,來反省、改善自身的德行。董仲舒云:「國家將有失道之敗,而天乃先出災害以譴告之;不知自省,又出怪異以警懼之;尚不知變,而傷敗乃至。」[4] 許慎對「示」「螟」「孟」等字的闡釋,正是源於儒家天命意識的上述種種觀念。

儒家人文意識對許慎「說文解字」的影響也非常鮮明。

許慎云:「三,天地人之道也,從三數。」(《說文》一上)「三」字乃日常慣用的數目字,可許慎卻把它解釋成天道、地道、人道的並呈。這是因為許慎有這樣一種牢固的觀念,即人超出萬物之上而與天、地並列為三。他曾經如此解釋「大」的小篆寫法何以象人形:「大,天大地大人亦大,故大象人形。」(《說文》十下)即人與天、地並為字中三大,所以「大」字取人正立之形。

許慎的這一觀念乃儒家人文意識的重要內容之一。《易經·乾·文言》曾經說過:「夫大人者,與天地合其德,與日月合其明,與四時合其序。」先秦時期的最後一位儒學大師荀子更加高揚了人的這種與天地並列的精神,他認為只要「塗之人伏術為學……積善而不息」,便可以「通於神明,參於天地」。[5] 儒家這種極力張揚人在天地宇宙間的崇高地位的傳統,對許慎闡釋「三」「大」等字起了明顯的導向作用。

禽獸草木與人類皆天地所生,然而萬物之中最寶貴的只有人類。

3　〔漢〕司馬遷:《史記·殷本紀》。

4　〔漢〕班固:《漢書·董仲舒傳》。

5　《荀子·性惡篇》。

許慎云：「人，天地之性最貴者也……象臂脛之形。」（《說文》八上）許慎對「人」的這種解釋，可以使我們想起荀子那一段極為精彩的論斷：「水火有氣而無生，草木有生而無知，禽獸有知而無義，人有氣有生有知亦且有義，故最為天下貴也。」[6]

支配許慎說文解字的「人」的觀念，並非僅僅內含著人的生物屬性。許慎對「羌」「閩」「蠻」「狄」「貉」「僬僥」「僰」「夷」等字的解釋，為我們思考這一問題提供了一些很有價值的材料：

> 羌，西戎，羊種也，從羊兒，羊亦聲。南方閩、蠻從蟲，北方狄從犬，東方貉從豸，西方羌從羊，此六種也。西南僰人、僬僥從人，蓋在坤地，頗有順理之性；唯東夷從大，大，人也；夷俗仁，仁者壽，有君子不死之國。孔子曰：道不行欲之九夷，乘桴浮於海。有以也。[7]（《說文》四上）
>
> 狄，狄之為言淫辟也。（《說文》十上）
>
> 貉，孔子曰：貉之為言惡也。（《說文》九下）

閩、蠻、狄、貉、僬僥、僰、夷都是古代散佈中國四方的少數民族，然而就字形而言，「閩」「蠻」「羌」「狄」「貉」諸字或取意於蟲，或取意於羊，或取意於犬，或取意於豸；「僰」「僬僥」「夷」則或取意於人，或取意於大；大者，人也。難道閩、蠻、羌、狄、貉諸族不屬於人類嗎？為什麼這些族名的形符都指示獸類呢？

許慎曾說羌為羊種、狄為犬種、閩蠻為蛇種、貉為豸種，這很容易使人們聯想起圖騰崇拜的觀念；但當許慎解釋「羌」「狄」「僬僥」

6　《荀子・王制篇》。

7　參閱段注本《說文》四上。

「夷」等字的意符何以人獸兩歧的時候，他並沒有將這種觀念貫徹到底。

許慎認為，閩、蠻、狄、貉諸族缺乏善良的道德品性，譬如狄有淫僻之行，貉有惡德等，所以指代這些民族的漢字以蟲、犬、豸為意符；僰人、僬僥則處於西南柔順之地，大致具有人的德性，故進於蠻狄諸族，其字從人；夷人則有仁厚之風，故又進於僬僥、僰人，其字從大。[8]

許慎之所以如此解釋，顯然是因為這樣一種觀念在起作用，即人區別於動物禽獸或者說人之所以為人的本質特徵並不在於人所固有的自然屬性，而在於人的道德品行；從蟲、從羊、從犬、從豸、從人、從大，只不過是人的這種人文特質（或相反屬性）的表徵。這種看似矛盾的觀念，正是儒家人文意識中非常重要而又極富特色的內容。

儒家學派的開創者孔子，曾經把對父母的「敬」視為將人與人的關係跟人與犬馬禽獸的關係區別開來的文化特徵之一。[9]儒家學派的第二位大師孟子則說：「無惻隱之心，非人也；無羞惡之心，非人也；無辭讓之心，非人也；無是非之心，非人也。」[10]惻隱之心、羞惡之心、辭讓之心、是非之心，分別是仁、義、禮、智的發端。孟子還說：人若飽食、暖衣、逸居而無父子之親、君臣之義、夫婦之別、長幼之序、朋友之信，則近於禽獸。[11]孟子指斥楊朱只知為我、愛身而無事君之義，墨子主張愛無差等而無事父之孝，認為人無此二者，則不過禽獸而已。[12]荀子總結了這種思想，他指出：人之所以為人，並非因為他有兩隻腳並且沒有長毛，而是因為他遵循「禮」這種道德

---

8 參閱〔清〕段玉裁：《說文解字注》，頁146-147。
9 《論語・為政》。
10 《孟子・公孫丑上》。
11 《孟子・滕文公上》。
12 《孟子・滕文公下》。

規範；[13]人若須臾放棄修身以為士、君子、聖人的道德實踐，則只能被視為禽獸。[14]

由此可見，當許慎立足於人有無某種道德品性來解釋「蠻」「夷」等字意符的不同的時候，他所依據的正是儒學大師們早已創始並日益發揚的人文意識。

此外值得注意的是，許慎在闡釋漢字的時候，把許多自然事物及其天成屬性看成了某種道德品行或人格的象徵。如《說文》云：「玉，石之美，有五德：潤澤以溫，仁之方也；理自外可以知中，義之方也；其聲舒揚，專以遠聞，智之方也；不橈而折，勇之方也；銳廉而不技，絜之方也」（《說文》一上）；又云：「烏」反哺其母，故為孝鳥（《說文》四上）；「梟」則食母，故為不孝之鳥（《說文》六上）；麒麟、騶虞，俱為仁獸（《說文》十上、五上），等等。

支持這種解釋的思想觀念同樣來自儒家傳統。當儒學大師們面對靜默的大自然的時候，他們將自身的存在投注到了面前的自然世界之中，自然事物的形狀、顏色、質地、習性等可以經驗感知的特徵，有許多被他們看成了某種道德人格或其某一側面的生動、具體的顯現和象徵。孔子的弟子子貢有一次曾問：君子何以看重寶玉而輕視「瑉」？孔子回答說，君子看重寶玉是因為它溫柔而潤澤，合乎仁德；清晰而有文理，合乎明智；剛強而不屈，合乎正義；有棱角而不傷人，合乎品行；寧折不彎，合乎勇敢；從不掩飾污點，合乎真誠；敲擊它，聲音發出，清脆遠聞，聲音止息，戛然而止，合乎辭令。[15]孔子還有一次跟子貢談論了自己面對東流之水的時候所產生的類似的感悟。[16]

13　《荀子・非相篇》。
14　《荀子・勸學篇》。
15　《荀子・法行篇》。
16　《荀子・宥坐篇》。

　　如果不瞭解這種特有的背景，許慎對「玉」「烏」「梟」「麒」「虞」等字的解釋只能使我們感到困惑。

　　對《說文》有關內容的更進一步的分析，可以使我們明白儒家傳統的價值取向、倫理觀念如何左右著許慎對有關漢字的認知。

　　許慎釋「卩」曾引起過某些後代學者的爭議：「卩，節欲也，從卩谷聲。」（《說文》九上）段玉裁認為「節欲」應為「節卩」之誤，然而一般的版本都作「節欲」。兩種意見的是非姑且不論，我們只須注意許慎的確曾把節欲的思想帶進了他對漢字的闡釋之中，並的確曾把「卩」在某些漢字中的作用理解為意指節欲。許慎釋「酒」云：「就也，所以就人性之善惡，從水從酉酉亦聲；一曰造也，吉凶所造也。古者儀狄作酒醪，禹嘗之而美，遂疏儀狄。」（《說文》十四下）這一解釋便包含著節欲的思想。嗜酒好色，乃人欲中的重要內容；酒既可以成就人之善德，又可以使人變得淫濫放縱，其關鍵全在於節制。古代又有一種酒器，其名為「卮」，許慎對它的解釋是：「圜器也……所以節飲食。」（《說文》九上）其字上半象人，下半為「卩」，含有節制之意。由此看來，許慎用「節欲」來解釋「卩」字是完全可能的。

　　傳統儒家歷來提倡節制飲食物欲。《論語‧鄉黨》曾記載，孔子飲酒雖沒有固定的數量界限，但卻從來不會使酒擾亂自己的血氣、意志。孔子還提倡剋制私欲而遵循周禮，認為只有這樣才能成為仁人。[17]許慎對「卩」「酒」「卮」等字的解釋，正是由這一特定立場出發的。

　　許慎對「利」字的分析存在明顯的矛盾。「利，銛也，從刀；和然後利，從和省。《易》曰：利者，義之和也。」（《說文》四下）許慎認為「利」的本義是鋒利，然而當他分析該字何以取「禾」作意符

的時候，又說和於義而後利。這顯然是用後起的儒家思想來分析
「利」字的構形，由此導致的矛盾顯而易見：如果說許慎對其本義的
分析是對的，那麼就得承認他對字形結構的分析是一種錯誤；相反，
如果說許慎對字形的分析正確，那麼就得承認他對該字本義的解釋是
一種誤會。

　　這一例子深刻地說明了儒家傳統的價值觀念對許慎闡釋有關漢字
所起的重要作用。儒家學者總是提倡那種超越世俗物利的價值追
求——義。孔子曾說「君子義以為上」，[18]「君子喻於義，小人喻於
利」；[19]孟子曾聲稱義為「人之正路」；[20]荀子則告誡世人「先義而後
利者榮，先利而後義者辱」。[21]儒學大師們的這些諄諄教誨，都在許慎
對「利」字的解釋後面不停地迴響。

　　不過，儒家倫理觀念對許慎說文解字的影響無疑更為明顯，更為
集中，更為引人注目。許慎云：

> 君，尊也，從尹，發號，故從口。㞗，古文，象君坐形。(《說
> 文》二上)。
> 臣……事君也，象屈服之形。(《說文》三下)
> 父，矩也，家長率教者，從又舉杖。(《說文》三下)
> 婦，服也，從女持帚灑掃也(《說文》十二下)
> 如，從隨也，從女從口(《說文》十二下)；徐鍇《說文解字繫
> 傳》云：女子從父之教，從夫之命，故從口會意。[22]

18　《論語・陽貨》。
19　《論語・里仁》。
20　《孟子・離婁上》。
21　《荀子・榮辱篇》。
22　(南唐)徐鍇：《說文解字繫傳》，頁244。

　　辛，罪也，從干二；二，古文上字。……讀若愆。(《說文》
三上)

許慎對上述各字之形、音、義的闡釋，明顯受到如下儒家觀念的影
響：第一，就君臣、父子而言，重要的是君上、父親的權威。荀子曾
說：「君者，國之隆也；父者，家之隆也。隆一而治，二而亂，自古
及今，未有二隆爭重而能長久者。」[23]「天子也者，埶至重，形至
佚，心至愈，志無所詘，形無所勞，尊無上矣。」[24]第二，就夫婦而
言，重要的是丈夫的權威。先秦儒家已特別注重夫婦之別，漢代儒學
則更加張揚丈夫權威的絕對性。以上兩個方面的內容，在《白虎通·
三綱六紀》《禮緯·含文嘉》等著作中被明確表述為君為臣綱、父為
子綱、夫為妻綱。第三，僭禮犯上，乃不可饒恕的罪過。春秋時期，
魯國貴族季孫氏僭用天子的禮樂，以六十四人在庭院中奏樂舞蹈，對
此孔子曾憤慨地說：「是可忍也，孰不可忍也。」[25]許慎在解釋「　」
(即韍)「冕」「圭」「瓚」「罊」「欒」「封」「邑」等字的時候，同樣
沒有忘記不同社會成員之間的等級差別。這些解釋告訴我們，天子之
韍乃深紅色，諸侯之韍乃淺紅色，大夫之韍也是淺紅色並有青色的佩
玉，士則無韍，大夫以上方能戴冕(《說文》七下)；天子、上公、侯
所用玉瓚也因其尊卑之別而有貴賤之差(《說文》一上)。天子分封
公、侯、伯、子、男，封地以受封者的尊卑不同而有大小之異，所以
「封」字從寸、「邑」字從卩，寸、卩兩個意符都代表一種等級制度
或秩序(《說文》十三下、六下)；受封者所持的符信也因其爵位高低
而各有不同：公所執瑞玉上圓下方，其長九寸，以宮室之像為文飾，

23　《荀子·致士篇》。

24　《荀子·君子篇》。

25　《論語·八佾》。

侯、伯所執瑞玉上圓下方，其長七寸，以人像為文飾，子所執瑞玉圓而中間有空，以谷樹為文飾，其徑五寸，男所執瑞玉同樣圓而有孔，直徑亦有五寸，不過以蒲草為文飾（《說文》十三下）。這些解釋還告訴我們說：「翣」是一種棺飾，天子八，諸侯六，大夫四，士二（《說文》四上）；天子墓區植松，諸侯墓區植柏，大夫墓區植欒，士之墓區植楊（《說文》六上）；如此等等。

上述材料，無不表明為儒家學者津津樂道的種種禮制已深深烙印在許慎的靈魂之中，並影響著他對漢字的具體闡釋。這種禮制的根本要求和特徵是等級秩序。荀子曾說，先王製作禮義的目的在於使世人有貴賤等級、長幼差別，以及能與不能的區分，使處於不同地位的人各從其事，各得其所，並使財物的多少厚薄與之相稱。荀子視這種「禮」為維繫群體秩序的根本辦法。[26]——禮制是儒家傳統的核心內容之一，許慎在闡釋漢字的時候根本無法完成對這種內容的超越。

至此，我們已經探討了儒學傳統中影響許慎說文解字的所有重要內容。現在需要補充說明的是，儒學作為一種傳統並非固定不變，它一直處於一種動態發展的過程中；至於這一傳統中，哪一發展層次的內容曾經影響過許慎對漢字的闡釋，無疑應當做具體的分析。比如，影響許慎對「示」等漢字的闡釋的，主要是由漢儒董仲舒所發揮的天人感應學說，董仲舒及其信徒最喜歡用自然現象如日蝕、地震、水災、火災、動植物的反常變異，來作為上天對人世的警告；而左右許慎闡釋「人」「三」等字的人文意識，則主要在先秦孔子、孟子、荀子之時臻於成熟；反映在許慎說文解字過程中的等級觀念，自孔子、孟子、荀子以降日趨強化，「三綱五常」「三從四德」等倫理觀念主要是漢儒的總結和概括。

---

26 《荀子・榮辱篇》。

　　就上文所論列的例子來看，許慎闡釋漢字的實質是在漢字與儒家傳統的某些內容之間建立種種不同的關係。這些關係，大致可以分為下面幾個層次：第一，以儒學傳統為背景賦予漢字以特定的內涵，但卻沒有建立字形、字音與這一潛在背景的關係，比如許慎對「人」、「玉」、「烏」、「麒」、「虞」、「圭」、「瓚」、「冕」、「欒」等字的闡釋，便是如此。第二，以儒學傳統為背景，賦予漢字讀音以特定的內涵，比如「君，尊也」，「婦，服也」等即屬此類。第三，以儒學傳統為背景，同時建立字音、字形與這一傳統中某些內容的關係。這種情形包括許慎對「螟」、「孟」等字的解釋。第四，以儒學傳統為背景，賦予漢字整體或部分構形以特定的內涵。許慎對「示」、「三」、「大」、「君」、「後」、「臣」、「父」、「如」、「辛」等字的闡釋，實際上建立了這些漢字的整體構形跟儒學傳統的關係；而許慎對「羌」、「狄」、「僬僥」、「夷」、「卻」、「厄」、「利」、「封」、「邑」等字的解釋，則主要是建立其部分形體與儒學傳統的關聯。

　　必須說明的是，許慎建立在很多漢字與儒學傳統之間的關係只不過是一種誤會。從古文字的原始構形看，有些漢字與許慎的分析甚至毫無關聯。然而，這種誤會無須我們在此加以匡正，我們只須指明：正是這種種誤會，更充分地表現了文化傳統對漢字闡釋的有力影響。本章所論及的各種解釋無不根源於曾在某一歷史時期發揮過廣泛作用的儒學傳統觀念。比如，許慎認為「父」的構形象以手舉杖的樣子。這很容易使人聯想起中國傳統社會，高懸於家庭成員之上的「家法」及其執行者。許慎解釋說：「父，矩也，家長率教者」，矩本為木工常用的繪製直角和方形的曲尺，在中國古代一向被視為法度的象徵。許慎對「父」的解釋包含了這種意思：父親本身便是一家成員不可逾越的法度。實際上，這並非「父」字的較早構形所呈現的原初含義。古文字研究的成果表明，「父」字的原始構形象手持石器勞作，反映的

是特定歷史時期男子的社會分工，因此被用來表示男子；古代典籍常常借「父」為「甫」，「甫」正是對男子的美稱。但是，當儒家宗法觀念如此普遍地存在於人們的意識之中，當一家之長的權威如此廣泛地表現在歷史與現實之中，同時，當遠古時代的男女分工尚且幽眇未明的時候，人們不可能期望許慎對「父」字做出科學的解釋。

許慎博通經籍，而尤長於「五經」，時人或謂「五經無雙許叔重」，由此可知許慎對儒學造詣之深。深厚的儒學思想制約並且啟發了他對有關漢字的種種闡釋，從而使我們深深感到：當闡釋者面對一個個漢字的時候，他沒有辦法也不可能剝奪文化傳統發言的權利。

第八章
漢字闡釋與陰陽五行

　　對漢字本體所凝結的文化內涵的揭示，是漢字闡釋的根本歸宿。在認知漢字的過程中，闡釋者所依託的文化傳統必然會通過對闡釋者的制約和導向，而干預主體對漢字本體功能的確定。文化傳統無疑是積澱著不同歷史層次的不同文化要素的動態流程，但是不同層面上的文化要素卻常常共時地左右闡釋者對漢字本體的認知。

　　陰陽五行學說的形成經歷了一個漫長的發展過程。「陰陽」二字被用來指稱兩種相互對待、交融並化育萬物的力量或氣，這只是漢字產生很久以後的事情。《說文》云：「陰，暗也，水之南，山之北也，從阜侌聲」；「陽，高明也，從阜昜聲」（《說文》十四下）。實際上，「陰、陽」都是加阜旁而孳乳的後起字，其本字原為「侌」「昜」。許慎以「侌」為「雲」的古字，意指「雲覆日」（《說文》十一下）。「昜」從日從一從勿。從日從一，乃日在地上的標誌；從勿者，《說文》云：「勿，州里所建旗，象其柄有三遊。」（《說文》九下）故或曰「昜」之本義，實指日出地上而建旗這種昂揚的氣象。[1]

　　梁啟超曾經考證，「陰」字在可以確信成於老子、孔子以前的古籍如《詩經》、《書經》、《儀禮》、《易經》卦爻辭之中，或用雲覆日義，或引申為陰暗之義；而「陽」字則或指旗在日下飛揚，或指日在地上，或指和暖之氣，或指某山某水向陽的一方。總之，商周以前所

1　參閱梁啟超：《陰陽五行說之來歷》，見顧頡剛編著：《古史辨》（上海市：上海古籍出版社，1987年），5冊，頁343。梁任公對「昜」字的解釋從古文字看並不準確，此姑備一說。

謂「陰、陽」者，不過是指自然界諸種常見的現象，並不具有陰陽學說所賦予它們的那種深刻內涵。[2]只是從《易傳》開始，「陰、陽」才被用以指代宇宙間兩種造就萬物的力量。不過此時的陰陽學說並沒有同五行學說融為一體。

陰陽與五行的混合統一主要由戰國時期的陰陽家鄒衍完成。《史記·孟子荀卿列傳》稱鄒衍「深觀陰陽消息而作怪迂之變，《終始》《大聖》之篇十餘萬言」，並「稱引天地剖判以來，五德轉移，治各有宜，而符應若茲」，「終始五德，從所不勝」，土德後木德繼之，金德次之，火德次之，水德次之。[3]《呂氏春秋·應同篇》「凡帝王者之將興也，天必先見祥乎下民」云云，比較詳盡地保存了鄒衍的五德轉移說。[4]

雖然鄒衍已經把「陰陽消息」貫穿於五行運轉之中，但是，第一，鄒衍所謂五行運轉的決定力量是上天的意志而非陰陽之氣的鼓動；第二，鄒衍所謂的五行運轉並非陰陽之氣在四時、五方之中的自然運行，而是自黃帝以來歷史進程的不規則的相繼發展與循環。直到戰國秦漢時期的《管子·四時》、《管子·五行》、《呂氏春秋·十二紀》、《禮記·月令》、《淮南子·時則訓》等作品，木、火、土、金、水五行才最終變成了陰陽之氣在春、夏、季夏、秋、冬以及東、南、中、西、北這一無限時空中運行的表徵。

陰陽五行學說對許慎闡釋文字的影響非常明顯，亦非常集中。

《說文》開篇云：「一，惟初泰始，道立於一，造分天地，化成萬物。」（《說文》一上）「道」實際是指融合未分的陰陽之氣，《周

2　同上書，頁346-347。

3　參閱《文選·魏都賦》李善注引《七略》。

4　參閱顧頡剛：《五德終始說下的政治和歷史》，見顧頡剛編著：《古史辨》，5冊，頁419-420。

易‧繫辭上》所謂「一陰一陽之謂道」者也。道分為陰陽，造為天地，「輕清陽為天，重濁陰為地」（《說文》十三下釋「地」）；[5]陰陽鼓蕩相合，則萬物化育、產生，陽多者為剛，陰多者為柔，或剛或柔，各有其體，此即《周易‧繫辭下》所云「陰陽合德，而剛柔有體」。許慎把「一」字解釋成了天地開闢以前渾然一體的道（或元氣），解釋成了天地萬物的母體。這種解釋與陰陽五行學說的關係，在許慎說解「四、五、七、九」等字時表現得更為明晰。

許慎云：「四，陰數也，象四分之形」；「五，五行也」，象陰陽二氣「在天地間交午」的樣子；「七」乃「陽（數）之正也」，其字從「一」，象「微陰從中衰出」的樣子；「九」則為「陽（數）之變也」，其字象陽氣「屈曲究盡之形」（《說文》十四下）。類似材料，已經可以說明陰陽五行學說對許慎說文解字的深遠影響。

然而更加值得注意的，則是秦漢之間以「萬斛狂瀾之勢，橫領思想界之全部」的陰陽五行學說[6]，竟使許慎把甲、乙、丙、丁等字的字形全部解釋成了陰陽之氣在一年四季中的變化與流行。

《說文》云：「甲，東方之孟，陽氣萌動，從木戴孚甲之象」；「乙，象春草木冤曲而出，陰氣尚強，其出乙乙也」；「丙，位南方，萬物成炳然；陰氣初起，陽氣將虧，從一入冂；一者，陽也」；「丁，夏時，萬物皆丁實，象形」，「戊，中宮也，象六甲五龍（即五行）相拘絞也」；「己，中宮也，象萬物辟藏、詘形也」；「庚，位西方，象秋時萬物庚庚有實也」；「辛，秋時萬物成而孰……從一從䇂，䇂，辠也」（「一者，陽也，陽入於䇂，謂之愆陽」[7]）；「壬，位北方也，陰極陽

5　《淮南子‧天文訓》：「天地未形，馮馮翼翼，洞洞灟灟，故曰太昭。道始於虛霩，虛霩生宇宙，宇宙生氣，氣有涯垠，清陽者薄靡而為天，重濁者凝滯而為地。」可與許慎對「一」「地」等字的解釋參看。

6　參閱梁啟超：〈陰陽五行說之來歷〉，見顧頡剛編著：《古史辨》，5冊，頁353。

7　〔清〕段玉裁：《說文解字注》，頁741。

生」;「癸，冬時水土平，可揆度也（彼時陽氣始萌，萬物合生於地中而可度[8]），象水從四方流入地中之形」(《說文》十四下)。

秦漢陰陽五行學說常常以甲乙統春之三時，以丙丁（或並戊巳）統夏之三時，以庚辛統秋之三時，以壬癸統冬之三時。《管子》《呂覽》《禮記》《淮南子》莫不如此。這種事實，無疑可以向許慎有力地暗示「甲、乙」諸字跟陰陽變化的深刻關係。事實上正是這種暗示，使許慎把相關漢字的某些形體特徵看成了陰陽變化的視覺標誌。

許慎對十二支的解釋，更為詳盡地展示了支配他闡釋天幹用字的陰陽五行觀念。就《說文》的解釋來說，寅卯辰（孟春、仲春、季春）實是甲乙（春）的展開，巳午未（孟夏、仲夏、季夏）實是丙丁（夏）的展開，申酉戌（孟秋、仲秋、季秋）實是庚辛（秋）的展開，亥子丑（孟冬、仲冬、季冬）實是壬癸（冬）的展開。因此，許慎對十二地支字形的闡釋，更為具體、更為生動、更為直觀地呈現了陰陽二氣在宇宙中的周轉和運行[9]：

「寅」字，顯示了正月陽氣萌動，欲離黃泉以上出，而陰氣尚強、將其擯斥於地下的景象；「卯」字象開門之形，顯示了二月陽氣始至，萬物冒地而出的景象；「辰」字從乙匕，匕象草木上徹之形，顯示了季春三月，生氣方盛，陽氣發泄，乙乙難出之物皆已化而出達的情形；「巳」字透露了「四月陽氣已出，陰氣已藏，萬物見，成文章」的情形，但其事難以具象，故用宛曲垂尾的蛇形來作象徵；「午」字顯示了五月陰氣逆陽、冒地而出的情景；「未」字顯示了六月萬物老成，樹木枝葉重疊的情景；「申」字顯示了七月陽氣成體，

---

8 參閱〔清〕桂馥：《說文義證》（北京市：中華書局，1987年），頁1301。

9 《淮南子·天文訓》認為：陰陽迴環，遞相消長，斗指寅、甲、卯、乙、辰為春，斗指巳、丙、午、丁、未為夏，斗指申、庚、酉、辛、戌為秋，斗指亥、壬、子、癸、丑為冬。與《說文》微異而可互相發明。

彷彿人叉手約結自持的情景;「酉」字象閉門之形,表明時至八月,萬物已經斂藏;「戌」字從戊中含一,戊為土,一為陽,透露了九月陽氣入地的情景;「亥」字從二(即古文上),從二人,一男一女,女子作懷妊狀,透露了十月微陽上陞,與盛陰交接的景象;「子」字象萬物滋生之形,又像人首與手足之形,顯示了十一月陽氣流動、萬物滋生的景象;「丑」字則象手形,透露了十二月陰氣之固結已經漸漸化解、萬物萌動用事的景象(《說文》十四下)。[10]

由以上論列可知在許慎眼中,天干、地支用字的形體或讀音,各以不同的方式,呈現了陰陽二氣在春、夏、秋、冬與東、南、西、北之中的不斷流轉、運行,以及由此導致的諸種物候特徵。

另外,許慎還曾直接把「木、火、土、金、水」解釋為五行。這再一次表明了陰陽五行學說對他闡釋漢字的巨大影響作用。

許慎云:「木,冒也,冒地而生,東方之行,從中,下象其根」(《說文》六上);「火,燬也,南方之行,炎而上,象形」(《說文》十上);「土,地之吐生物者也,二象地之上、地之中,物出形也」(《說文》十三下);「金,五色金也……西方之行,生於土,從土左右注,象金在土中形」(《說文》十四上);「水,準也,北方之行,象眾水並流,中有微陽之氣也」(《說文》十一上)。許慎對「木」的解釋跟他對「甲、乙、卯」的解釋完全一致,「木」字再次展現了那種陽氣始至、萬物冒地而出的情景;許慎對「火」字的解釋則與他對「巳」等字的解釋一致,「火」字再次展現了那種「陽氣已出,陰氣已藏」的景象。五行被視為陰陽摩蕩的表徵,這種思想和文化傳統有力地左右著許慎對「木、火、水」等字的審視。

但是,許慎顯然沒有毫無原則地將五色完全納入五行系統。許慎

---

10 有關「辰、巳、戌、子」等字的分析參閱段注,不煩一一詳注。

云：「青，東方色也，木生火，從生丹；丹青之信，言必然」（段注本
《說文》五下）；「赤，南方色也，從大從火」（《說文》十下）；「黃，
地之色也，從田從芡，芡亦聲；芡，古文光」（《說文》十三下）；
「白，西方色也，陰用事，物色白，從入合二；二，陰數」（《說文》
七下）；「黑，火所熏之色也，從炎上出；，古字」（《說文》十上）。
在這些解釋裏，「木、火、土、金」與「青、赤、黃、白」一一相
配，然而「黑」字卻不曾與「水」相配。這說明許慎畢竟是一個審慎
的古文字學家，傳統文化雖然強有力地影響著他對漢字的觀照，但他
卻不能無視漢字的自身屬性如構形、讀音等，而過於勉強地將這一漢
字同既有傳統聯繫在一起。「青」字從「生丹」，由「生丹」聯繫到
「木」生「火」，於是許慎把它同東方「木」行聯繫在一起；「赤」從
「火」「黃」從「田」，這對許慎來說都極為自然地證明了其自身同南
方「火」以及中央「土」的內在繫聯；「白」字從「二」，這又向許慎
顯示了西方陰氣用事的徵兆。可是「黑」字卻從「炎」，僅就構形而
言，配之以南方火行顯然有理，但這卻與五行學說相悖；遵循傳統，
配之以北方水行，則無疑又與他對漢字構形原則的認識相乖。許慎處
於一種兩難的境地，他對「黑」字的構形是否與北方水行有密切的關
係避而不談。

　　《說文》對五味的解釋表現了同樣的特點。許慎云：「鹹，銜
也，北方味也，從鹵咸聲」（《說文》十二上）；「辛，秋時萬物成而
孰，金剛，味辛」（《說文》十四下）。但是許慎並沒有使「甘、苦、
酸」諸字也如此這般地與中央土行、南方火行、東方木行一一搭配在
一起，因為他依然執著於漢字構形本身所呈現的原初意義。許慎認
為，「甘」從「口」中含「一」，為口舌之感（《說文》五上）；「苦」
「從草古聲」，乃草本植物（《說文》一下）；「酸」則「從酉夋聲」，
指酢漿（《說文》十四下）。這些解釋鮮明地表現了許慎說文解字的文

字學原則。雖然許慎非常注重從相關文化背景中尋釋漢字「固有的」內容，但他同時也非常關注對漢字構形的感悟。他不是毫無原則地將傳統文化中的某些內容灌注到有關漢字之中，而是堅持從漢字本身屬性出發來建立漢字與不同文化要素的關係。不過，這只是許慎闡釋漢字的總體傾向。我們並不否認對於這一總體傾向而言的種種例外。例如許慎云：「腎，水藏也」；「肝，金藏也」；「肺，火藏也」；「脾，木藏也」（《說文》四下）；「心，人心，土藏也」（《說文》十下）。[11]許慎顯然無法用漢字的固有屬性來證明這些解釋的合理性。

文字作為語言符號，其構形、讀音的功能和意義，在後人的闡釋中常常發生有悖於其原初狀態的歧變，這是一種不可否認的事實。許慎對上述諸字的說解已經非常清楚地表明瞭這一點。干支用字多為假借字，其形體大多為非常簡明、具體、直觀的物象，儘管對這些字形的理解迄今尚未統一[12]，但可以肯定它們的構形絕對不會像許慎所說的那樣呈現或者暗示陰陽之氣的運行。不過，漢字闡釋對漢字原初功能與意義的背離一般說來並非由於闡釋者純粹主觀的想像，其發生往往具有深刻的歷史、文化根源。

第一，漢字在以形表義方面具有明顯的限度。許慎曾對「甲、乙、丙、丁」諸字的字形做出過兩種截然不同的解釋：他既把「甲」字界定為從木戴孚甲之象，又說「甲象人頭」；他既把「乙」字看成春天「草木冤曲而出」，又說「乙承甲，象人頸」；他既認為「丙」字從一入門，表示陽氣將虧，又說「丙承乙，象人肩」；他既說「丁」字為「夏時萬物皆丁實」，又說「丁承丙，象人心」；他既說「戊」字象六甲五龍相拘絞，又說「戊承丁，象人脅」；他既說「己」字象萬

---

11 《說文》大徐本釋「肝、肺、脾」與此並非完全一致，此據段注逕改。

12 參閱郭沫若：〈甲骨文字研究‧釋支干〉，見《郭沫若全集‧考古編》（北京市：科學出版社，1982年），1卷，。

物避藏、屈形，又說「已承戊，象人腹」；他既說「庚」字「象秋時萬物庚庚有實」，又說「庚承己，象人臍」；他既說「辛」從一字，有愆陽之意，又說「辛承庚，象人股」；他既說「壬」字「象人懷妊之形」，又說「壬承辛，象人脛」；他既說「癸」字「象水從四方流入地中之形」，又說「癸承壬，象人足」。

對這些字的兩歧解釋，顯然並不能說明許慎具有這樣一種觀念，即字義跟字形之間根本就不存在某種確定的聯繫。許慎創作《說文》的原則之一便是「以字形為書，俾學者因形以考音與義」，《說文》的實質是「形書」。[13]倘形之與義沒有確定的聯繫，則「因形以考義」便失去了其全部的合理性。許慎對天幹用字形體的兩種不同界定，只不過說明這樣一個事實：字形本身無法將它與字義的深刻聯繫明確、具體地呈現於闡釋者面前。正是在這種前提下，作為背景和提示的文化傳統，才得以對人們認知漢字發揮不可排除的巨大影響作用。

許慎對干支用字的兩種似乎截然不同的解釋，實際上從不同的側面顯示了陰陽五行學說對漢字闡釋的導向功能。用陰陽運轉來解釋「甲乙丙丁」等字自然是由於陰陽五行學說的影響，把「甲乙」直至「壬癸」解釋為從頭到腳互相承繼的有機生命體同樣也是由陰陽五行學說的影響所致，只不過它是對陰陽運轉的連續性，以及由此延續的時間與由此拓展的空間之間的混沌同一性的素樸、直觀的反映。

第二，漢字在發生、發展過程中與傳統文化發生了種種不可分割的聯繫，這些聯繫常常構成漢字闡釋者難以逾越的思想樊籬。

許慎解說文字時顯然無法迴避干支、五味、五行、五臟以及五色用字與陰陽五行學說的牢固繫聯，儘管這種繫聯與相關漢字並非產生於同一歷史層面。戰國、秦以及漢初的典籍如《管子‧四時》《管

---

13 〔清〕段玉裁：《說文解字注》，1頁。

子‧五行》《呂覽‧十二紀》《禮記‧月令》《淮南子‧時則訓》等，都曾依照陰陽之氣的運轉，將一年四季分配五行[14]：春木，其日甲乙；夏火，其日丙丁；季夏土，其日戊巳；秋金，其日庚辛；冬水，其日壬癸。然後五方之東南中西北，五蟲之鱗羽裸毛介，五音之角徵宮商羽，五味之酸苦甘辛鹹，五臭之膻焦香腥腐，五祀之戶、灶、中溜、門、井，五臟之脾肺心肝腎，五色之青赤黃白黑，五畜之羊雞牛犬彘，五穀之麥菽稷麻黍等等，都被一一如次分配，構成了一個怪誕而有序的五行系統。而且，這一系統在漢代獲得了極為廣泛的認同，儒學大師董仲舒曾以此術治《春秋》，京房、焦贛曾以此術治《易》，夏侯勝、李尋曾以此術治《書》，翼奉、眭孟曾以此術治《詩》，王史氏則曾以此術治《禮》；[15]尤其是董仲舒以此為構架而建立的系統的天人感應學說，統治漢代數百年，幾乎籠罩了漢代意識形態的所有領域。皇皇一代思潮，向許慎反覆強化著陰陽流變、五行運轉與「甲乙丙丁」「子丑寅卯」「木火土金」「脾肺心肝」「赤青黃白」等漢字之間的聯繫。

　　陰陽五行學說裏的時間只是陰陽運轉的延續性，它排斥脫離陰陽運轉的純粹的時間內涵。而在古代曆法中，天干地支作為年、月、日的標指符號由來已久，干支字早已與時間概念構成密不可分的聯繫。中國早在殷商時期就有以干支紀日的記錄；春秋時期被普遍應用的十二辰紀月法則直接把地支同十二個月份搭配在一起，干支紀月法在西漢初期已有人應用；戰國時期的太歲紀年法又將地支同年的迴圈聯結在一起。時間的傳統標指雖有年、月、日，但占主導地位的卻是天干

14　《管子》、《禮記》、《呂覽》都沒有明確中央土在四季中的具體位置，陳澔《禮記集說》云：「土於四時無乎不在，故無定位，無專氣，而寄旺於辰戌丑未之末。」《淮南子‧時則訓》則直接將中央土分屬季夏。這並非實質性的差異。

15　參閱梁啟超：《陰陽五行說之來歷》，見顧頡剛編著：《古史辨》，5冊，頁360。

和地支。從這一方面也可以看出許慎力求從干支用字中找到陰陽變化的形象標指實在是非常自然的事情。

許慎對數目字的解釋與此相似。毫無疑問，數目字的構形所反映的絕對不可能是古人對陰陽之氣摩蕩、運轉的直觀。歷史早已證明，最早的希臘算術只是從處理羊、水果等計數活動開始的。「人們曾用來學習計數，從而用來做第一次算數運算的十個指頭，可以是任何別的東西，但是總不是悟性的自由創造物。為了計數，不僅要有可以計數的對象，而且還要有一種在考察對象時撇開對象的其它一切特性而僅僅顧到數目的能力，而這種能力是長期的以經驗為依據的歷史發展的結果。」[16]然而在漢語中數目字原初所關聯的觀念早已被人們淡忘，它們在歷史的動態發展中與文化傳統發生的新的、次生態關係卻如此清晰地呈現在後人面前。《禮記‧禮運》之「大一」，《淮南子‧詮言》《呂覽‧大樂》之「太一」，以及西漢中期象數說中的陽數、陰數觀念，無不表明「一」字同那種「洞同天地，混沌為樸」的「氣」以及「獨立無待，化育萬物」的「道」的緊密結合。許慎正是立足於這種結合解釋了「一」。這對他認知其它數目字有著非常重大的意義，因為這種解釋可以啟發並形成一種心理定勢。由此而下，把「三」字理解為天道、地道、人道的並呈已是順理成章的事：在「一」（道）所化育的萬物之中，天、地、人最為重要，先秦儒家特別喜歡將天、地、人以及天道、地道、人道並列為三；《周易‧說卦》即謂「立天之道，曰陰與陽；立地之道，曰柔與剛；立人之道，曰仁與義」。「三」字之後，「五」字則直接聯繫著「五行」，「五」的聲音與構形使許慎極其自然地聯想起陰陽之氣在天地間的交午。

---

16 恩格斯：〈反杜林論〉，《馬克思恩格斯選集》（北京市：人民出版社，1972年），3卷，頁77。

　　總之，從許慎對「一、三、五、七、九」諸字的解釋之中同樣可以看出：漢字與文化傳統之間所締結的親密關係，每每對闡釋者發揮某種導向和規範作用。

　　第三，漢字闡釋者往往成為聯結漢字與文化傳統的紐帶。漢字作為文化傳統的載體之一，必然會與文化傳統發生種種複雜的關係，但這些關係只有獲得闡釋者的認同才能對漢字闡釋發揮影響作用。例如，干支用字的構形、讀音或意義與其所賴以產生的古代傳統本來有某種確切不易的關係，可這些關係已經在歷史發展的進程中喪失，它們沒有也不可能對許慎說解文字發揮規範作用。相反，陰陽五行觀念與干支用字的繫聯卻獲得了許慎的肯定和認同，它亦因此對許慎闡釋這些漢字發揮了明顯的導向作用。

　　這一點，可以用許慎對「雈」字的解釋加以申論。許慎云：「雈，鴟屬，從隹從，有毛角；所鳴其民有。」（《說文》四上）有人認為，許慎以「鴟屬」釋雈，準確無誤；但雈之鳴叫與人世的災禍並無任何關涉。理解的分歧主要起因於闡釋者是否認可鴟鴞之屬在古代民俗中的獨特意義。長久以來，人們一直以為鴞鳥至人家，則主人死。漢初賈誼曾因鳥入舍而感慨「野鳥入處兮，主人將去」，傷悼不已，遂有〈鵩鳥賦〉之作。至今許多農村還視鴟鴞為惡鳥。顯然，只有不屬於這種傳統、不認可這種傳統的人，才有可能對「雈」字做出科學的生物學解釋；要想使許慎不把「雈」字同這一民俗聯結在一起，只有一種途徑，那就是使他超越這一傳統。

　　事實上這是不可能的。造就許慎之價值觀念、行為特徵、思維方式等內容的文化傳統，同時也造就了許慎對這一傳統的不可超越性；它所要求於許慎的，首先是要承認或在潛意識中接受其正確性，其次是要在自身行為的諸方面依循或暗中依循其引導和規範。許慎在說文解字時所立足的文化傳統與其說屬於漢字，不如說屬於他自己，因為

這些傳統首先必須左右漢字的闡釋者，然後才能左右闡釋者對漢字的
闡釋。雖然許慎的具體解說抑或並不可靠，但傳統卻可以為這些解說
的合理性提供種種超出文字學範圍的證明。

第九章
漢字闡釋與日常經驗背景

　　漢字以形表義這一根深蒂固的觀念，使傳統語言文字學將漢字的形義統一性視為研究文字和古文獻詞義的不容違背的前提和原則。這一方面為中國文字學和古代詞義學的研究提供了相當堅實的基礎並使之獨具特色；一方面卻又滯礙著古代語言文字學理論的思維視野，使人們不能對許多重要語言文字現象做出深入的理論思考與探求。實際上，漢字形體並不能獨立規定其自身的功能。從闡釋角度看，在單純觀照種種陌生的漢字形體時，人們常常無法完成由字形到字義的正確轉換。而且隨著歷史的發展，漢字構形實際上越來越嚴重地違背著字形與字義之間的統一。

　　就現存最早、最成熟的漢字系統來看，漢字構形確實從一開始便自覺不自覺地遵循了以形表義的原則。但是，漢字從產生之日起便無法擺脫這樣一種困擾，即它無法排除種種視覺圖像的多義性。比如將「至」字詮釋為「矢遠來降至地之形」[1]固然很有道理，但就小篆字形言，像許慎那樣釋之為「鳥飛從高下至地」（《說文》十二上）也未必沒有相關的經驗背景作依據。[2]

　　這種歧解產生的根本原因，並不在於漢字構形不能更準確、更細膩地呈現它所要傳達的對象或信息。實際上，即便是對事物的高度寫

1　參閱徐中舒主編：《甲骨文字典》，頁1272。

2　今北方農村，田野中有鳥，喜從空中徑直飛至地上草叢中，鄉野小兒每欲以衣捕之，此鳥輒自前方飛去。許慎釋「至」是否曾受這種經驗的啟發？

實的圖像，有時亦不能徹底排除觀照者的歧解，[3]更何況漢字。漢字
既不可能也沒必要將其所要傳達的對象無微不至地呈現在人們面前；
它只能亦只須概括表現對象的某些基本形象或感性特徵。這無疑增加
了漢字構形作為視覺圖像的多義性。[4]在漢字的構形部件之中，一個
方框既可以被理解為一方城邑，又可以被理解為一塊田地、一領席子
或一個豬圈，例如它在「邑、囿、因、圂」等字中便是如此。古文字
形「」既可以理解為手有所執的樣子，如在「執」中；又可以理解為
跪拜祈禱的樣子，如在「祝」中。[5]與此相關，甲骨文「夙」與令鼎
「揚」字一方面可以理解為人在日、月之下勞作；一方面也可以理解
為人對日、月的朝拜和祈禱。[6]後者並非於古無徵，《禮記·祭法》所
謂「埋少牢……王宮，祭日也；夜明，祭月也」，《尚書·堯典》所謂
「寅賓出日」「寅餞納日」，正說明了古人常常禱祈、祝頌於日月。

　　在漢字闡釋過程中，字形的多義性有時甚至表現為對同一字形的
截然相反的理解。就日常經驗而言，「日在草中」（莫）、「日見地上」
（旦）、「日在木上」（杲）、「日在木下」（杳）等既可以理解為對日出
前後有關景象的勾摹，又可以理解為對日落前後有關景象的表徵。同
樣，一彎月牙兒既可以作為夜幕來臨的提示，又可以作為夜幕將去的
標指；因此古文「夕」字常作半月之形，而「朝、夙」二字亦含半月

3　〔英〕E·H·貢布里希《圖像與眼睛：圖畫再現心理學的再研究》（浙江攝影出版
　　社，1981年），頁19-20曾討論過人們對木葉蝶與入幕賓飛蛾的可能的歧解，可以
　　參看。
4　人們在感受圖像可能蘊涵的情感或觀點時具有相當明顯的隨機性。這一點已為一系
　　列實驗證實。參閱〔英〕E·H·貢布里希：《圖像與眼睛：圖畫再現心理學的再研
　　究》，頁195-196頁
5　二字的字形見中國科學院考古研究所編：《甲骨文編》，卷三·一一、卷一·五。
6　見中國科學院考古研究所編：《甲骨文編》，卷七·八「夙」字；容庚編著：《金文
　　編》，卷一二「揚」字。

之形。人們一般認為：甲骨文「朝」字象日月同見草木之中，為朝日已出、殘月尚在之象；[7]「夙」字則為人侵月而起並執事於月下之象，其義為早。[8]這些解釋，顯然只能說明「朝、夙」的已知意義對字形功能的界定。事實上，二字形體與意義之間含有巨大的間隔，如果脫離語言背景和既定字義的制約，甲骨文「朝」字的字形完全可以理解為暮色蒼茫之中落日尚見，月牙依稀並與草木互相掩映；「夙」字的字形則完全可以理解為日已下山，月朗當空而執事者「雖夕不休」（《說文》七上）。由此可見，是意義的預先認定消除了二字形體原有的歧義，字形本身並無這種功能。

　　漢字的理論研究，顯然已經不能迴避漢字形義之間的疏離。這種疏離在以下幾個方面表現得更為突出。

　　第一，漢字大多為所謂形聲字。對有些形聲字來說，音符的作用僅在於表音。儘管這些音符產生較早，其音、形、義已在歷史的反覆強化過程中凝結為一個整體；但它們的形體特徵卻並沒有參與新生形聲字的意義構成。這種情況在很大程度上突破了漢字構形的形義統一性原則。如果不是那些後天習得的知識經驗規定著漢字構形的具體功能，人們在審視「但、棚、瘓、鴟、騅、汈」等漢字的時候便不能不產生種種疑惑：「日在地上」這種景象是否顯現了「但」字的部分意義？[9]「鳳鳥於飛」這種景象是否表明了「棚」字的部分意義？[10]「日在草叢」這種景象是否揭示了「瘓」字的部分意義？[11]長尾鳥、短尾鳥以及刀刃是否代表了「鴟、騅、汈」三字的部分意義？[12]如果沒有

7　參閱徐中舒主編：《甲骨文字典》，頁731。

8　參閱胡光煒：《說文古文考》。

9　參閱《說文》八上小篆「但」字。

10　參閱《說文》六上小篆「棚」字。

11　參閱《說文》七下小篆「瘓」字。

12　參閱《說文》四上、十上、十一上小篆「鴟、騅、汈」字。

豐富的知識經驗作誘導，人們同樣無法肯定「鴄、刵、聚」諸字的內涵與鳥、與耳朵、與眾人並立有關。[13]

從這種意義上可以說，形聲字大量產生的過程正是漢字形體與意義進一步疏離的過程。

第二，傳統所謂的會意字有時亦很難讓人見其「指撝」。構成會意字的某一部件不僅可能以自己的形體呈現整個漢字的部分內涵，而且可能以其與形體間隔較遠或者了無關聯的引申、假借義參與全部字義的合成。《說文》釋「夾」云：「夾，持也，從大俠二人。」（《說文》十下）此處「大」字以其本形本義融會於夾持義中；《說文》釋「赤」云：「赤，南方色也，從大從火。」（《說文》十下）此處「大」字則以其引申義融會於「南方色」中。這種情形顯然可以導致人們對有關漢字的歧解。例如，「大」本「象人形」（《說文》十下），引申為凡物不小之稱，那麼「美」字的本義究竟是指人冠戴羊形或羊頭裝飾呢，[14] 還是指大羊美味呢？[15] 僅就構形言，前一種理解固非謬悠之說，而後一種理解亦絕非妄誕之論。又如甲骨文有一字上從「大」而下從「火」，通常被隸定為「赤」，[16] 可是理解為以火焚人又有何不可呢？于省吾〈甲骨文字釋林序〉認為甲骨文中那一從「文」從「火」的字「象焚燒繫索於頸之人於火上」，不正可以與從「大」從「火」的甲骨文字互相發明嗎？

要之，人們對於以上歧說雖然可以做出種種決斷，但是卻顯然難以單純依據字形來做這種決斷。

---

13 參閱《說文》四上、四下、八上小篆「鴄、刵、聚」字。

14 參閱李澤厚、劉綱紀主編：《中國美學史》（中國社會科學出版社，1984年），1卷，頁79-81頁注。

15 《說文》四上釋「美」云：「美，甘也，從羊從大，羊在六畜主給膳也。」徐鉉等曰：「羊大則美，故從大。」

16 字形見中國科學院考古研究所編：《甲骨文編》，卷十‧一一。

　　第三，按照許慎、段玉裁等人的看法，某些漢字的內涵必須依賴特有的筆勢來體現。許慎釋「｜」云：「｜，下上通也，引而上行讀若囟，引而下行讀若退。」（《說文》一上）段注曰：「凡字之直，有引而上、引而下之不同，若『至』字當引而下，『不』字當引而上，又若『才、屮、木、生』字，皆當引而上之類是也。」[17]就是說，「至」意為「鳥飛從高下至地」，必須運筆下行；「不」意為「鳥飛上翔不下來」，「才」意為草木初生上貫地面而枝葉未見，「屮」意為草木出地而有枝莖，「之」意為草木已出、枝莖益大，「出」意為「草木益滋上出達」，「生」意為「草木生出土上」，「木」意為樹木「冒地而生」，必須運筆上行。[18]許、段二人對這些漢字的具體解釋或屬謬見，但其中包含的道理卻的確可以引人深思：漢字在發生初期完全可能存在以運筆趨向來呈現、傳達特定字義的情形。但這種情形無疑有悖於漢字的形義統一性原則。因為漢字作為記錄語言的符號系統，常常只能以一種靜止的整體形態呈現在人們面前，它很少能夠表現為某種動態的過程。

　　第四，漢字構形對形義統一性原則的背離，還表現於同一構形方式常常包含不同的實質內容。

　　漢字中兩個或三個同樣部件的並現每每表示眾多。《說文》所謂「重夕為『多』」（《說文》七上）便是典型的例子。[19]按照這一原則，「林、森」二字表示的便非二木、三木，而是叢木或樹木眾多；「晶」字亦非三顆星星，而是群星共明；「品」字非指三口，而是眾庶之義。與此相類，「喿」為眾鳥群鳴（《說文》二下），「聶」為眾耳相附竊竊私語（《說文》十二上）；「雥」為群鳥，「集」為群鳥在木上

17　〔清〕段玉裁：《說文解字注》，頁20。

18　諸字小篆形體及解釋分別見《說文》十二上、六上、一下、六下。

19　「多」字非「重夕」，而是並放兩塊肉的樣子。為行文方便，姑從許慎《說文》。

（《說文》四上）；「品」為眾口歡咏，「嚚」為眾口喧囂（《說文》三上）；「羴」為羊多之氣，「羼」為群羊相廁（《說文》四上）。諸字所具有的量的內涵都超出了其形體本身的規定。

雖然如此，假如漢字構形不存在與此相反的情形，人們依舊可以在特定的限制或前提條件下來堅持形義統一性原則。只是歷史並不接受「假如」。根據許慎的解釋，「廿」為二「十」相併，「卅」為三「十」相併，「世」為三「十」相併而曳長之，三字只是意指二十或三十（《說文》二上）。與此相類，「隻」為手持一隹而「雙」為手持兩隹，「皕」為二百，「雔」為雙鳥（《說文》四上），「玨」為二玉相合（《說文》一上），「秉」為手持一禾（《說文》三下）而「兼」為手持二禾（《說文》七上）。諸字所具有的量的內涵，都沒有超出字形本身的規定。

構形方式相同而表義功能不一，這只能導致人們的困惑。在不明此類漢字意義的情況下，即便人們明瞭其中個別部件的內涵，也無法確知這一部件的並現所要傳達的量的信息。

此外，漢字形體在歷史發展過程中不斷演變，符號化程度不斷提高，漢字在具體應用中又日益遠離其原初意義，[20]這些都增加了漢字形義之間的疏離。唯其如此，對漢字的闡釋應該也必須追索古形與造意。索本求源，以尋求重新彌合形義間隔的各種紐結，這正是古代語言文字研究的基本方式與重要內容之一。

不過，我們說漢字構形對形義統一性原則存在背離，並非意指漢字在以形表義方面一開始便陷入了困境。在漢字發生與發展的某個特定時期，漢字構形的功能並不存在太多的不確定性。段玉裁云：「聖

---

20 與甲骨文、金文相比，小篆字形明顯突出脫離「表象」與「客體」一致性的純形式特徵。此處不申論。

人之造字，有義以有音，有音以有形。」[21]為傳達具體語義（有時兼標示語音）而創造的漢字，其各部分具有明確、固定的功能。彼時「至」字呈現的是「鳥飛從高下至地」還是「矢遠來降至地」，「廿」字並連兩「十」或兩根豎立的算籌究竟標示二十還是數十，「雔」字表示的是眾鳥還是兩鳥，「雛」字中的「隹」是否參與了整個漢字的意義構成，「生」字是否內含了由下而上的筆勢等，都根本不成問題。

　　但是漢字形體功能的確定性顯然不在於字形本身，而在於施指（即字形）與所指（即漢字原初意義或讀音）的緊密聯繫之中；字義與字音規定著字形的指向功能，字形則標誌、啟示著字義、字音的所在。施指與所指之間的這種雙向關係在相當程度上掩蓋了漢字形義之間的疏離。從漢字發生的角度看，施指與所指之間的相互指向、相互規定只有以特定的社會成員來體現；從漢字闡釋的角度看，施指與所指之間的互明關係只有通過特定社會成員的介入才能確立。字形本身對此無能為力。首先，規定字形功能的所指並非處於一種自我呈現的狀態。其次，字形本身只能部分地呈現其造意，或者說，字形本身只能相當有限地趨近漢字的原初意義。漢字的這種特質，從客觀上突出了闡釋者介入的重要性。

　　漢字闡釋者究竟應以何種手段介入呢？換句話說，漢字闡釋者究竟應以何種手段來彌合漢字形義之間的分離呢？簡單地歷史考察可以使我們發現，闡釋者幾乎是「從終點又回到了起點」，他只能從對漢字字形的視覺感知開始。

　　追索漢字的原初內涵無法脫離主體對漢字作為視覺形象的感知。這樣說不會引起任何異議，可是，人們卻完全忽視了在圖像感知過程中感知與判斷密不可分的關係。實質上，人們從字形中感知到的信息

21　〔清〕段玉裁：《說文解字注》，頁764。

僅僅是已經推斷出來的東西，它有時甚至與漢字的造意毫不相干。如果人們斷定「不」字象「花萼之柎」[22]，其感覺會從各方面主動地確證這一判斷；如果人們認為「不」字象種子萌發前向地下生長的胚根，其感覺同樣會自覺地確證、支持這一判斷。[23]就是說，一旦人們對某一字形做出推斷，他的感覺便將更多地關注字形中能夠證明這一推斷的特徵，而相對忽視游離甚或有乖於這一推斷的其它特徵。比如「臣」字，或釋之為梳篦，或釋之為四腳獸。前者顯然相對漠視「臣」字構形不像梳篦的特徵，而後者則相對漠視「臣」字構形不像四角獸的特徵。[24]基於這種原因，當看到許慎一方面用人體從頭到腳各個組成部分來解釋天幹用字的構形，一方面又用陰陽二氣的陞降流行對其加以解釋的時候，我們一點兒都不感到驚訝；人的感官的確能夠從這些漢字中提取出某些可以證成兩種相異判斷的特徵。

對漢字的形象感知既然無法拒斥判斷的介入，那麼，判斷從何而來呢？

概括地說，判斷既受制於漢字出現的有關語言背景（立足於這一方面，傳統訓詁、文字學已經取得了相當的成就），又受制於左右闡釋者的龐大文化系統。而人們日常生活中可以經驗感知的、具有一般意義的自然或社會現象，則是這一系統中最顯而易見、最具體生動的內容。《說文解字》對有關漢字的闡釋可以清楚地顯示，許慎認知漢字時無可避免地受到了他直接或間接了解到的日常經驗知識的影響。

許慎云：「東，動也，從木，官溥說從日在木中」（《說文》六

---

22 參閱郭沫若：《甲骨文字研究·釋祖妣》，見《郭沫若全集·考古編》，1卷，頁52。

23 參閱李樂毅：《漢字演變五百例》（北京市：北京語言學院出版社，1992年），頁23圖示。

24 前者可以參閱于省吾：《甲骨文字釋林·釋臣》；後者可以參閱王小盾：《原始信仰和中國古神》，頁32、39的偏旁「臣」字及作者的有關解釋。

上）；「西，鳥在巢上，象形，日在西方而鳥棲，故因以為東西之西」
（《說文》十二上）；「南，草木至南方有枝任也」（《說文》六下）。朝
日升起於東方、太陽西落而鳥棲、南方草木暢茂等日常經驗對許慎考
察三字構形的影響顯而易見。許慎又云：「止，下基也，象草木出有
址」（《說文》二上）；「才，草木之初也，從|上貫一，將生枝葉，
一，地也」（《說文》六上）；「屮，草木初生也，象|出形，有枝莖
也」（《說文》一下）；「之，出也，象草過屮，枝莖益大有所之，一者
地也」；「出，進也，象草木益滋上出達也」；「生，進也，象草木生出
土上」（《說文》六下）。有關草木生長狀態及進程的經驗，使許慎對
「才、止」等字做出了或者正確或者錯誤的解釋。[25]當某些漢字可以
被置於幾種不同背景之中的時候，判斷對字形感知的影響作用將會更
加明顯和突出。例如，「寸、尺、咫、尋、仞、度」等與度量有關的
漢字，至少可以放在三種不同的背景中來感知。其一，《淮南子・天
文訓》云：「古之為度量輕重，生乎天道」，「音以八相生，故人脩八
尺；尋自倍，故八尺為尋。有形則有聲，音之數五，以五乘八，五八
四十，故四丈而為匹；匹者，中人之度也，一匹而為制。秋分蔈定，
蔈定而禾熟。律之數十二，故十二蔈而當一粟，十二粟而當一寸。律
以當辰，音以當日，日之數十，故十寸而為尺」。《淮南子》以為
「尺」「尋」「寸」等度量皆由「天道」先驗規定。這顯然不能反映諸
字構形的初衷，因為古人的思維斷不會如此玄虛、細密。許慎嘗為
《淮南子注》，必熟稔此說，然《說文》棄之不取。

　　其二，《山海經・海外東經》有帝命豎亥步量「東極至於西極」
云云。此說誇誕不實，但其內含的經驗意義卻不容懷疑。這種經驗意

---

25 許慎釋「才」「屮」「生」準確無誤，釋「屮」尤其關鍵。因為「生」「止」「之」
　「出」諸形均與之有明顯的相似性，這可能在很大程度上影響了許慎的判斷。

義是，人永遠是度量外物的主體。從這一角度，人們可以得出如下結論：因為人是度量外物的主體，所以「寸、度」從又（「又」為手形），「尺」從尸（「尸」為人屈膝之形[26]），「仞」從人（「人」為人側立之形），「尋」從寸（「寸」指示人手之寸口）。此說雖比《淮南子》更靠近真理，然《說文》亦棄之不取。

其三，在現實生活中，取法自身來衡量外物長短的現象極為常見。以「指、拃、庹、拱、摟」等單位測量長度迄今都不陌生。周制「寸、尺、咫、尋、常、仞」諸度量徑「以人之體為法」。以這種經驗為背景來觀照「寸、度」諸字的構形，人們可以得出如下結論：「寸、度」從又、「尺」從尸、「咫」從尺、「尋」從寸、「仞」從人的根本原因，在於諸度量原本取法於人的自然屬性。實際上這正是《說文》的立場，故《說文》云：「尺，十寸也……從尸從乙，乙所識也。周制，寸、尺、咫、尋、常、仞諸度量皆以人之體為法」；「咫，中婦人手長八寸，謂之咫」（《說文》八下）；「寸，十分也，人手卻一寸動脈謂之寸口，從又從一」；「尋」，「度人之兩臂為尋，八尺也」（《說文》三下）；「仞，伸臂一尋八尺，從人刃聲」（《說文》八上）。

從情理上說，在感知漢字構形的時候，「錯認」不可避免。起初人們從字形中感受到的信息以及從經驗知識中獲得的「暗示」都可能不完全、不確定、不具體，由二者初步遇合而產生的判斷未必能夠從漢字字形、從有關經驗事實以及漢字出現的一定語境中得到確證。漢字形體作為視覺圖像的多義性，使同一字形有時可以分別與多種經驗背景建立聯繫；如果字形接受的判斷是假判斷，誤認便會產生。《說文》釋「東」、釋「南」都是如此。「南」本為古代一種鐘形瓦製樂器，「東」本為古代一種兩端以繩捆紮的袋子。遺憾的是，許慎對此

---

26 容庚編著：《金文編》，頁602。《說文》八上釋「尸」以為「象臥之形」。

了無所知。經驗的欠缺使他無法獲得應有的暗示，因此，他也無法對二字的構形做出正確判斷。另外《說文》云：「甬，草木華甬甬然也，從用聲。」(《說文》七上)實際上，「甬」為「鐘」的象形初文。其字上象鐘懸，下象鐘體，中間橫畫像鐘帶。如果許慎能夠看到「東、南、甬」諸字的甲骨文、金文字形[27]，他肯定可以發現自己的解釋根本不能獲得字形本身的證明。

因此，闡釋者必須反覆推求，以糾正自己的錯誤論斷。許慎釋「寸、尺」諸字很可能便經歷過這種「錯認」與「糾謬」的過程。

總而言之，在審視漢字構形的時候，闡釋者常常可以從中悟出多種相異信息，最終，他只能選擇一種作為該字的詮釋。不管是闡釋者的領悟還是選擇，都關聯著主體對文化傳統（包括日常經驗）所內含的諸種可能性的預先知識。沒有這種預先知識，人們將無以合理地從漢字構形中感知任何東西。當然，人們「說文解字」未必總由審視字形開始，並以領悟字形所指結束。對相當一部分漢字來說，闡解過程實發軔於既定的字義，而歸結於明確字形的功能。但是即便在這種情況下，闡釋者仍然要從自己對日常經驗、古代民俗等的預先知識中來尋求漢字命名或構形的合理性。

《說文》云：「禾，嘉穀也，二月始生，八月而孰，得時之中，故謂之禾」(《說文》七上)；「乙，玄鳥也，齊魯之間謂之乙，取其鳴自呼」(《說文》十二上)；「狗，孔子曰：狗，叩也，叩氣吠以守」(《說文》十上)。[28]舉凡此類，皆從日常經驗中揭示漢字的讀音何以跟其形、義結合在一起。《說文》又云：「獨，犬相得而鬥也，從犬蜀

---

27 「東、南、甬」諸字的古文字形可以參閱中國科學院考古研究所編：《甲骨文編》，卷六・四、卷六・八；容庚編著：《金文編》，卷七。

28 王筠《說文釋例》曰：「叩氣者，犬聲硜硜，促數繁碎，如擊也；六畜之中，他皆一聲而曳長之，犬獨聲聲密比也。」

聲，羊為群犬為獨也」（《說文》十上）；「群，輩也，從羊君聲」（《說文》四上）；「，牛很不從引也，從牛從臤，臤亦聲」（《說文》二上）；「名，自命也，從口從夕，夕者冥也，冥不相見，故以口自名」（《說文》二上）。舉凡此類，皆從日常經驗中尋求漢字構形的內在理據。

漢字形義之間的疏離，使得漢字闡釋無法脫離介入者的主觀判斷；這種判斷作為主體「以意逆之」的結果，又根本不可能超越文化傳統對闡釋主體的特有規定。這就使得漢字闡釋變得十分複雜而興味無窮。一方面，漢字形義關係的疏離必須靠闡釋者來彌合；另一方面，闡釋者作為漢字與文化傳統的中介，又必然將種種豐富的文化內涵投注於對漢字形義的闡解之中。

現代語言文字學研究僅僅指明許慎說文解字的正確和謬誤還遠遠不夠。更重要的工作，應是通過《說文》來探索漢字闡釋這一複雜過程所內含的種種規律。漢字闡釋，即便從許慎算起也已經有將近兩千年的歷史，在這一漫長的歷史時期中，《說文解字》功在千秋，不可磨滅。但假如人們不能深思並把握其中的規律性的東西，便永遠無法將漢字闡釋昇華為一種高度的理論自覺。

第十章
文化傳統與《說文》的結構

　　漢字闡釋的成果必須呈現於某種結構形式之中。這種「結構形式」用傳統的概念來表達，即字書「編制」或「體例」。黃侃《說文略說》認為自漢字創始以來，字書編制凡經九種遞變形態：一曰「六書之教」，其書今不可考見。二曰「附之詁訓」，如《爾雅》《方言》，以訓詁存文字。三曰「編為章句」，如《三倉》《急就》等，常次韻以諧唇吻。四曰「分別部居」，斷從《說文》始。五曰「以韻編字」。其以韻書為體而兼存文字者，如《切韻》；就韻書之體而列字者，如小徐《說文篆韻譜》；部首依《說文》次序而部中字依始「東」終「乏」之次者，如宋世《類篇》。六曰「以聲編字」，如釋行均《龍龕手鑒》、韓孝彥《四聲篇海》、韓道昭《五音集韻》。七曰「計劃編字」，或計點畫之形，如李從周《字通》；或計點畫之數，如梅膺祚《字彙》。八曰「分類編字」，如戴侗《六書故》、楊桓《六書統》。九曰「專明一類」。其中存古字之書，如郭忠恕《汗簡》；資常用之書，如葛洪《要用字苑》；正偽失之書，如張有《復古編》。[1]在黃侃論列的這些著作之中，只有許慎《說文》專論文字，並最能體現文化傳統對字書編制的深遠影響。

　　清人胡秉虔云：「讀古人書，須先明其體例。」[2]段玉裁更云：

1　參閱黃侃：《黃侃論學雜著》（上海市：上海古籍出版社，1980年），頁15-24。
2　〔清〕胡秉虔：〈說文管見・篆隸之變〉，見《叢書集成新編》（臺北市：新文豐出版公司，1985年），37冊，頁205。

「通乎《說文》之條理次第，斯可以治小學。」[3]那麼《說文》之「條理次第」，究竟遵循何種內在原則呢？

段氏以為，《說文》「凡部之先後，以形之相近為次；凡每部中字之先後，以義之相引為次」[4]。此說每每被奉為圭臬。實際上，段氏此語只是概括《說文》的大略情形。在具體分析《說文》結構原則的時候，人們至少應該參看段玉裁本人對《說文》部敘的詳細解釋。從這些解釋中可以發現，段玉裁併不否認《說文》部首存在以義繫聯甚乃了無關聯的情形。

《說文》的結構原則共有三種：一為字形原則；二為字義原則；三為文化原則。三種原則同舟共濟，時有錯綜，構成了全書比較穩固的整體框架。

《說文》體例的字形原則表現為以字形的相似序列漢字，即所謂「立『一』為端……雜則不越，據形繫聯」（〈說文敘〉）。五百四十個部首字的編排主要是對字形原則的實踐。

第一篇十四部，全據「一」形次第相聯：「一」以一橫居五百四十部之首，古文「上」字作兩橫，故次「一」部之後；「示」從古文「上」，故次「上」部之後；「三」字三橫，故承古文「上」而次「示」部之後；「王」三橫而連其中，故次「三」部之後；篆文「玉」亦為三橫而以「｜」貫之，故承「三」而次「王」部之後；篆文「珏」為二「玉」篆相併，故次「玉」部之後；篆文「气」字與「三」字或似，故蒙「三」而次「珏」部之後；「士」字「以十合一」，與「以一貫三」相似，故承「王」而次「气」部之後；「｜」為「一」之豎，故次於諸從「一」之字；「屮」為草木「｜」出之形，故

3　〔清〕段玉裁：《說文解字注》，頁19。
4　〔清〕段玉裁：《說文解字注》，頁1。

次「｜」部之後；「屮」為「中」之並，「蓐」從「屮」，「艸」為「屮」之重，故分別先後相次。[5]許慎用這種編排方式，使十四種部首及從屬之字構成了一個相對獨立的系統。

《說文》體例的字義原則，表現為以字義的相引聯屬漢字，即所謂「方以類聚，物以群分；同牽條屬，共理相貫」（〈說文敘〉）。許慎對字義原則，主要從兩個方面加以實踐。其一，將全書九千三百五十三個漢字按表徵意義的偏旁統歸於五百四十個部首之下。如構成漢字的諸偏旁均表義，則以義重者歸部。「休」不入「人」部而入「木」部，「桑」不入「木」部而入「叒」部，「翟」不入「隹」部而入「羽」部，「殺」不入「木」部而入「殳」部，「占」不入「口」部而入「卜」部，「拘、笱、鉤」不入「手、竹、金」部而入「句」部等，皆屬此類。

其二，《說文》同部漢字基本上都以意義遞相聯引，故各部自首至尾常常「次第井井如一篇文字」。[6]「羽」部共三十四文，「翬、翰、翟、翡、翠」俱為鳥名，或赤羽，或彊羽，或青羽，或尾羽修長；「翦」為鳥羽初生整齊如剪，「翁」為鳥之頸毛，「翄、翮」為鳥之翅翼，「翹」為鳥尾之長毛，「翭」為羽本，「翮」為羽莖，「翑」為羽之句曲，諸字義各不同，卻俱為鳥羽之種種；繼此以下，「翚、翥、翁、翸、翬、翏、翻、翐」俱指鳥之飛行，如搏扶搖而上、奮翅高舉、斂翅而起、小飛、大飛、高飛、疾飛等；鳥之飛行既備，故又繼以鳥飛的種種情狀，「翊、翋、翍、翱、翔、翩」諸字或為飛盛貌，或為回飛貌，或指鳥飛翩翩有聲。「翯」字則指鳥白肥澤之貌，

5　參閱〔清〕段玉裁：《說文解字注》，頁765-766對《說文》部敘的解釋。所不同者，段氏以為「三」次於「示」乃「蒙示有三垂」，「氣」次於「珏」「士」之間「為其列多不過三」，「｜」次於「氣」乃蒙「王、玉」中皆有「｜」。

6　〔清〕段玉裁：《說文解字注》，頁1。

兼鳥色、鳥形為言，故又次焉。「翠、翟」俱指樂舞，或以鳥羽冒覆頭上為言，或以手執全羽為言，「翿」為頂飾羽毛之旗，「翳」為車之羽蓋，諸字雖非鳥類、鳥羽、鳥之行為性狀，然無不跟鳥羽有或近或遠的關係，故先後相次。「翣」字指棺飾，因下垂於棺之兩端如鳥之羽翼，故字從羽而居部末。[7]「肉」部一百四十餘文，「朡、胚、胎」先言人之始，自「肌、臚」至「胑、胲」皆人體所具而依次第言之；「肖」至「胄」言人之苗裔；「胤」為振胤，「膻」為肉袒，皆人所時有；「膿」至「膌」言人之肥瘦；「肴」至「胹」言人之疢病；「臘」至「隋」言以肉祭；「膳」到「腴」言肴饌；「脂」至「膫」言六畜體之所具；「脯」至「臇」皆乾肉可食者，俱為「膡物」；「肍」至「腤」皆醬屬；「胥」至「胘」皆肉之可食者；其下「膠」用皮，皮亦肉之類也；「贏、胆、肎」三文或指獸或指蟲，皆以多肉製字；最後「腐、冎」二字，或指肉爛，或指骨間之肉。[8]由此可見，《說文》「列字之次第，類聚群分，皆有意義，雖少為後人所亂，而大致可稽」。[9]

以義相引的原則，似乎從南北朝時期便已成為人們識別《說文》訛傳竄亂的根據。《顏氏家訓・書證篇》云：「許慎檢以六文，貫以部分，使不得有誤，誤則覺之」；清代王筠《說文釋例》論《說文》「列文次第」，亦顯以文字是否「類列」來推求其變亂之跡；[10]《說文》段注等等，都是如此，不必盡言。

許慎《說文》所遵循的字形、字義原則，無疑說明了《說文》結

7　參閱《說文》四上對諸字的解釋。

8　參閱〔清〕段玉裁：《說文解字注》，頁167-178。本部字序段注本與大徐本頗有歧異。請比較參看。

9　同上書，頁47。

10　〔清〕王筠：《說文釋例》（武漢市：武漢市古籍書店，1983年），頁389。

構的文字學特質。不過在這兩者之間，需要澄清的重要問題很多。首
先，《說文》雖有意將漢字「分別部居，不相雜廁……雜而不越，據
形繫聯」(〈說文敘〉)，然《說文》諸多部首絕非全依字形單線聯引，
其中存在著非常繁複、錯綜的關係。其次，漢字以形表義的特點，決
定了字形原則與字義原則在很多情況下都可以達成一致，但二者在
《說文》中又顯然都不足以完全取代對方，《說文》列字純以字形相
引者有之，純以意義牽聯者亦有之。考察《說文》的編制，不可忽視
二者時分時合的複雜關係（見下頁圖）。

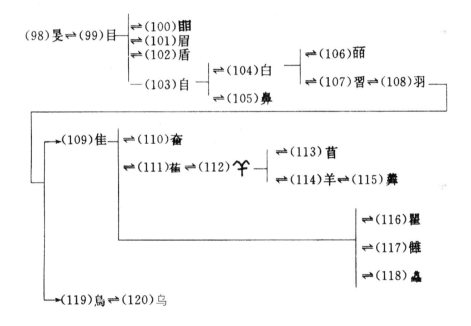

《說文》四上部首聯引示意圖

數碼表示各部在全書中出現的次序。字形原則與字義原則一致者，用⇌表示；
純以字形相聯者，用—表示；純以字義相聯者，用→表示。

《說文》卷四共四十五部，大多數部首的編排體現了字形、字義原則的統一，如「目」部之於「𥅀」部，「䀠」部、「眉」部、「盾」部之於「目」部等都是如此。[11]

　　而「自」部之於「目」部、「冓」部之於「　」部、「麼」部之於「冓」部、「刃」部之於「豐」部則純以形似相引。「自」之次「目」，只是因為其小篆字形略與「目」字相似；[12]「豐」字則是「刃」字的聲符，二者或指「草蔡」，或指「巧刃」，並無意義上的聯繫；「𦥑」為箕屬，「冓」為交積木材之象，二字相次，只是因為「冓」字上部略與「　」字相似；「麼」之次「冓」，則是因為二字都有重累層構之象。[13]

　　其它「隹」部、「鳥」部上蒙「羽」部，「予」部、「放」部、「𤓯」部、「奴」部上蒙「𦥑」部，「刀」部上蒙「歺」部、「冎」部、「骨」部等，顯然是純以義類聯屬。「羽」象鳥之長毛，「隹」乃鳥之短尾者，「鳥」乃禽之長尾者，故連類而及，「隹、鳥」二部俱上蒙於「羽」部。[14]　者，箕屬，所以推棄之器；予者，相推予也；放者，逐也；受者，上下相與也；奴者，殘穿之去其穢雜。[15]諸字均有此與彼受之意，故許慎列部使先後相次。[16]「奴」為「列骨之殘」，「冎」為「剔人肉置其骨」，「骨」則「從冎有肉」；三者無不跟刀的

11　《說文》云：盾「所以扞身蔽目」。

12　參閱〔清〕段玉裁：《說文解字注》，頁768。

13　《說文》釋「胤」云：「胤……麼亦象重累。」（《說文》四下）段注以為「胤」不是從麼而是「直像其重累之意」。細考小篆字形，段說實未得許慎原意。

14　段玉裁《說文解字注》以為「羽」傅於「隹」，故次「隹」於「羽」；「鳥」「隹」為同物，故「鳥」蒙「隹」而次。見〔清〕段玉裁：《說文解字注》，頁768-769。

15　參閱〔清〕段玉裁：《說文解字注》，頁160。

16　段玉裁《說文解字注》云：「予」字形略與「麼」相似，故蒙「麼」而次；「放」字形無所蒙，乃遠蒙於「攴」；「受」遠蒙「爪」蒙「又」；「𤓯」蒙「受」從又。俱誤。見〔清〕段玉裁：《說文解字注》，頁768-769。

功用有關，順次「刀」部，亦是以類相屬。[17]

　　由此可見，字形原則與字義原則只能相輔相成，純粹按字形原則或字義原則無以完成近萬個不同漢字的編排。甚至即便兩種原則同時並用，也難以獲得完美無缺的結果。號稱「隱括有條例」[18]的《說文解字》並非沒有半點紕漏。卷四「」部次於「烏」部之後，顯然不存在任何字形或字義方面的依據，故段注有「形無所蒙」云云。[19]《說文》全書部首形、義均無所蒙者眾矣，二十六「走」部、一百四十三「竹」部、一百七十「皿」部、一百七十四「♦」部等，都是如此。[20]

　　第三個需要澄清的問題是：《說文》編排所遵循的字義原則，實以偏旁作為視覺形象所呈現的意義為準的。

　　漢字從產生之日起便受著兩種不同原則的困擾。一為形——義原則，一為音——義原則。作為記錄語言的符號，通過標識語音來實現文字與語義的結合無疑更為重要，因為在現實生活中，聲音與意義的結合明顯受到更多的強化，畢竟世人「以簡策傳事者少，以口舌傳事者多；以目治事者少，以口耳治事者多」。[21]但是在人們的意識中，音——義原則對漢字構形與內涵的影響直到清代才昇華為清醒的自覺。人們先是認識到，形聲字中諧聲偏旁的「聲」跟字義緊密結合，如宋人王子韶的「右文說」、清人段玉裁的「諧聲之偏旁多與字義相

---

17 段玉裁錯誤地認為「刀」部「不必蒙上」。參見〔清〕段玉裁：《說文解字注》，頁769。

18 《顏氏家訓・書證篇》。

19 〔清〕段玉裁：《說文解字注》，頁769。

20 需要說明，段注《說文》部敘所謂「不蒙上」者或誤。如部二百九「才」、二百十「叒」、二百十一「之」、二百十四「市」（普活切）、二百十五「生」、二百十六「毛」、二百十七「乗」均以義類相聯；段氏或不注，或以為「不蒙上」，不可視為典要。

21 〔清〕阮元：《揅經室三集》卷二《文言說》。

近」說；[22]繼而又認識到字音與字義的結合具有相當程度的必然性，如王念孫「就古音求古義，引申觸類，不限形體」說等。[23]文字之音與文字之義緊密結合，這固然是世界範圍內的普遍事實。但更能代表漢字特徵的卻並非音——義原則，而是形——義原則；對漢字來說，最具發生學意義的也是形——義原則。造字之初，字形可以從相當程度上顯現漢字的意義，但它卻不能或無意於呈現漢字的讀音。[24]許慎《說文解字》主要標誌著人們對漢字形——義原則的全面自覺。許慎固然用過所謂聲訓法，但他「賦予」字形的意義最終必證實於字形之中。這正是文字學區別於訓詁學的根本所在。

《說文》部列漢字的字義原則與漢字形——義原則完全一致。因此，它將「拘、笱、鉤」歸於「句」部而非「手、竹、金」部的主要意圖，並非標明「形聲字聲符相同、意義相通的規律」[25]，而是標明三字中的「句」字與「手、竹、金」一起，以包蘊於自身形體特徵中的內涵參與了整個漢字的意義構成，並且形成了整個漢字意義的重心。[26]

從總體上說，《說文》的編制緊緊圍繞字形、字義兩端，表現了鮮明的文字學立場。但字義原則與字形原則實不能獨領結構《說文》之功。除此二者以外，來自文化傳統的某些思想、觀念等常常被許慎

---

22 分別參閱〔宋〕沈括：《夢溪筆談》，卷十四；〔清〕段玉裁：《說文解字注》，頁2「禛」字條。

23 〔清〕王念孫：《廣雅疏證序》。

24 段玉裁嘗云：「聖人之造字，有義以有音，有音以有形。學者之識字，必審形以知音，審音以知義。」（《說文解字注》，頁764）在無以明確漢字讀音的情況下，「審音以知義」云云不過是癡人說夢。

25 胡奇光：《中國小學史》，頁88。

26 參閱〔清〕段玉裁：《說文解字注》，頁88。如果硬要說許慎發現了「形聲字聲符相同、意義也相通的規律」，並按聲符原則與字義原則的一致來部列漢字，那麼人們將無法解釋「翑、枸、痀」等同樣從「句」得聲而有「曲」意的漢字何以被分別歸於「羽」部、「木」部以及「疒」部（見《說文》四上、六上、七下）。

自覺不自覺地遵循著，並形成了結構《說文》一書的比較深沉的文化原則。概括地說，「文化原則」是指字形、字義、字音以外的其它文化要素由於充當人們編制字書的顯意識或潛意識規範而形成的獨特結構取向；它雖然與字形、字義或字音原則有著千絲萬縷的聯繫，但卻擁有一部分純粹屬於自己的空間。

　　始「一」終「亥」的編排方式，無疑受惠於陰陽五行學說。「一」便是「道」，便是先天地而生並造化天地、萬物的終極實體，所謂「惟初泰始，道立於一，造分天地，化成萬物」（《說文》一上）。「一」既存在於鴻蒙開闢之先，又涵括著天地剖判以後某種陰陽混成的狀態，故古人認為：「一陰一陽謂之道」；[27]「一陰一陽，然後成道」；[28]「無德無怨，無好無惡，萬物崇一，陰陽同度曰道」。[29]許慎認為，「亥」字乃十月微陽上陞與盛陰交接的表徵：「亥，荄也，十月微陽起，接盛陰，從二（二，古文上字），一人男，一人女也，從乙，象懷子咳咳之形……亥而生子，復從一起。」（《說文》十四下）「男女」「陰陽」雖為二名，其實則一，《周易・繫辭下》云：「男女構精，萬物化生。」其中「男女」的內涵正與《說文》所說相同。陰陽交接、化育而產生萬物，然後返歸於混成玄冥的狀態即「一」，繼而此消彼長，互有消息，再次化成萬物；這就是許慎所謂「亥而生子，復從一起」的深刻含義。《說文》「立『一』為耑，方以類聚，物以群分，同牽條屬，共理相貫，雜而不越，據形繫聯，引而申之，以究萬原，畢終於『亥』，知化窮冥」（〈說文敘〉），這種編排不僅暗含了陰陽二氣「迴圈無端」的思想，而且也暗示了書中九千多個有關「天地、鬼神、山川、草木、鳥獸、蟲、雜物、奇怪、王制、禮儀」

27　《周易・繫辭上》。

28　《大戴禮記・本命篇》。

29　《管子・正第四十三》。

等「世間人事」的漢字，[30]無非陰陽運行的結果和表徵。

　　陰陽五行學說對《說文》編制的影響，還明顯地表現於許慎對干支等部首字的編排之中（見下圖）。就《說文》自身的體系而言，干支用字的編排乃出於字形或字義之間的聯繫。但許慎對這些字的形體、意義的理解卻是立足於它們在歷史發展過程中跟陰陽五行學說締結的、處於次生層面的關係。這種關係並非漢字發生時的初衷，因為干支用字在殷商時期已經產生並形成一個固定的序列，而陰陽五行學說卻直到戰國時期才漸至成熟。

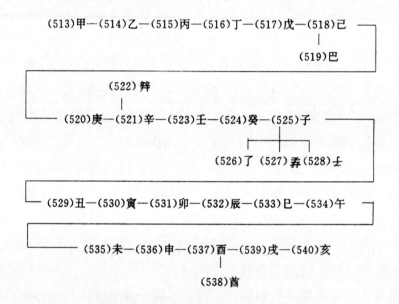

(513)甲—(514)乙—(515)丙—(516)丁—(517)戊—(518)己

(519)巴

(522)辡

(520)庚—(521)辛—(523)壬—(524)癸—(525)子

(526)了 (527)孨 (528)㐬

(529)丑—(530)寅—(531)卯—(532)辰—(533)巳—(534)午

(535)未—(536)申—(537)酉—(539)戌—(540)亥

(538)酋

《說文》十四下干支用字繫聯示意圖

　　儒學傳統對《說文》編制的影響也非常鮮明。

　　第一，儒道忠君，故「上諱之字例必部首以下第一字出之」。[31]

---

30 〔漢〕許沖：〈上《說文》表〉，見《說文》十五下。

31 〔清〕段玉裁：《說文解字注》，頁630「戛」字條。

　　《說文》言上諱者五：「禾」部「秀」，漢光武帝名；「草」部「莊」，漢明帝名；「火」部「炟」，漢章帝名；「戈」部「肇」，漢和帝名；「示」部「祜」，漢安帝名。五字均為部首下第一字，《說文》「凡上諱皆在首，以尊君也」。[32]漢制，幼小諸帝不廟祭則不諱，故殤帝名「隆」，位和帝劉肇與安帝劉祜之間，而《說文》不諱。[33]又漢制「舍故而諱新」，君、父俱諱五世；許慎卒於安帝之後，自安帝至世祖適為五世，故世祖以上，雖高祖不諱。[34]

　　從嚴格的文字學立場上來看，「秀」意為不榮而實，當與「穗」字為伍；「莊」為草大，當列「薆、蘄」之間；「祜」意為福，當與「祿、禔」等字相次，《說文》「焜、燬、燹」俱指火，當與部首「火」字相聯，「炟」意為火起，不當介於四字之間；《說文》「戟、戛」俱為戈之同類，立文本當與「戈」相連，「肇」意為始，不應介於三字之間。《說文》對這一組字的編排說明：在字書編制中，遵循文化原則有時可以構成對字義原則的背叛。

　　第二，《說文》在編排中「嚴人物之辨」，這實際是受儒家人文意識的影響。

　　「先人後物」乃《說文》的常例。即使部首字本身意指禽獸，歸於該部的其它字亦依然由言人而及言獸。《說文》釋「肉」云：「肉，戴肉。」（《說文》四下）指鳥獸之肉。段玉裁注曰：「《說文》之例，先人後物，何以先言『肉』也？曰：以為部首，不得不首言之也。生

32　〔清〕王筠：《說文釋例》，頁386。

33　殤帝劉隆生於西元105年，即位於西元106年2月13日，死於西元106年9月21日。參閱〔英〕崔瑞德、〔英〕魯惟一編：《劍橋中國秦漢史》，頁9。

34　參閱〔清〕段玉裁：《說文解字注》，第2頁「祜」字條。許慎卒年不詳，段玉裁以為卒於漢安宗劉祜之後，《後漢書‧西南夷夜郎傳》則有許慎在桓帝時授古學的記載。對此問題，本書無意明斷。所無可疑者，乃《說文》初成於漢和帝永元十二年，至安帝建光元年才以定稿呈獻皇上。

民之初，食鳥獸之肉，故『肉』字最古，而制人體之字，用『肉』為偏旁，是亦假借也。」[35]「肉」下諸字，顯由人事而及六畜、蟲獸。「血」部與此相似，《說文》釋「血」云：「血，祭所薦牲血也。」（《說文》五上）人血名「血」，乃以物名加之：「古者茹毛飲血、用血報神，因製『血』字而用加之人。」[36]「血」下諸字，「衁、衃」直至「衄、盡」皆言人事，「衉、衊」以下始言牲血。[37]

　　如果許慎完全堅持以字義聯屬漢字的原則，那麼「肉、血」兩部漢字的編排顯然應由禽獸而及人事。可許慎為何先人而後物呢？這是因為在許慎眼中，「人」乃「天地之性最貴者」（《說文》八上），故《說文》在編排中將人與人事置於極為突出的位置，實以一種獨特的方式顯示了從孔子以來為儒家學者承繼不衰的人文傳統，即所謂「水火有氣而無生，草木有生而無知，禽獸有知而無義，人有氣、有生、有知亦且有義，故最為天下貴也」。[38]《說文》這種超越文字學意義的編排，再一次顯示了許慎對另一種不曾言明的準則亦即文化原則的遵循。

　　第三，王筠《說文釋例》云：《說文》常把漢字義訓美者列於前，義訓惡者列於後。[39]這種編排方式，無疑表明了許慎於文字學意義之外的道德取捨。

　　「示」部首「禮、禧」二字為人所踐履的行為規範，次「禎」至「褆」十一文皆為福祿吉祥之義，敘次部末的「祲、禍、祟、祅」則意指凶災禁忌。[40]許慎這樣排列，既出於對福祿吉祥的嚮往，又有強

---

35 〔清〕段玉裁：《說文解字注》，頁167。

36 同上書，頁213。

37 〔清〕段玉裁：《說文解字注》，頁214「衉」字條。段注以為「衄、盡」當上屬。此據段說。

38 《荀子·王制篇》。

39 〔清〕王筠：《說文釋例》，頁386。

40 《說文》多為後人竄亂，「祗」字下不得復贅「祟、禫」二字。參閱〔清〕王筠：《說文釋例》，卷九「列文次弟」；〔清〕段玉裁：《說文解字注》，頁9。

調人之善行的含義。他接受了儒家傳統的天命意識，認為福祐凶災的興起全繫於個人品德的好壞，即所謂「妖不勝德」，[41]「明德惟馨」，「鬼神非人實親，惟德是依」。[42]故許慎釋「禛」為「以真受福」，並置之表示福祿吉祥的漢字之上。

「言」部之字的編排與此類似。就最一般、最寬泛的意義來說，凡從道德評判方面可予以肯定的言語行為都被置於前，其中尤明顯者如「誠」意謂信，「誼」意謂人之所宜，「諫」意謂善言，「誐」意謂善等；而凡從道德評判方面可予以否定的言語行為則被置於後，其中尤明顯者如「諛」意謂諂，「諂」意謂諛，「諼」意謂詐，「訹」意謂誘，「詑、謾、誑」意謂欺，「詒」意謂相欺詒，「訕」意謂謗，「譏」意謂誹，「謗」意謂毀，「誖」意謂亂等（《說文》三上）。這一編排序列體現了以儒家觀念為核心的道德評判。考察一下《說文》對「話、信」二字的闡釋便可以明顯看出許慎的用意。許慎云：「話，合會善言也，從言聲」，「信，誠也，從人言」（《說文》三上）。事實上，「話」的原初內涵為言語，並無合乎某種行為規範的道德意味。《詩經·大雅·抑》云：「慎爾出話，敬爾威儀。」若「話」果為善言，何必慎之。許慎對「信」字的解析更具體地表明暸儒家那種「人言必歸於信」的道德傳統。《春秋穀梁傳》有云：「人之所以為人者，言也；人而不能言，何以為人。言之所以為言者，信也；言而不信，何以為言。」[43]許慎繼承了這種儒學傳統，強調人開口說話必須遵循「信」這種行為規範。究其實際，「信」不過是「從言人聲的一個形聲字」。[44]

41　〔漢〕司馬遷：《史記·殷本紀》。
42　《左傳·僖公五年》。
43　《春秋穀梁傳·僖公二十二年》。
44　唐蘭：《中國文字學》，頁71。

　　在漢字闡釋過程中，將某種價值觀念與道德規範賦予漢字本體並以之作為從整體上結構漢字闡釋的準則，這使《說文》一書具有深沉的著經、解經的意味。〈說文敘〉云：「竊仰景行，敢涉聖門……惜道之味，聞疑載疑，演贊其志，次列微辭。」許慎自己已將這種「意味」表述得明明白白，後人豈可忽視！

　　文化傳統對《說文》結構的影響，並非只表現於陰陽五行與儒學傳統兩端。王筠《說文釋例》云：「『酉』部次弟甚明劃。……蓋許君本謂『酉、酒』一字，故『酉』部之首，先列『酒』字；部中說解之『從酉』，皆即『從酒』也。作酒必以糵，故『、醷』先焉；有麴即可釀矣，故『醖、釀』次之；釀之則熟，故『酴』次之；既熟必茜，故『釃、酹、醨』次之；茜之則分名目、別色味，自『醴』以下十一字，皆酒名也，自『醬』以下四字（依小徐補『畬』字），皆酒味也，自『酺』以下三字，皆酒色也；於是可以飲矣，自『酌』至『醻』皆飲也；飲則或樂或亂，或至病而謁醫，故自『酣』至『醫』十二字次之；『茜』下說專主乎祭事以為言，故特記於酒事既畢之後；而『酢、醬』之類，皆借酒而成，故並在酒事後；『醰』訓雜味，而『醬、畬』則義闕，故殿焉。」[45]

　　支持這一編排序列的，顯然不是單純的字形或字義間的聯繫，而是與釀酒有關的活生生的社會生活以及內含於這種生活之中的一般模式，這正是文化傳統中極為重要的內容之一。如果按照許慎《說文》的編排序列充分展開，使與釀酒有關的過程具體化，使與酒事有關的祭祀活動具體化，使《說文》釋「酒」「就也，所以就人性之善惡」，釋「醉」「卒也，卒其度量不至於亂」（《說文》十四下），釋「厄」

---

45 〔清〕王筠：《說文釋例》，頁389。王氏書中尚論及「酉」部漢字編排中的改移、竄亂之跡。可以參看。

「所以節飲食，象人卪在其下也……君子節飲食」（《說文》九上）等所體現的既不壓抑又不放縱的中和、節制精神具體化，使與宴飲有關的儀式、規範具體化，則《說文》「酉」部之字，實際上完全可以次第井然地展示中國酒文化豐富而又深邃的內涵。

王筠曾批評徐鉉、段玉裁對《說文》體例的研究，以為二人之說各有其蔽：徐氏《說文繫傳通釋·部敘》但據義，段氏注《說文》部首又但據形。他試圖通過對兩種方法的綜合來矯正徐、段二人的缺失，提出「五百四十部之大體以義相屬」「五百四十部之小體以形相屬」。[46]王筠的批判，至少對段玉裁來說實欠公允。段注《說文》部首並非但據字形立論。段氏以為「五」次於「四」「六」次於「五」乃因為「五」為「四」之類、「六」為「五」之類；又以為「甲、乙」直至「壬、癸」相引乃因為十干為類，「子、丑」直至「戌、亥」相引乃因為十二支為類。[47]這些例子完全可以否定王筠關於段玉裁的論斷，但王筠的關鍵失誤並不在此，而在於他自身依然沒有擺脫與徐、段二人相似的困境。他既沒能使文化傳統對《說文》結構的影響昇華為自覺，又沒能理清《說文》編制中字形、字義原則與文化原則時分時合、交互為用的深層複雜關係（見示意圖）。譬如：就「酉」部而言，文化原則實乃字義、字形原則的支持；就「禾」部以「秀」為首、「艸」部以「莊」為首、「火」部以「炟」為首、「戈」部以「肈」為首、「示」部以「祜」為首而言，文化原則實乃對字義原則的背叛；就天干、地支用字的編制次序而言，文化原則客觀上不唯取代了字形原則，而且取代了字義原則。不深刻理解文化原則，便無以理解《說文》在結構方面逸出字形、字義原則的東西，便無以從根本上糾正歷代學者在《說文》結構問題上的偏失。

---

46 同上書，頁385-386。
47 〔清〕段玉裁：《說文解字注》，頁780。

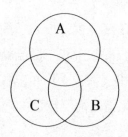

《說文》結構原則示意圖

A：字形原則　　B：字義原則　　C：文化原則　　A交B：字形、字義原則一致
B交C：字義、文化原則一致　　A交C：字形、文化原則一致
A交B交C：字形、字義、文化原則一致

　　人們一致公認，許慎開創性地使漢字闡釋的成果呈現於一種系統化的整體結構之中。但切不可忽視，這種表面上的系統性實缺乏一種明確的、系統的、實質性的標準；字形原則、字義原則、文化原則的使用及交替，在很多時候顯然沒有排除偶然性甚或處於不自覺的狀態，它們的統一有時候只是機械的而非有機的統一，常常當一種原則走投無路的時候，許慎便借助另一種原則來實現超脫。更何況《說文》之中，有相當一部分漢字既沒有納入字形、字義原則的軌道，又沒有接受文化原則的誘導。因此，許慎實際上陷入了一種難以超脫的困境。

　　擺脫困境的辦法歷史地考察起來似乎只有一種，那就是堅持幾條絕對統一而明確的機械標準。但這樣做的代價，是使人們無法從合理、方便的直觀、比較中領悟漢字的深層屬性或相互聯繫。獲得了一種價值，也便失去了一種價值。這或許是根本不可迴避的二律背反。從古文字研究與考釋方面著眼，我們認為許慎開創的結構原則只應被完善，而不應被取代。應當盡力使字形原則與字義原則統一，並使其它所有標準都成為對這一原則的內在支持。

第十一章
歷史性：漢字闡釋的原則

　　程樹德《說文稽古篇‧凡例》云：「《說文》為漢人所作，其中字義，可以發見漢以前之逸史、制度、風俗者不少，亦斷代為史之一種。」[1]事實的確如此。《爾雅》之後，最能從小學上體現中國文化特色的著作，首推許慎的《說文解字》。[2]但是在以漢字闡解為立足點來證說古代「逸史」「制度」「風俗」的時候，必須要排除主觀隨意性，必須要追索漢字與文化傳統在特定歷史層面上的客觀、真實的聯繫。

　　甲骨文「乘」字象人張足立於木上，故或謂：「上古之世，人民少而禽獸眾，人民不勝禽獸蟲蛇。」「乘」字便反映了有巢氏「構木為巢」，以避禽獸蟲蛇的史實；篆文「炙」字象肉在火上，意為炮肉，故或謂：上古之世，人民茹毛飲血，「食果蓏蚌蛤，腥臊惡臭，而傷害腹胃，民多疾病」，「炙」字便反映了燧人氏「鑽燧取火，以化腥臊」的史實。[3]如果這種申說能夠成立，它必須具有下列歷史、邏輯前提：或者二字的構形產生於「構木為巢」「火化腥臊」的歷史背景之中，或者二字的構形反映了古人對這一段歷史的記憶。然而，前者無以得到古典文獻與考古發掘的必要證明；後者則顯然有乖於常情常理，當登高於樹、炙肉於火成為一種平凡、普通的日常經驗的時候，人們不會捨棄自身熟悉的經驗，而去追尋日漸遙遠、日漸陌生的「歷史」。

1　程樹德：《說文稽古篇》（北京市：商務印書館，1957年），頁3。
2　胡奇光：《中國小學史》，頁78。
3　有關有巢氏、燧人氏的傳說可以參閱《韓非子‧五蠹篇》。

　　漢字是伴隨歷史發展而次第產生並逐步完成的符號系統，它天生具有歷史層次性。遺憾的是，當漢字作為一種系統、完整的文化遺存留傳後世的時候，人們已幾乎無法再現其中暗含的、井然分明的歷史層次。

　　許慎釋「貝」云：「貝，海介蟲也……象形；古者貨貝而寶龜，周而有泉，至秦廢貝行錢。」（《說文》六下）許慎寥寥數語，幾乎可以充當古代貨幣演變史的提要。《鹽鐵論・錯幣》云：「夏后以玄貝，周人以紫石。」大約夏人已用海貝作商品交易的媒介。殷商時期，海貝依然充當商品交換的等價物。但真貝似乎得之甚為不易，故殷人後來嘗改用珧製、骨製、銅製之貝。[4] 周代有泉（即錢），而未嘗廢貝。至秦，「珠玉、龜貝、銀錫之屬為器飾寶藏，不為幣」。[5] 新莽嘗一度發行錢、金、銀、龜、貝、布六種新幣，凡二十八品，時稱「寶貨」。[6]

　　貝用作商品等價物對古代社會生活的影響至深至巨。這一點明顯地表現於漢字構形之中：買賣以貝為媒介，故「貿、贖、賈、販、買、購」等字取義於「貝」，表示物類價值高低的「貴、賤」等字取義於「貝」，表示商品交易贏餘的「贏、賴」等字取義於「貝」，表示人之貧富的「賑、貧」等字取義於「貝」，表示財物、蓄積的「貨、賄、賢、貯」等字亦取義於「貝」。另外，借債用貝，故「貸、賤、賒、賁」諸字取焉；抵押用貝，故「贅、質」諸字取焉；送禮、慶賀用貝，故「賀、齎、贈、賂、贊」諸字取焉；賞賜用貝，故「賞、賜、贛、賚」諸字取焉；贖罪、求卜用貝，故「貲、貤」二字取焉；

4　參閱羅振玉：《殷墟古器物圖錄・附說》；翦伯贊《先秦史》（北京市：北京大學出版社，1990年），頁187-188。

5　〔漢〕班固：《漢書・食貨志》；〔英〕崔瑞德、〔英〕魯惟一編：《劍橋中國秦漢史》，頁75-76；翦伯贊：《秦漢史》（北京市：北京大學出版社，1983年），頁37。

6　翦伯贊：《秦漢史》，頁228。

貝為人之大欲，故「貪」字取焉。[7]

關於這一組漢字，《說文》只能告訴人們「貝」字產生於諸字之先；它根本沒有展示其間存在的複雜歷史層次。像《說文》（或某些以《說文》證說有關史實的著論）那樣，將該組漢字及其反映的社會現象籠統地歸屬於「古者」或「古代」，顯然不科學、不嚴密。因為「古」「今」乃一相對的、沒有定指的概念，所謂「古今無定時，周為古則漢為今，漢為古則晉、宋為今」。[8]

貝用為商品交換的媒介歷夏、商、周三代，至兩漢尚有餘緒。可人們卻沒有確證，「貝」以及與「貝」有關的一系列漢字究竟產生於哪一具體的歷史階段；沒有確證在這些漢字之中，「貝」字究竟是海貝的象形，還是殷商時期曾一度流行的珧貝、骨貝或銅貝的象形。[9]

傳統文字學在這一方面的重大弊端與其說在於它不能再現漢字發生的歷史層次，不如說在於它根本無意於追索、再現這種層次。商代已成熟的漢字與它在後世的流變以及兩漢以來日益豐富的漢字闡釋等，或被用來證說三皇時期的「史實」，如「構木為巢」「火化腥臊」；或被用來證說有關五帝時期的神話，如漢儒王育以為「無」之古文奇字象「天屈西北」。[10]總之，人們曾用漢字「圖解」過幾乎每一個時期的歷史文化現象，這是一個尚未得到認真反思的驚人的事實。許慎《說文》用殷商時期便已存在的漢字來圖解春秋戰國時期定型的

7　參閱《說文》六下「貝」部。不能否認「貝」在有些漢字之中可能只是某種性質的表徵，這是一個極為複雜的問題，此不具論。

8　〔清〕段玉裁：《說文解字注》，頁94「誼」字條。

9　羅振玉《殷墟古器物圖錄・附說》云：珧製、骨製、銅製之貝，「狀與真貝」不異。書中圖錄之真貝與珧制之貝俱出土於殷墟。眾所週知，殷墟還出土了迄今為止發現最早而又最成熟的漢字──甲骨文。這種考古學上的發現，實在發人深思。

10　《淮南子・天文訓》云：「昔者共工與顓頊爭為帝，怒而觸不周之山，天柱折，地維絕。天傾西北，故日月星辰移焉，地不滿東南，故水潦塵埃歸焉。」關於「無」字的解釋可以參閱（南唐）徐鍇：《說文解字繫傳》，頁248。

陰陽五行觀念，這不可接受，卻可以理解。匪夷所思者，乃漢字早期
構形竟至被附會於某些歐美風俗，如有人用「一火不點三煙」來穿鑿
籀文「災」字。[11]彷彿漢字產生於一種縱貫古今、橫跨中外的巨大時
空背景之中。迄今為止，傳統文字學理論無意於遏制這種現代神話的
產生。

　　漢字的歷史層次性絕不是一種主觀的認定。它在一條歷時性軸線
上呈現著漢字與文化傳統之間固有的、不容分割的聯繫。漢字發生的
上限尚未探明，但它成熟於商代卻是一個基本的歷史文化事實。當然
漢字的歷史層次不是以朝代的更替為表徵，而是以漢字發生的早晚及
其發生、發展過程中的某些深刻變異為標誌。隨意將漢字安置於三皇
時期、五帝時期或夏、商、周、春秋、戰國的做法，不僅不能彰明漢
字的歷史層次，而且適足以掩蓋這種層次。

　　就《說文》而言，將漢字自覺不自覺地置於同一歷史層面上的做
法時常會淹沒或淡化傳統觀念中的根本性的變異。考察一下《說文》
中能夠反映古代宗教意識的內容，便可以明晰地看出這一點。

　　許慎釋「巫」云：「巫，巫覡也，女能事無形，以舞降神者也，
象人兩袖舞形……古者巫咸初作巫」；[12]釋「覡」云：「覡，能齋肅事
神明也……從巫從見」（《說文》五上）。徐鍇解釋「覡」字從見的原
因，云：覡「能見神也」。[13]巫覡能同神明進行視覺、聽覺的交流，這
是先人一種極為古老的觀念，《國語・楚語》即云：「其明能光照之，
其聰能聽徹之，如是則明神降之，在男曰覡，在女曰巫。」

---

11 1993年12月22日《新民晚報》姚志衛〈中國也有點煙習慣〉一文云：美國人有一種
　　習慣，即點煙至第三人，須將火柴熄滅，再重新劃燃；中國早就有這種習慣，繁體
　　「災」字（實為籀文之變）的形象是「三人合一火」，意謂點煙三人就會有災。是
　　為不祥，故常以為忌諱。

12 大徐本「巫覡也」作「祝也」，此依段注改。

13 〔南唐〕徐鍇：《說文解字繫傳》，頁90。

　　巫的職能，主要在於溝通神、人關係，將神明的意志傳達於世間。故清儒王夫之云：「楚俗尚鬼，巫或降神，神附於巫而傳語焉。」[14]這與《國語》明神降於巫覡的說法完全一致。可以說，在歌舞婆娑的事神活動中，巫常常一身二任，他首先是巫，其次又可代表神。[15]

　　巫之事神，其來有自。論者或以為黃帝、帝堯以及夏、春秋之時均有巫名咸。[16]《山海經・大荒西經》之「靈山十巫」徑以巫咸為首。看來，許慎所謂「初作巫」的巫咸似乎不會遲於夏代。

　　殷商時期，人們稽考神明意志的最為普遍的途徑則是占卜。據甲骨文記載，商人的一切行事如祭、告、征伐、田獵、行止、年、雨、霽、瘳、夢、命、旬等，幾乎無所不卜。[17]占卜的主要程序是：在龜甲或獸骨的背面（間有在正面者）鑽出一個個圓孔，有時兼鑿出一只只長槽，灼炙孔槽以使龜甲等爆裂；然後視正面角質的坼紋來確定吉凶休咎。占卜的主要目的在於決疑。

　　許慎認為：「卜」象灼龜之形；「𤉢」指龜甲因灼炙而出現的裂紋，其中「兆」字即裂紋之象形；「卟、貞、占」諸字則意指占問或卜問（《說文》三下）。

　　占卜乃「所以卟之於先君，考之於神明」[18]的途徑。卜者無不認為，神靈或人鬼可以用龜甲、獸骨上或縱或橫的裂紋來傳達自己的意願。因而，占卜的結果決定著先民的基本現實選擇。《尚書・洪範》記載：禹興，天予之洪範九疇，其七「明用稽疑」即指卜龜與占筮。自此而下，從卜而行者史不絕載。《史記・田敬仲完世家》載齊懿仲

14　〔清〕王夫之：《楚辭通釋・離騷》釋文。
15　參閱錢鍾書：《管錐編》（北京市：中華書局，1979年），2冊，頁598-600。
16　參閱程樹德：《說文稽古篇》，頁18。
17　參閱翦伯贊：《先秦史》，頁235。
18　〔南唐〕徐鍇：《說文解字繫傳》，頁62「用」字條。

卜妻完,《趙世家》載趙衰卜事公子重耳,《秦始皇本紀》載始皇卜遊
徙等,都是極為典型的例子。

　　許慎以這種經驗事實為背景,闡釋了「用」字的特有意蘊和構
形:「用,可施行也,從卜從中。」(《說文》三下)就是說,「用」字
的構形包含著占卜而可,方能施行的意思。南唐徐鍇深知許慎之意,
有「先人不違卜」云云。[19]

　　宗教哲學中的核心概念是「神」或「上帝」,宗教哲學中的核心
理論則是神或上帝的性質以及神或上帝與世界、與人類的關係。[20]巫
覡降神跟占卜稽疑雖有表層上的巨大差異,但卻內含著明顯一致的
神──人關係:神或上帝,乃與人類對立的異物;兩種活動雖可呈顯
神靈的意志,但活動的主體卻永遠不能真正與神靈合而為一。因此,
我們可以從較為寬泛的意義上,將上述漢字或它們所積澱的兩種文化
現象歸於同一歷史層面。

　　遺憾的是許慎對另一組漢字的解釋,突然使這一歷史層面涵蓋了
另一種截然不同的異質宗教觀念。

　　許慎《說文》云:「偛,神也,從人身聲。」(《說文》八上)
「偛」為「神」義而字從人,這顯然暗示二者在某種情況下可以彌合
其間的分際。許慎之意正在於此。在他眼中,「偛」既是神的世俗
化、人化,又是人的神聖化、神化,其內涵與「仙」最近。仙者,人
「長生仙去」也。《說文》「同牽條屬,共理相貫」(〈說文敘〉),故將

19　〔南唐〕徐鍇:《說文解字繫傳》,頁62。許慎對「用」字的解釋也許並不準確,但
　　「用」字與占卜的密切關係似乎可由刻辭中的用辭證明。甲版卜兆旁邊除刻寫卜辭
　　外,間或還刻有用辭,如「用」「不用」「茲不用」「茲勿用」等。大約商人並非每
　　卜必「用」。參閱吳浩坤、潘悠:《中國甲骨學史》(上海市:上海人民出版社,
　　1985年),頁91-92。

20　何光滬:《多元化的上帝觀:20世紀西方宗教哲學概覽》(貴陽市:貴州人民出版
　　社,1991年),頁30。

「、仙」二字編排在一起。[21]許慎釋「真」又云：「真，僊人，變形而登天也，從匕從目從；八，所乘載也。」（《說文》八上）這一解釋，再一次反映了許慎人神相通的觀念。

「人神相通」實產生於戰國，盛行於兩漢，乃漢末道教思想的起源。先秦思想家莊子及其後學較早地給予世人昇天成仙的許諾：「千歲厭世，去而上仙；乘彼白雲，至於帝鄉，三患莫至，身常無殃。」[22]莊子學派所說的「神人」「真人」「至人」「聖人」，都是「知之登假於道者」，都是「神」化之「人」；莊子又認為古之狶韋氏、伏羲氏、黃帝、顓頊、彭祖、傅說等莫不以得「道」而變為神仙靈明。[23]逮止秦皇漢武，得道成仙的觀念進一步世俗化。世人可不必汲汲以求「登假於道」，只須服用某種藥物便可以「修成正果」，故始皇、武帝孜孜以求「不死之藥」，希圖「服食求神仙」。[24]漢武帝竟至感慨：「吾誠得如黃帝（成仙而登天），吾視去妻子如脫躧耳。」[25]羽化成仙、變形成仙的觀念，至此可謂盛極。《抱朴子·對俗》云：「古之得仙者，或身生羽翼，變化飛行。」在後世出土的兩漢畫像石中，「身生羽翼」的僊人觸目皆是。[26]

21　《說文》「僊，神也」，段注云：「按『神』當作『身』，聲之誤也。《玉篇》曰：『僊，妊身也。』……『身』者，古字；『僊』者，今字，一說許云『神也』蓋許所據古義，今不可詳。」段注《說文》「佋，廟佋穆，父為佋，南面；子為穆，北面」云：「……且生曰父曰母，死曰考曰妣；考妣則字當從鬼、從示，從人何居？當刪去。」（《說文解字注》，頁383）段注實未得許旨。許意人神、人鬼、鬼神在某種情形下可以彌合為一。《說文》將「佋、僊、仙」先後相次，蓋有深意焉；《說文》以「魋」為神、以「魂」為鬼（《說文》九上）亦可作為旁證。

22　《莊子·天地》。

23　《莊子·大宗師》。

24　《古詩十九首·驅車上東門》。

25　〔漢〕司馬遷：《史記·孝武本紀》。

26　參閱王建中、閃修山：《南陽兩漢畫像石》，圖版185、198、199、244、248、253、254、262、264。

如果許慎對「僊」「仙」「真」諸字的解釋正確無誤，那麼三字理應產生於戰國時期宗教觀念轉型以後；這樣，三字便不可能與「巫、覡、占、卜」等字處於同一層面。如果「、仙、真」與「巫、覡、占、卜」等字同處一個層面，那麼許慎對這一組字的解釋肯定只是歷史的誤會。許慎既無意於分界兩組漢字，又無意於分界兩段歷史；許慎既泯滅了漢字的歷史層次，又泯滅了文化傳統的歷史層次。

漢字的歷史層次與漢字跟文化傳統的歷史關係，在一定程度上可以互相證明、互相界定。對前者的無知，可以使人們在漢字與文化傳統之間亂點鴛鴦譜。對後者的無知，同樣可以使人們隨意將漢字許諾給自三皇、五帝直至春秋、戰國的傳說或歷史。

漢字研究無疑應當恢復漢字與漢文化傳統之間的歷史聯結。從科學意義上說，這實際是漢字研究的必然的方向。只是在這條路上，人們會遇到很多困難。

困難之一是，漢字（尤其是早期漢字）之形、音、義本身都是需要證明的東西。

近百年來，人們已從十數萬片甲骨刻辭中整理出四千多個形體符號不同的漢字，其中可以準確辨認的僅一千餘。而且人們對這批有限的一千多個漢字多半也是知其然而不知其所以然，譬如，人們知道甲骨文「一、二、三、四」是積畫記數字，卻不知道四個字為何採取這種構形方式，不知道這四種概念的最早起源與經驗背景。

困難之二是，迄今為止，出土最早而且最完整的漢語言符號系統甲骨文已經呈現出相當成熟的體態，其中一部分已可納入「甲骨文──金文──小篆──隸書」這一對應體系中。但人們對前甲骨文階段（尤其是發生階段）的漢字蒙昧無知，無法重建它與甲骨文之間的對應關係。

困難之三是，人們幾乎無法完全呈現漢字本身固有的歷史層次；

或者說，人們幾乎無法將漢字重新安置在它們所由產生、具有「編年」意義的歷史背景之上。

從許慎《說文解字》開始，傳統文字學對漢字的研究主要是共時性研究；它相對缺乏趨向歷時性研究的努力。共時性研究所關注的是既定漢字系統內部的種種關係，歷時性研究所關注的則是處於形成狀態的漢字系統的變化與發展。六書理論基本上是共時性研究的結果；漢字形體演變的理論雖以歷時觀照為主，但它直到今天仍主要是對漢字發展的一種殘缺不全的描述而非「解釋」。就科學的目的來說，「解釋」不是指有關理由的爭辯，而是指對規則的闡明。[27]

困難之四在於，傳統文字學並沒有為漢字的發生學研究提供充分準備和必要的基礎。有關漢字發生的「鳥獸足跡說」經不起實證的考驗，「書畫同源說」「書源於畫說」等實際上是對漢字發生問題的迴避或擱置。

可是，漢字發生問題卻是漢字科學最為根本的問題之一。一旦求得這一問題的正確答案，其它所有重要問題都將迎刃而解。沒有哪一種研究可比科學揭示漢字的發生更能彰明漢字的本質屬性和價值。遺憾的是，人們幾乎不能肯定日後的漢字研究可以上溯到一些確定無疑、具有典型發生學意義、處於原生歷史層次的「漢字字原」。

困難之五在於，由於歷史文化的斷裂與流失，相伴於漢字發生與發展、變化的漫長歷史文化背景存在著很多混沌不明的領域。因此，文化本身也需要證明。

殷商以上的文化尤其缺乏物化的表現形態。漢代史學家司馬遷博覽經傳古籍，博覽「金匱石室」之書，集數代文化之大成，並歷遊長

---

27 參閱〔美〕菲力浦・巴格比：《文化：歷史的投影》（上海市：上海人民出版社，1987年），頁159。

江中下游、淮河、黃河流域乃至巴、蜀之地。但他卻無奈地感慨：
「五帝、三代之記，尚矣。自殷以前，諸侯不可得而譜。周以來，乃
頗可著」，[28]「書缺有間矣」。[29]

　　無情的歷史使最為重要的東西成了最最缺乏的東西；蒙昧不明的
夏商文化，正是漢字發生發展的最重要的母體。

　　幸而「書」「記」只是文化的外在表徵。文化的實質則在於其因
表徵人類存在而獲得的頑強生命力，文化「是歷史的幽靈，是社會的
魂魄；他存在於典籍，也存在於人民的生活之中；他有他的物質性，
也有他的精神性。能夠用火燒掉的只是他的物質形象，至於文化的精
神則不是人間任何暴力所能消滅的」。[30]因此在正常情況下，文化代代
相嗣不絕。每一個個體成員的社會化過程，都是個體在不同程度上認
同群體文化模式的過程：「個體生活歷史首先是適應由他的社區代代
相傳下來的生活模式和標準。從他出生之時起，他生於其中的風俗就
在塑造著他的經驗與行為。到他能說話時，他就成了自己文化的小小
的創造物，而當他長大成人並能參與這種文化的活動時，其文化的習
慣就是他的習慣，其文化的信仰就是他的信仰，其文化的不可能性亦
就是他的不可能性。」[31]文化的這種特徵使人們有幸可以跨越遙遠的
歷史間隔，找到自己的「生命之根」。

　　另外，原始民族[32]面對類似的社會、自然問題，往往形成類似的
思維、行為方式和觀念。因而，反思中國文化傳統的時候，我們可以
借鑒世界各國的文化學成果。

---

28 〔漢〕司馬遷：《史記·三代世表》。

29 〔漢〕司馬遷：《史記·五帝本紀》。

30 翦伯贊：《秦漢史》，頁81。

31 〔美〕露絲·本尼迪克：《文化模式》（北京市：華夏出版社，1987年），頁2。

32 文化學意義上的「原始民族」並不等同於通常所說的原始社會的民族。

　　《詩・小雅・鶴鳴》有云：「它山之石，可以攻玉。」西方文化學理論常常能使我們豁然明白古代某些文化現象的意義。《呂氏春秋・順民篇》云：「昔者湯克夏而正天下，天大旱，五年不收。湯乃以身禱於桑林……於是剪其髮，酈其手，以身為犧牲，用祈福於上帝，民乃甚說，雨乃大至。」[33]《史記・魯周公世家》云：「初，成王少時，病，周公乃自揃其蚤，沉之於河以祝於神」，《尚書・金縢》記載同一件事，而云周公「自以為功」，亦即自以為質、自以為犧牲。這裏顯然有一個極為重要的問題，為何商湯、周公剪髮、斷爪以祭，而典籍卻每每稱之自以為犧牲呢？原始文化研究的諸多成果使我們明白；斷爪、剪髮這類看似平常的行為對先民的靈魂具有極大的震撼力。

　　英國最著名的文化學家詹姆斯・G・弗雷澤（1854-1941）經過深入研究，將巫術活動分為模仿巫術與感染巫術兩類。感染巫術（又稱接觸巫術）基於原始思維中的這樣一種原則：凡接觸過的事物，在脫離接觸以後仍可繼續發揮作用；只要對其中一物施加影響，便必然會影響到另一物。

　　澳洲土著部族在為青年人舉行成人禮時，常常要打掉他的一顆或幾顆門牙，並且認為這些門牙必須妥為保管，否則就會使它的主人陷入巨大的危險：連螞蟻在上面爬行都會使他牙痛。澳洲土人還認為，只要在人的腳印上放置玻璃、尖石、骨頭或木炭，便可以使這人變成瘸子。新南威爾士的土人也堅信：只要在動物足印上撒下熱的木炭，便可以使它熱得喘不過氣來。[34]

　　這種文化學背景，可以顯示商湯、周公剪髮、斷爪的深層意義，可以說明古人何以將這種行為視作「以身為犧牲」。最能使先人驚恐

33　「酈其手」當為「酈其手」，形近而誤。《論衡・感虛篇》徑作「麗」。酈、麗音近而通，亦剪割之義。

34　參閱朱狄：《原始文化研究》，頁51-52；〔法〕列維・布留爾：《原始思維》，頁227。

的，不是永恆沉默的宇宙，而是永恆沉默的終極存在，萬能的神。把斷爪沉於河中，便意味著將自己整個生命授予河神。[35]

由上舉一事可見，對傳統文化的反思不僅有待於對古典文獻、考古發掘等的深入理解，而且有待於對文化學成果的深刻領會、把握和運用。對文化傳統的反思，說到底是對一個民族自身的反思。與此相關，漢字研究的實踐與理論不唯必須向中國文化開放，而且必須向世界文化開放。

困難之六在於，建立在漢字與漢文化之間的關係必須得到有力的證明。與其無力地表達，不如沉默；與其闡釋某字卻無力排除其它不同的認知結果，不如不予闡釋。

困難之七在於，漢字與漢文化關係的歷史層累。

古文字中的「一、二、三、四」何以作「一、二、三、 」呢？郭沫若認為，古文「一、二、三、四」本為手指的象形。[36]這種說法頗有見地。

豐富的文化學材料證明，原始民族並沒有脫離具體事物的抽象的數的觀念。甲骨文「一、二、三、四」象手指之形，計數便是建立事物與一隻、兩隻、三隻、四隻手指之間的對應。

認定從「一」到「十」的數目字同時產生並不科學。在非常多的原始民族中間，用於數的單獨名稱常常只有「一」和「二」，間或有「三」；超過這幾個數時，人們便說「許多、很多、太多」，或者將「三」說成「二、一」，將「四」說成「二、二」等。澳大利亞土人計數實為建立事物跟身體諸多部位的聯繫，即從左手小指始，次無名指、中指、食指、拇指，再轉腕、肘、腋、肩、上鎖骨窩、胸廓，接

---

35 巫術心理對漢字發生的影響極為深遠，此處不能申論。

36 參閱郭沫若：《甲骨文字研究‧釋五十》，見《郭沫若全集‧考古編》（北京市：科學出版社，1982年），1卷，頁115-134。

下去按相反方向從右上鎖骨窩數到右手小指，可計數到二十一；然後再用腳趾，又可計數到十。英屬新幾內亞人計數時也用過類似的方法。[37]

可以肯定地說，甲骨文「一、二、三、四」反映的最早文化內涵，乃字形對手指的表徵。[38]

隨著歷史的發展，「一」字抽象為純粹的數目之始。這是「一」字與傳統文化的第二層關係。

春秋戰國至秦漢時期，人們賦予「一」字更多的內涵。《老子》第十四章、《管子・法法》《管子・內業》《韓非子・揚權》《呂覽・論人》《呂覽・君守》《淮南子・精神》《淮南子・原道》《淮南子・詮言》等，或以之指「無敵」「無雙」「混而為一」、為「萬物之本」的「道」，或以之指「氣質未分」、化成萬物的「元氣」或「太和之精氣」。這兩個方面的內容緊密相連，顯示了「一」字與傳統文化的第三層關係。

漢儒高誘注《淮南子・地形訓》「天一，地二，人三」云：「一，陽；二，陰也。」《大戴禮記・易本命》云：「天一，地二，人三，三三而九，九九八十一，一，主日。」「一」指陽、指天、指日，這是它與傳統文化的第四層關係。

漢字與文化傳統的關係便處於這種緩慢的層累過程中。這一過程有時與詞義的自然引申一致，有時則只是歷史文化的硬性給予。[39]天

---

37 更為豐富的材料可以參閱〔法〕列維・布留爾：《原始思維》，頁175-187。

38 由兒童的認知心理常常可推知人類童年時期各種觀念的發生。兒童借助手指計數在今天依然是隨處可見的經驗事實。

39 這意味著由那些表示複雜哲學概念的漢字的構形和本義，「多半無法引申出哲學思想的全貌」。杜維明在揭示儒學研究的語言文字障礙時幾乎觸及這一規律。杜維明：〈有關「儒學研究」的幾重障礙〉，《儒家傳統的現代轉化》（北京市：中國廣播電視出版社，1992年），頁12-21。

干、地支用字脫離其原初內涵而演化為陰陽流轉的表徵，是後者的典型例證。

漢字與文化傳統關係的層累過程有其根本的方向，即由具體到抽象，由非理性或原始、樸素到理性或文明、科學。第一種方向可以用「一」字與漢文化的上述層累關係來證明。第二種方向則可以用某些表示動物、植物的漢字吐故納新，日益獲得科學內涵的過程來證明。

同一草木、同一鳥獸，在不同的文化層面上會被賦予截然不同的含義。這種現象不是由知識的多少所致，而是由不同文化層面的異質內容造成。《說文》釋「萑」嘗云：「萑，鴟屬，從隹從𦫳，有毛角，所鳴其民有旤。」（《說文》四上）《說文》的解釋顯然不科學。但就某一特定的歷史階段而言，它卻比任何有關萑鳥的科學認知更真實。萑似鴟鵂而小，頭部有角狀的羽毛，鳥綱，鴟鵂科，為貓頭鷹的一種。古人以貓頭鷹為不祥之鳥。漢儒賈誼因鳥集於舍而有「野鳥入處兮，主人將去」的感慨。[40]鵩鳥，即俗之貓頭鷹。《說苑‧談叢》有寓言「梟將東徙」，云：「鄉人皆惡我鳴，以故東徙。」梟即鴞，亦貓頭鷹也。晉代張華《博物志》則云：「鵩鵂一名鴟鵂，晝目無所見，夜則目至明；人截爪甲棄露地，此鳥夜至人家拾取爪，分別視之，則知有吉凶，凶者輒便鳴，其家有殃。」[41]鵩鵂與萑鳥同屬鴟鵂科。

《說文》揭示了萑鳥與古代民俗的特殊關係。與有關萑鳥的科學知識相比，這種關係無疑產生於更早的歷史文化層面；一如以鯨為魚的觀念比以鯨為哺乳動物的科學觀念產生於更早的歷史文化層面一樣。

漢字闡釋必須清醒地剝落層層的歷史沉積，以追索漢字與文化傳統之間的最初關係。唯這種關係具有發生學意義；唯這種關係能顯示

---

40 〔漢〕賈誼：《鵩鳥賦》，見〔漢〕司馬遷：《史記‧屈原賈生列傳》。

41 此為張華《博物志》逸文，見《叢書集成新編》（四三）（臺北市：新文豐出版公司，1985年），頁74。

漢字構形的功能與內涵，顯示漢字的價值與實質。這是漢字闡釋所必須堅持的科學原則和理應明確的根本方向。

第十二章
理論與實踐的疏離：《說文》再評

　　理論與實踐往往並不一致。就理論層面而言，《說文》的主要價值在於奠定了傳統文字學理論的堅實基礎；就實踐層面而言，《說文》的價值則主要表現於它在不自覺中觸及了漢字與文化傳統的深刻關係。當然無須諱言，《說文》在兩個方面都有不可忽視的重大缺陷。

　　構成《說文》理論層面的內容包含了許慎對漢字發生、發展、構造、價值等重要問題的開創性的反思。對此，我們已經在第四章中做了集中的論析。這裏只須進一步說明以下幾個方面：

　　第一，《說文》論列篆文併合以古、籀，建立了古文字研究的武庫。《說文》詮解小篆九千三百五十三個，羅列古文五百餘、籀文兩百餘，還保留了大量有比較意義的重文。後人只有以許慎《說文》為根基，「才能認識秦漢時代的許多篆書的石刻和器物的銘文，才能認識商代的甲骨文字和商周兩代的銅器文字以及戰國時代的古文」；沒有《說文》，則「很難通曉秦漢以前的古文字，商周文物上所記載的事實也就很難索解了」。[1]東漢以降，「由許書以溯金文，由金文以窺書契」已經成為古文字研究者的典要和秘訣。

　　許慎《說文》之所以「敘篆文」而「合以古籀」，首先與他對古文經的受授有關。漢代第一位傳授古文經的大師是賈逵；許慎曾師從賈逵以「受古學」，「又學《孝經》孔氏古文說」。[2]「桓帝時，郡人尹

1　周祖謨：〈許慎及其說文解字〉，見《問學集》，頁713。
2　〔漢〕許沖：〈上《說文》表〉，見《說文》十五下。

珍自以生於荒裔、未知禮義，乃從汝南許慎、應奉受經書圖緯」；[3]許
慎所傳授，當以古文經為主。

就更深刻的原因而言，許慎《說文》之所以排斥當時流行的隸書
與及身所見的雜體文字，乃是為了追求漢字構形與字義的一致性。
〈說文敘〉云：「秦燒滅經書，滌除舊典，大發吏卒，興役戍，官獄
職務繁，初有隸書，以趣約易，而古文由此絕矣。」[4]許慎視由篆而
隸的嬗變為漢字發展的最大變革：自篆而上，形義無不相合；自篆而
下，形義大都相離。

清儒段玉裁嘗云：「以字形為書，俾學者因形以考音與義，實始
於許，功莫大焉。」[5]其實，就字形來說解字義並非許慎首創。《左
傳·宣公十二年》楚莊王曰：「夫文，『止戈』為『武』」；《宣公十五
年》伯宗曰：「故文，反『正』為『乏』」；《昭公元年》醫和曰：「於
文，『皿蟲』為『蠱』」；《韓非子·五蠹篇》云：「古者倉頡之作書
也，自環者謂之私，背私謂之公」。據形說字顯然濫觴於春秋戰國時
期。逮至炎漢，此風彌熾，「諸生競說字解經誼……乃猥曰：『馬頭人
為長』，『人持十為斗』，『蟲者屈中也』」（〈說文敘〉）。恰如段玉裁所
說：「說字以解經本無不合，患在妄說隸書之字。」[6]因為只有在字形
表徵字義的前提下，以形說義才具有科學性、合理性。《說文》不收
隸書或雜體文字並非對今文經學或世風俚俗的淺薄拒斥，它實際上反
映了一位富有求實精神的文字學家難得的卓見與深知。[7]

---

3 〔南朝宋〕范曄：《後漢書·西南夷夜郎傳》。許慎是否在桓帝時尚有活動，歷來爭
　議甚大。然許慎曾傳授經書的說法當不無根據。
4 高亨以為隸書不始於秦，參閱高亨：《文字形義學概論》，頁68-69。
5 〔清〕段玉裁：《說文解字注》，頁1「一」字條。
6 同上書，頁762。
7 在考古學提供系統、完備的文化遺存以前，不應苛求許慎以更能體現形義關係的甲
　骨文、金文為說解的主體對象。

　　總之，以形說字雖不始於許慎，但許慎卻是第一個反思這種做法的合理閾限的人。許慎深深地領悟到以形說字必須以形義相合為理論與實踐的前提。這在中國文化史上是極其難能可貴的第一次。

　　第二，以五百四十個部首統率全書九千餘字的編排方法，也是許慎《說文》的創舉。故段玉裁云：「凡字必有所屬之首，五百四十字可以統攝天下古今之字，此前古未有之書，許君之所獨創，若網在綱，如裘挈領，討原以納流，執要以說詳；與《史籀篇》《倉頡篇》《凡將篇》亂雜無章之體例，不可以道里計。」[8]

　　從文字學立場來看，《說文》這種編排方法的命意之一，是為了直觀地呈現漢字產生的不同歷史層次。〈說文敘〉云：「倉頡之初作書，蓋依類象形，故謂之文；其後形聲相益，即謂之字。」「文」即傳統所謂的獨體象形、指事字，「字」即傳統所謂的合體會意、形聲字。漢字的早期部首無一不是獨體之文。獨體之文與有待於獨體之文的其它文、字分別處於第一、第二兩個不同的層次。隨著漢字的孳乳繁衍，處於第二層次的某些文字順次變為新的部首；於是依賴於這些部首，又產生了處於第三層次的漢字。繼此而下，還有可能產生處於第四層次的漢字。例如，象形字「火」與其它象形字「牛、羊、山、水」等處於第一層次，依賴於「火」字的「災、炎」處於第二層次，依賴於「炎」字的「錟」處於第三層次。「焱」從三火，其構形有待於「火」而非「炎」，故可與從二火之「炎」同處第二層次；從焱之「燊、熒」則當與從炎之「錟」等字同處第三層次（參見下頁圖）。[9]

8　〔清〕段玉裁：《說文解字注》，頁764。

9　清人張潮《幽夢影》，140則云：「許氏《說文》分部，有止有其部而無所屬之字者，下必注云：凡某之屬皆從某。贅句，殊覺可笑，何不省此一句乎？」實際上，許慎之意可能在於以此表明：第一，他並不否認這些部有從屬之字，只是身不及見而已；第二，漢字「形聲相益」並非一個已經完結的過程。不應否定這些部首字在後世可能與其它漢字互相輔翼（即形聲相益）而產生新字。

其中第一層次為原生層次，其它層次為次生層次。這種層次劃分是對
許慎理論與實踐的合理、可靠的綜合，它在《說文》對漢字的部列與
說解中井然可觀。

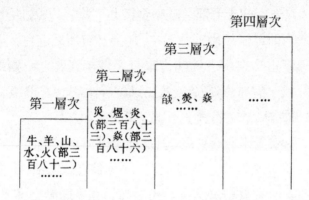

　　許慎對漢字歷史層次的分界顯然只從漢字體系內部著眼。因此，
被他歸屬於同一層次的漢字之間有可能存在極其遙遠的歷史間隔，被
他歸屬於後一層次的漢字亦未必比前一層次的漢字產生得晚。按照許
慎思考問題的基點，「氣」字可以歸於第一層次，「氧」字可以歸於第
二層次，然而後者可能比某些處於第三層次的漢字晚兩千年。又如
「小、大、不、正」等字可以歸於第一層次，「尖、歪」二字可以歸於
第二層次；「芔」從四屮，亦當歸於第二層次，「森」從林從木，應當
歸於第三層次。可「森」字在商周甲骨文中已經存在，「芔」字在商
周甲骨文中亦多次充當部首；[10]「尖、歪」兩字則產生於漢代以後。[11]
由此可見，許慎對漢字的朦朧的層次感具有不可避免的歷史缺陷。

　　〈說文敘〉「倉頡之初作書，蓋依類象形」云云，只是說漢字發
生的大略情形，並不含有所謂區分「六書」歷史層次的意思。〈說文

10 參閱中國科學院考古研究所編：《甲骨文編》，卷六·五、卷一·一一、卷一·一
　　二、卷一·一三。

11 周祖謨：〈漢字的產生和發展〉，見《問學集》，頁12。

敘〉將「指事」列於「象形」之前，也並非意指指事字的產生必早於
象形字；從《說文》有關內容可以看出，許慎已經意識到除「上、
下」二字外，大部分指事字都明顯依賴於象形字，如指事字「本、
末、朱」依賴於象形字「木」。[12]因此，《說文》不僅無意暗示指事發
生於象形之前，而且無意將二者嚴格界定於同一歷史層面。以為許慎
將指事、象形歸於第一層次，將會意、形聲歸於第二層次的說法，顯
然缺少對《說文》的具體考察。

　　實際上，「六書」只能是對漢字共時性反思的產物。只存在象形
字的歷史時期或只存在象形字、指事字的歷史時期不可能產生所謂
「六書」。「六書」這一概念已規定了它自身只存在於六書並存的某一
歷史層面。作為漢字構形方式的象形、指事、會意、形聲等概念，在
某種前提下可以用來區分漢字的歷史層次，但這種意義卻並非「六
書」本身的內涵。在傳統理論中，「六書」注定是一個非歷史概念集
合。為了說明問題，可以把它與漢字構形方式這一歷史概念集合做一
簡要的比較分析。這兩個概念系統可以分別表示如下：

　　　　六書〔指事──象形──會意──形聲──轉注──假借〕
　　　　漢字構形方式〔一書→二書→三書→四書〕

這種表述假設漢字的主要構形方式產生於如下四個不同的歷史時期[13]：
一書時期，二書時期，三書時期，四書時期（參見下圖）。

---

12 細審《說文》本文，許慎顯然很清楚「一」在「本、末、朱」三字中的指示作用，
　　因此他只能視三字為獨體指事字；《說文》的編排體例則說明了三字對「木」字的
　　依賴性。
13 該假設只用來說明歷史概念集合的特徵，不具有嚴格區分漢字構形方式發生層次的
　　意義。

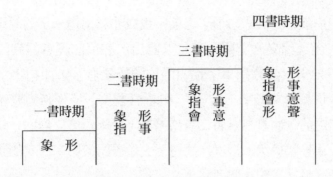

很明顯，作為歷史概念集合的漢字構形方式具有以下幾個特點：其一，系統中的所有概念如「一書」「二書」「三書」「四書」都對應於漢字構形方式發展過程中的某一特定歷史階段；其二，系統中的每一個概念都與一定的時間座標相連，譬如「一書」可能處於夏殷間漢字發生初期；其三，系統中諸概念順次相承，完整地描述了漢字構形方式發展的邏輯進程；其四，在引進時間座標的前提下，種概念漢字構形方式可以與它的任何一個屬概念相同，因此對這一概念集合可以做如下表述：漢字構形方式曾經是一書，曾經是二書，在殷商甲骨文至秦代小篆時期則是四書。

規定為上述形式的概念系統「六書」則只能是一個非歷史概念集合。它與漢字構形方式不同，不具有層次性的內涵。如果將它重新規定為：

六書〔甲骨文、金文、小篆六書→隸書六書→楷書六書〕

那麼，它就變成了具有層次性內涵的歷史概念集合；但這種規定不僅不是許慎的初衷，而且不為那些將六書「分析為漢字形成過程中先後出現的不同層次」的學者所容。[14]在這種情況下，必須澄清某些與此

14 關於「歷史概念集合」與「非歷史概念集合」的論述，借鑒何新：〈簡論歷史概念

有關、流傳甚廣的誤會，必須明確那些「把『六書』分析為漢字形成過程中先後出現的不同層次」的人實已陷入不可擺脫的自相矛盾之中，而許慎本人則根本沒有這種意圖。[15]

真正能體現許慎對漢字的歷史感受的，除了他的漢字形體演變理論以外，只有《說文》對部首字、從屬字的分界與編排。在這裏，模糊的「文、字先後說」被傳達得非常具體、非常明白。其深遠意義，不在於他解決了問題，而在於他所提出的問題。對漢字歷史層次的追索迄今為止仍是漢字研究領域的重大難題之一。理清一批漢字的不同歷史層次，對漢字研究的深入以及漢字科學的建立具有不可估量的價值。

第三，許慎特別注重漢字形體與意義之間的聯繫。

「許書之要，在明文字之本義」，[16]許書之特徵，在於對字形的直覺感悟和體認。許慎對指事、象形、會意、形聲的界定都得之於他對漢字形體的感知。指事「視而可識，察而見義」，象形「畫成其物，隨體詰詘」，會意「比類合誼，以見指」，形聲「以事為名，取譬相成」（〈說文敘〉）；四者不僅昭示著許慎對六書的全新界定，而且昭示著許慎說文解字的具體途徑。若非考析字形，何得《說文解字》！

許慎說文解字也用所謂「聲訓法」。其目的主要有兩種：一是探

集合——黑格爾辯證邏輯理論新探〉，《神龍之謎：東西方思想文化研究與比較》（延吉市：延邊大學出版社，1988年），頁3-18。

15 祝敏申《許慎》一文認為〈說文敘〉的用意在於以六書區分漢字形成過程的不同層次，即指事和象形為第一層次，會意和形聲（假借）為第二層次。此說首先忽視了許慎「說文解字」的實際。《說文》呈現的實際情況是：有待於象形字的指事字只能處於次生歷史層面。其次，祝說包含著明顯的邏輯矛盾。在具體闡說中，他只是把漢字構形方式中的指事等分為兩個層次，並沒有實踐他的「將『六書』分析為漢字形成過程中先後出現的不同層次」的說法。祝敏申：《許慎》，見濮之珍主編：《中國歷代語言學家評傳》（上海市：復旦大學出版社，1992年），頁40-65。

16 〔清〕江沅：《說文解字注後敘》。

求事物命名的理據，也就是探求漢字為何同某種聲音結合在一起。諸如「韭，菜名，一種而久者，故謂之韭」（《說文》七下）；「倉，穀藏也，倉黃取而藏之，故謂之倉」（《說文》五下）；「土，地之吐生物者也」（《說文》十三下）等，都屬此類。《說文》聲訓的第二個目的在於以音同、音近詞為媒介，來探討漢字構形的理據。例如「螟，蟲食穀葉者，吏冥冥犯法即生螟，從蟲從冥，冥亦聲」（《說文》十三上），便屬此類。

從總體上說，聲訓只是手段或次要目的，探討漢字形義之間的關係才是許慎說文解字的主要目的所在。故許慎釋「韭」、釋「倉」、釋「土」又云：「韭」「象形，在一之上（一，地也）」；「倉」「從食省，口象形」；「土」之「二象地之上、地之中，｜，物出形也」。

把握了形義關係便把握了漢字的特質，因為漢字歸根結底不具有表音的功能。作為記錄語言的手段而非人類生存的目的，漢字同其它文字並無差異，但漢字卻是可以用自己的視覺特徵來呈現一定語言信息的最為典型的符號系統。因而就漢字的詮釋而言，人們固然可以利用聲訓等手段來趨近漢字指向的信息；但任何人都應當明白，在判定這一過程的某些最終結果的時候，漢字字形具有不可否決的發言權。《顏氏家訓・書證篇》云：「許慎檢以六文⋯⋯使不得有誤，誤則覺之。」從某種意義上說，「六文」正是對漢字字形能否表徵意義、如何表徵意義、表徵何種意義的具體規定。

也許，許慎說文解字的生動實踐更值得我們注意。由許慎開創的、以六書說為核心的傳統文字學理論，基本上只能代表人們反思漢字內部屬性的努力；它至多只能揭示漢字存在的特徵，而不能揭示漢字存在形態的必然性。值得慶幸的是，許慎本人的實踐構成了對其自身理論反思的矯正和補充。

許慎說文解字的具體過程不唯使某些漢字的特定文化內涵得以呈

現，而且也表明了他從有關歷史文化背景之中，探求漢字必然會被賦予某種構形、意義乃至讀音的努力。《說文》用一種不自覺的、沉默無語的行動顯示：漢字只能是在特定歷史文化背景之中產生的符號系統，其意義、構形以及讀音都往往積澱著深沉、厚重的文化內涵；文化及其觀念的發展，完全可以在漢字的生息過程中、在漢字形體等屬性的變易之中得到反映。

文化為社會集團共用。漢字的根本屬性亦首先表現為社會性。決定漢字種種存在（諸如其形、其音、其義）的經驗背景，只能是內含於文化傳統之中的某些質素，而不可能是某種孤立的、偶然的現象。漢字是中國文化的表徵，因而也是華夏諸民族的表徵；從漢字中可以部分地直觀一個民族集團的靈魂和歷史。這便是漢字對華夏諸民族的深遠歷史文化意義之一。

許慎說文解字的具體實踐使得《說文》一書的客觀價值超越了其單純的語言文字學意義，也超越了其單純的經學動機。它所揭示的漢字與文化傳統的獨特機緣，常常可以充當向上或向下追索、反思民族文化的始基。

許慎釋「灋」云：「刑也。平之如水，從水；廌，所以觸不直者去之，從去。」（《說文》十上）「法」字從水，是因為水可以作為事物的平準。這一點常人皆可揆度、意會。許慎釋「法」的主要價值不在於此，而在於他所揭示的決定「法」字構形、意義的特有宗教背景。許慎釋「廌」云：「解廌獸也，似山牛，一角，古者決訟，令觸不直，象形。」（《說文》十上）解廌助獄之說流傳甚廣。漢代楊孚《異物志》云：「東北荒中有獸名獬豸，一角，性忠，見人鬥則觸不直者，聞人論則咋不正者」；王充《論衡・是應篇》載「儒者說云：觟𧤴者，一角之羊也，性知有罪。皋陶治獄，其罪疑者，令羊觸之，有罪則觸，無罪則不觸。蓋斯天生一角聖獸，助獄為驗，故皋陶敬

羊，起坐事之」；顏師古注《漢書・司馬相如傳》引張揖云：「解廌似鹿而一角……主觸不直者」；《後漢書・輿服志》亦云：「獬豸，神羊，能別曲直」。獬豸、觟𧣾、解廌，一也。許慎釋「法」便結晶於漢唐時期尚在流傳的有關獬豸獸的傳說。這種傳說，很可能是商代乃至商代以前圖騰崇拜的反映或孑遺。

在這一方面，西方學者對華夏民族有一種模糊的認識。他們宣稱：中國人與其它很多民族不同，從來沒有把他們的法歸於神授，法律看來完全是人的事情；他們甚至毫無根據地斷定：「法」這個詞缺少一個明確的含義，其最初意義是「規範」（norm）或「模式」（model）。[17]《說文》釋「法」及其歷史文化背景無疑可以顯示這種看法的片面性。

許慎又云：「鬼，人所歸為鬼，從人，象鬼頭」，「魄，鬼變也」（《說文》九上）；「狐，祅獸也，鬼乘之」（《說文》十上）。許慎的這些解釋表明，中國自西漢時期便流行「鬼變」「鬼乘於狐」等民俗觀念。這種觀念後來在清代著名文學家蒲松齡手中，幻化為一朵朵誘人的藝術奇葩。

許慎對漢字的具體闡釋有時是不準確的，但他的態度卻總審慎而有求實精神。他的闡釋總能呈現漢字與文化傳統在某一歷史層面上的關係。有關這一方面的內容，可以進一步加深、豐富我們對《說文》的認識，即《說文》的價值不僅僅在於它為傳統文字學構建了一個難以超越的理論體系，並為後世文字訓詁之學確立了比較科學的方法和原則，不僅僅在於它以豐富、具體的實踐，在漢字與文化傳統的聯結點上呈現了漢字的特質與價值，許慎「說文」的實踐以無可辯駁的事實，清晰地顯示了傳統文化對漢字認知的巨大作用；儘管這並非許慎的主觀用意。

---

17 〔英〕崔瑞德、〔英〕魯惟一編：《劍橋中國秦漢史》，頁564-565。

　　眾所週知，漢字具有以形表義的特徵。但是，漢字的以形表義卻具有相當的不確定性。漢字構形沒有也不可能非常具體、確切地直接呈現其原初內涵（更不用說其次生意義）。就字形而言，大多數漢字往往是可以做出種種不同理解的「雙關圓形」。因此，即便不考慮漢字與文化傳統的客觀關係，而僅從漢字以形表義的朦朧性、不確定性立論，漢字認知別無選擇地要接受文化傳統的誘導。

　　許慎對漢字的闡釋只能是在特定歷史層面上的闡釋，只能是漢字構形功能在特定文化背景上的呈現；《說文》歸根結底非許慎一人的《說文》，它屬於華夏民族的特定歷史與文化。《說文》有意無意地觸及了從先秦直至兩漢時期的種種歷史文化傳統，其片語只言都可能連接著一個極為複雜的文化背景。這實為歷史的必然。因為許慎並非亦不可能是超越這些傳統的獨立存在，其經驗、行為、信仰、習慣乃至思維方式都由這些傳統塑成。許慎對漢字的闡釋或者正確，或者錯誤，傳統文化都能為之提供某些超出語言文字學意義的證明。[18]

　　或謂：《說文》以形釋義，其錯誤的原因在於篆、籀形體喪失了原來的面貌。[19]這種見解並未道出問題的關鍵。概括起來，《說文》釋義的錯誤主要有以下幾種成因：

　　其一，字形原因。單純就構形而言，漢字（包括商周甲骨文、金文）具有難以擺脫的多義性。有時，連對事物的高度寫實的圖像甚至事物本身都不能擺脫多義性的困擾，何況是漢字。[20]

---

18 近代以降，疑古之風大盛，許慎《說文》中的小篆、古文、奇字都曾備受懷疑，甚至或云：「許慎的《說文》是一部集偽古字、偽古義、偽古禮、偽古制和偽古說之大成的書」（錢玄同語，見顧頡剛：《顧頡剛古史論文集・與錢玄同先生論古史書》，北京市：中華書局，1988年）。此論殆未深究《說文》之文化內涵。

19 胡奇光：《中國小學史》，頁87。

20 參閱〔英〕E・H・貢布里希：〈通過藝術的視覺發現〉，尤其是文中第四部分，見《圖像與眼睛：圖畫再現心理學的再研究》，頁1-38。

漢字起初以寫實為主，當時字形本身便是內容的一部分。自小篆始，漢字構形愈來愈形式化。傳統觀念因為過分強調小篆與甲骨文、金文的一致性而忽視了與此相反的命題，即漢字發展到小篆這種符號系統時，已經發生並漸趨完成一種巨大的變異；「小篆的形體是固定的，有限制的，筆劃勻齊，把圖畫性的文字變成線條性的文字」。[21]

固然，商周金文、甲骨文也體現出對稱、均衡等特徵，但這些特徵有一種毋庸置疑的前提，那就是「表象」與「客體」的一致。到了小篆，對稱與均衡卻顯然正在變成忽視這種一致性的純形式特徵。

也就是說，從小篆開始，漢字作為書法藝術的形式特徵越來越加強。對商周甲骨文、金文，我們完全可以通過悟性使表象與客體聯繫起來。可從總體上說，甲骨文、金文之後，人們對漢字構形的「知識判斷」只能日益讓位於「鑒賞判斷」；人們漸漸可以憑想像把漢字構形同主體及其快感體驗聯繫在一起。[22]唐人李嗣真《書後品》云：「右軍正體，如陰陽四時，寒暑調暢……若草行雜體，如清風出袖，明月入懷……其飛白也，猶夫霧縠卷舒，煙空照灼；長劍耿介而倚天，勁矢超騰而無地，可謂飛白之仙也；又如松岩點黛，蓊鬱而起朝雲。」彼亦云王羲之之書肖似某某某某，但這種說法跟宣稱甲骨文「人」象人之側立、「莫」象日落叢草相比，顯然只是鑒賞判斷而非知識判斷。

小篆字形從整體上呈現出來的與客體之間的這種日益擴大的疏離，[23]決定了人們對小篆只能在適當程度上做知識判斷。這一點，許

---

21 蔣善國：《漢字形體學》（北京市：文字改革出版社，1959年），頁176。

22 關於「知識判斷」與「鑒賞判斷」，可以參閱〔德〕康德：《判斷力批判》（北京市：商務印書館，1964年），上卷，頁39以下。

23 這樣說並不意味著有關自然事物的經驗感知對小篆字體沒有任何影響。但概而言之，這種影響比它在甲骨文、金文中表現得更深沉、更缺少直觀、更傾向於擺脫表象對客體的具體依賴性的形式方面。小篆字形的對稱安排，絕大多數是分佈在垂直軸線

慎乃至許慎以下的許多人都未必了然。

其二，漢字在發生、發展過程中，曾與文化傳統發生過種種複雜的關係，準確判斷哪一種為原初關係殊非易事。

其三，許慎本人顯然沒有清醒地意識到：一種文化傳統賦予漢字特定內涵、構形或讀音只能完成於特定的歷史層面之中。因而，在說文解字過程中，許慎從來沒有致力於追索漢字與文化傳統之間關係的歷史性，跟漢字有關的某些後起文化現象常常構成許慎認知這些漢字的預定期望，常常被許慎視為漢字構形的指向性內容。謬誤便產生於由這種內容出發對漢字構形功能的主觀重建。許慎對干支用字等的解釋全部如此。

要之，許慎說文解字的正反兩個方面的經驗，可以啟示作為漢字闡釋方法論的下述種種觀念：其一，認知古文字應以據形考義為核心，應以追索漢字與文化傳統的歷史關係為目的，應以形義之間的互證互求為中介；其二，漢字闡釋不僅要顯示漢字的特徵，而且要顯示這種特徵的必然性；其三，漢字闡釋的價值不僅在於通過漢字走向作為中國文化表徵的歷代典籍，而且在於從漢字本身發掘中華民族的歷史文化積澱；其四，漢字，表徵著一個特定的民族共同體。

的左右兩側，極少分佈於橫線的上方和下方。這種對稱形式便積澱著人們有關自然事物的豐富經驗，原始藝術品的對稱形式可以為此旁證。參閱〔美〕弗朗茲‧博厄斯：《原始藝術》（上海市：上海文藝出版社，1989年），尤其是其中的第二章。

第十三章
結語：漢字闡釋的模式及其它

　　當我們的初步探索即將告一段落的時候，我們無須再次重複這樣一個已被充分闡明的結論：脫離了漢字賴以產生與發展的文化傳統，漢字便不可能獲得正確的闡釋；漢字闡釋的正確與否，莫不與支配闡釋主體的某些文化要素密切相關。這裏進一步總結一下本書在論及漢字闡釋過程時已經觸及的一個十分重要的理論問題，即漢字闡釋過程的基本模式。

　　漢字闡釋是一個動態的、複雜的主體行為過程，在這一過程中主體負載並受制於一定的文化傳統，成為溝通文化傳統與漢字之間的紐帶。漢字闡釋過程可以概括為如下模式：

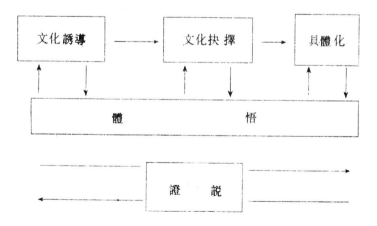

　　這一模式包括幾種重要因素：

　　其一，文化誘導。「文化誘導」指文化傳統對漢字闡釋的導向作用，它是潛伏於漢字闡釋背後的無形之手。

在漢字闡釋過程中，排斥文化誘導不僅不科學，而且不可能。一方面，漢字與文化傳統的聯結乃客觀事實；另一方面，文化傳統又是諸多漢字闡釋者存在的表徵。就前一側面而言，只有文化傳統可以提供正確認知漢字的種種可能，除非深刻把握文化傳統，否則人們將無以科學地理解漢字。就後一側面而言，漢字闡釋不論正確與否都可以歸結為對某種文化要素的認同；任何一個嚴肅的闡釋者，都不可能從實際上拒斥文化傳統的誘導作用。

其二，文化抉擇。「文化抉擇」是指主體對誘導闡釋過程的不同文化信息的選擇與取捨。

文化誘導並非總是單向的，多向乃至反向的誘導不可避免。漢字以形表義的不確定性，使來自不同文化要素的不同誘導都可能對認知過程發揮重要作用。譬如，「閩、蠻」二字何以從蟲呢？雖然「蟲」字的古文形體生動地呈現了事物的某些感性特徵，但除此以外，它顯然不能呈現與「蟲」字有關的其它任何內涵。悠久的圖騰遺風提示：「閩、蠻」從蟲，是因為閩蠻俱為蟲生，即為「蛇種」；儒家人文意識則提示：以「蟲」或「犬、豸」為意符與以「人」或「大」為意符具有對立性的內容，「閩、蠻」從蟲顯示了閩蠻不像夷人那樣稟有仁厚的道德品性。

從理論上說，闡釋者不應在多種文化誘導並存的情況下，對漢字構形的功能做出不同的分析和界定。因為造字之初，人們只會採取種種辦法來排除字形的多義性，而不會使之同時擔任幾種不同的角色。然而許慎釋「閩」、釋「蠻」卻接受了上述兩種實質不同的誘導，從而使這些解釋呈現出明顯的混雜狀態。[1]這種情形，跟他對天幹用字的解釋一樣。究其實，「甲」字無論如何不會像許慎所說的那樣，既

---

1 參閱《說文》十三上釋「蠻」、釋「閩」，四上釋「羌」，十上釋「狄」，九下釋「貉」。

象人的頭腔，又指示草木「戴孚甲之象」。認定許慎沒有意識到這種簡單的道理恐怕不能令人信服，但許慎卻的確無法擺脫自相矛盾的困窘狀態。由此可見，文化抉擇並非一件輕鬆的事情；所有的闡釋者都有可能被紛繁的誘導投入兩難處境之中。經過正確的抉擇，文化傳統可以成為使人洞見漢字幽隱意旨的火燭。經過錯誤的抉擇，文化傳統則可以成為闡釋者的「普羅克拉斯蒂鐵床」。[2]許慎用陰陽二氣在時空中的不停消長、流轉來闡釋干支用字的構形，實際上正反映了漢字闡釋中的「普羅克拉斯蒂鐵床現象」。

當然，文化抉擇跟文化誘導一樣並不具有任意的方向，它總是依循著漢字與文化傳統在某一歷史層面上的關係：或者是原初關係，或者是次生的引申轉換關係、假借轉換關係與強制轉換關係。文化抉擇歸根結底是必然的，也是不自由的。

其三，具體化。「具體化」是指把漢字指向的文化信息落實到漢字構形或讀音之中的過程。

文化抉擇的目的是為了明確漢字指向的文化信息，具體化的目的則在於為這種信息尋求字形、字音方面的具體證明。例如，許慎認為「父」字指示一家之中的權威。這種意義同字形並沒有直接的聯繫。《說文》云：「父」從又舉杖，象以手舉杖之形。（《說文》三下）在中國，以手舉杖正是權威的經驗表徵。需要說明的是，漢字闡釋過程中的具體化不等於對字形的具體化（或具體性）的理解，它包括對字形的具體化、抽象化、虛化三種不同的途徑。

一般說來，漢字闡釋過程中的具體化便意味著對漢字構形的具體性的理解。例如，「不」為否詞，「至」有到達之意，這在兩漢乃人之

---

2 普羅克拉斯蒂是希臘神話中的強盜，常以黑店搶劫行人。其店內有一鐵床，身高的留宿者將被截短，身矮的留宿者將被拉長，普羅克拉斯蒂要強行使留宿者的長短與鐵床的長短相等。

共識，但這些意義與二字的構形並非完全契合無間。於是，許慎將
「不」字的構形解釋為「鳥飛上翔不下來」，將「至」字的構形解釋
為「鳥飛從高下至地」（《說文》十二上）。這樣一來，表示否定的
「不」便成了某種具體情境中的否定性內容，而表示到達的「至」則
成了「到達」的某種具體可感的方式。愈是靠近漢字發生時期，對漢
字的具體性理解愈合理。

　　但是在闡釋過程中，對字形的抽象化理解同樣不可避免。當許慎
將「至、旦」之中的「一」解釋為地（《說文》十二上、七上），將
「不」字中的「一」解釋為天（《說文》十二上），將「亟」字中的上
畫解釋為天、下畫解釋為地的時候（《說文》十三下），他對「一」的
理解來自具體化。但許慎同時又把「一」解釋為「造分天地，化成萬
物」的獨立無待的道（《說文》一上），把「毋、乍、甘、正」之中的
「一」解釋為規範人類道德行為或價值觀念的道（《說文》十二下、
五上、二下），這些解釋明顯來自對字形的抽象化。[3]

　　另外，漢字闡釋的具體化過程甚至不能排除對字形的虛化。當闡
釋者將某一漢字視為記號字，或者將某一漢字中的某一筆劃、某一字
符視為標指、記音符號的時候，他們實際上既拒絕對這些字符的具體
化理解，又拒絕對這些字元的抽象化理解。他們的論斷意味著這些字
符的形象或抽象特徵完全外在於字義。

　　因此，嚴格地說，漢字闡釋過程中的「具體化」範疇實際上概括
了這樣一種過程，即通過對字形的具體化、抽象化乃至虛化的理解，
使漢字構形的功能同某種文化信息達成一致。

　　其四，體悟。「體悟」是指闡釋者對漢字構形的直觀感知。它雖

3　這裏對「毋」字構形的理解參閱段玉裁的說法而不依大徐本《說文》，見〔清〕段
　　玉裁《說文解字注》，頁626。

然為文化誘導、文化抉擇、具體化等過程所包容，但卻具有鮮明的相對獨立性。

首先，體悟可以引發其它文化要素對漢字闡釋的誘導。例如，幾乎所有的闡釋者都認為甲骨文「乘」字象人張足立於木上。[4]歷史地看來，這種體悟至少曾經引發過兩種不同的誘導因素，一是人爬樹這種日常經驗；一是有巢氏構木為巢、以避禽獸蟲蛇的古史傳說。

其次，在缺乏其它文化要素誘導的情況下，對字形的體悟可以直接由誘導變為抉擇。如楊樹達釋「甬」云：「『甬』象鐘形，乃『鐘』字之初文也。知者：『甬』字形上象鐘懸，下象鐘體，中橫畫像鐘帶。」[5]在古往今來的有關著論中，與此相類的情形可謂比比皆是。

最後，體悟常常極大地影響具體化過程。從《說文》可以看出，有些已知的遠離其原初狀態的漢字形義關係往往直接由文化誘導變為主體的抉擇。在這種情況下，將文化抉擇具體化的過程明顯取決於主體對字形的體悟。例如，「素」有白意，這一點對很多闡釋者來說是一種常識。但「素」字的構形與「白」這種內涵存在相當的間隔。在人們的日常經驗範圍內，「白」可以具體化為雪之白、玉之白、乳之白、灰之白、絲之白、魚肚白、茅之白、月之白、脂之白……當初，闡釋者選擇「白」作為「素」字構形指向的信息。現在，他再次面臨著抉擇。事實便是如此，抉擇將伴隨漢字闡釋的整個過程，只不過在大多情況下闡釋者只提供抉擇的結果。認為漢字闡釋不會經歷某種遊移、從始至終都確定不易的看法，根本不會為任何經驗或事理證實。許慎云：「素，白緻也。」（《說文》十三上）表面上看，許慎所知僅此而已，但其實際肯定是對字形的體悟排除了主體所面臨的眾多經驗事實。

---

4 字形見中國科學院考古研究所編：《甲骨文編》，卷五・二七。
5 楊樹達：《積微居小學述林・釋甬》（北京市：中華書局，1983年）。

其五，證說。「證說」是指漢字闡釋對自身合理性的證明。它應當展示闡釋過程及結果的理據和可靠性。為此，闡釋者常常要追索漢字早期構形及其種種發展形態，常常要考察與漢字密不可分的時代情狀以及歷代典籍。證說使種種文化要素成為漢字闡釋的支持。

「文化誘導」「文化抉擇」「具體化」「體悟」與「證說」五個範疇，構成了一個完整的模式化過程。雖然並非每一個漢字的闡釋都涵蓋這一模式的全部內容，但幾乎連最簡單的闡釋都必然包含其中的部分實質。

漢字闡釋的實際過程無疑要比上述模式複雜、豐富得多。在主體試圖建立某種文化背景與特定漢字的關係時，或者當主體試圖揭示漢字所蘊涵的某種文化要素時，文化誘導的偏差或主體判斷的失誤往往會使漢字闡釋的結果包含著難以為人覺察的文化誤植。所謂「文化誤植」是指闡釋者經過錯誤的抉擇，把本非由字形、字義所包含的文化信息具體化為漢字認知結果的過程。比如，古文「父」字並非顯示父親在家族中的權威，它只是標明男子在社會分工中的特有職能。甲骨文、金文「父」字均作手持石器之形，與婦人之「婦」從女持帚以灑掃恰成鮮明的對比。[6]「父」字的構形方式與「男」相同。「男」從田從力，意指「男子力於田」，也是以字形來暗示男性的特有社會職能。[7]後來由「父」派生出「甫」字，即為男子的美稱。《說文》對「父」字的解釋，不過是後起儒學觀念在早期漢字構形中的誤植。從總體上說，許慎從陰陽五行觀念、從儒家思想傳統出發對有關漢字的種種闡釋，大多都是文化的誤植。

在漢字闡釋過程中徹底排除文化誤植非常之難，客觀原因，在於漢字與文化傳統之間的原初關係往往幽眇不明，而次生態關係卻在不

6　參閱《說文》十二下釋「婦」。

7　參閱《說文》十三下釋「男」。

停地層層累積之中。主觀原因，則在於闡釋者不能或無意於追索漢字與文化傳統之間的原初歷史關係。要給漢字以科學的闡釋，就要在闡釋過程中努力避免文化誤植現象的發生，從而達到「文化的契合」。文化契合是指「文化抉擇」「具體化」等闡釋環節真實地反映漢字構形的命意，這是漢字闡釋過程的最佳可能結果。

最後，我們想就本書寫作的目的和方法略贅數語。

本書的用意，並不在於標新立異甚或否定傳統文字學理論的所有重要見解，而是在於通過力所能及的實證來更新有關漢字與漢字闡釋的某些重要觀念。因此，筆者在書中直截了當地展示了我們對漢字以及漢字闡釋的理論思索。

書中澄清了某些有關許慎與《說文》的重要誤解。這樣做主要是為了從一個更新穎的角度來尋求對《說文》的相對正確的認識，同時也是出於筆者對一個已逝學者的同情。因為一個嚴肅學者的悲劇，並不在於他的某些看法被證明有錯，而在於他的工作所蘊涵的具有重大理論意義的命題長期被忽視甚至誤解。

本書以許慎為主要的觀照對象，這不僅因為他開創了一種比較完整、迄今尚未被徹底超越的理論與實踐體系，而且因為他與歷來學者相比更明顯地立身於漢字與中國文化傳統交匯的領域，他在書中提供的一切為探索漢字闡釋問題開拓了極為廣闊的空間。

漢字從形式到內容都是一個民族集團的表徵。這種論斷不是為了實現某種狹隘的民族主義的動機，而是為了指明一種必須得到更多關注的事實。對漢字發展走向、漢字理論及應用的思索都必須充分考慮這一歷史文化前提。漢字的價值表現於緊密聯繫但卻並不等同的兩個層面，中國文化傳統中的許多重要內容便在這兩個層面上呈現。將漢字闡釋歸結為「認字」的傳統看法是片面的。因為「認字」不過是一種手段、一種媒介，「認字」只是開始，遠非終結。

　　對漢字與中國文化之間的歷史關係的追尋，勢必導致兩門全新學科的建立：一門是漢字文化學。它以漢字為觀照對象，以揭示漢字與中國文化的歷史關係為中介，以建立科學的漢字學理論（包括漢字闡釋理論）為目的。它不僅觀照漢字的發生，而且觀照漢字的發展；它不僅從漢字這一符號系統內部揭示其特徵，而且從漢字與中國文化的血緣紐帶中解釋漢字所以產生、所以構造、所以發展的必然性。第二門學科是文化漢字學。它將以漢字闡釋為中介或依據，以傳統文化為觀照的對象與研究的目的。文化漢字學只有以漢字文化學為前提，才能排除主觀隨意性而接近歷史的真實。

　　顯然，將眼光局限於傳統的語言文字學範圍內不可能構建完整的漢字科學。為了達到這一目的，我們必須具有更為寬廣的視野。揭示漢字的潛在實質與發生，應當借鑒圖畫再現心理學；揭示漢字形體演變的特徵，應當借鑒美學；對漢字在中國文化背景上發生、發展、變化的準確把握，應當借鑒史學；對漢字認知的科學反思，應當借鑒解釋學；對漢字作為一種精神現象的整體解釋，則應當借鑒文化哲學。當然，漢字科學無意於雜湊各個有關學科的零碎部件，它有自己明確的對象、獨特的方法、不可替代的系統理論構想與寬廣的視野。

　　在結構方面，本書借鑒「互見法」，故各部分內容互有詳略，材料亦各有側重。就內容言，對《說文》所創建的傳統文字學理論的評判，詳於〈傳統文字學的理論支點：〈說文敘〉〉，而略於〈理論與實踐的疏離：《說文》再評〉。就材料言，論述漢字自身的文化價值，主要證以漢字與神話傳說的關係；論述文化傳統對漢字的決定作用，主要證以漢字早期構形與古人所稟有的文化——心理機能之間的關係；論述漢字闡釋者常常視某一文化傳統為漢字指向的內容，主要證以《說文》與儒學傳統的關係；論述漢字闡釋的根本目的在於對漢字構形功能的界定，主要證以《說文》與古代民俗的關係；論述漢字闡釋

常常是漢字構形功能在特定文化背景之上的顯現，主要證以《說文》
與圖騰遺風的關係；論述傳統文化誘導漢字闡釋乃歷史的必然，主要
證以《說文》與陰陽五行之間的關係，論述漢字構形的多義性以及認
知漢字有待於主體賦予它們的種種判斷，主要證以《說文》與日常經
驗背景之間的關係；論述漢字闡釋應當力求追索漢字與中國文化的原
初歷史聯結，主要證以《說文》與古代宗教觀念之間的關係。

　　採用互見法的目的，一方面是為了有效地處理部分與整體的關
係；另一方面是為了使全書涉及的各種文化要素相對獨立、完整而明
晰。錢大昕《十駕齋養新錄》卷四云：「古人著書舉一可以反三，故
文簡而義無不該。」筆者對這種境界雖不能至，然心嚮往之。

附錄一
古文字考釋方法綜論

　　古文字學作為一門學科，方法論的研究極為重要。任何一門獨立的科學，由於研究的對象不同，研究問題的方法也因之而異。只有運用科學的方法和手段，才能獲得可靠的正確的結論，以建立起一門學科的基本格局。因此，方法論是古文字學不可忽視的問題。回顧古文字研究的歷史，不同時期，由於研究者科學思維水準的差異，取得的成就是不一樣的。從縱的方面看，研究方法日趨嚴密，往往是後出轉精；從橫的方面看，處於同一時期的眾多古文字研究者，成就大小也是不一樣的。如果排除其它因素，成就的大小，一般取決於科學思維水準的高低和研究方法的正確與否。

　　于省吾先生曾指出：「過去在古文字考釋的方法上，長期存在著唯物辯證法和唯心主義形而上學的鬥爭，古文字是客觀存在的，有形可識，有音可讀，有義可尋。其形、音、義之間是相互聯繫的。而且，任何古文字都不是孤立存在的。我們研究古文字，既應注意每一字本身的形、音、義三方面的相互關係，又應注意每一個字和同時代其它字的橫的關係；以及它們在不同時代的發生、發展和變化的縱的關係。只要深入具體地全面分析這幾種關係，是可以得出符合客觀的認識的。」[1]這是非常精闢的論述，是於先生從事古文字研究數十年的經驗總結。這一論述正確地闡明了古文字研究的基本指導思想，即唯物辯證法。于省吾先生在羅、王之後能新釋甲骨文字三百餘個，或

1　于省吾：《甲骨文字釋林・序》。

發前人之未發，或糾正前人之紕繆，成就卓著，是與他在正確的指導
思想下從事研究分不開的。在唯物辯證法這一總的原則指導下，我們
就可以對歷代考釋古文字的經驗加以總結概括，披沙揀金，綜合論
證，探索出一套考釋古文字的行之有效的科學方法。

一 字形比較法

古文字釋讀的依據主要是字形，字形是從事古文字研究的基礎。
在古文字考釋中，字形比較的方法是一種最為簡便而有效的方法。在
人類文化史上，古文字作為某種文字的歷史形態，經歷種種嬗變，它
可能與現行文字相關聯，也可能與現行文字相脫節，某些古文字甚至
成為一種早已被淘汰的系統（如古埃及聖書文字）。無論怎樣，要想
釋讀歷史上曾經存在的古文字，最好的辦法莫過於尋找一個比較對照
的系統。古埃及聖書文字、美索不達米亞楔形文字的鑿破鴻蒙之功，
就應該歸功於比較的方法，如埃及聖書文字的辨認，就是從 Rosetta
雙語題銘的比較研究入手。Rosetta 刻石同一內容用了聖書字、民書
字和希臘文字，前兩者記的是埃及語，後者記的是希臘語。由於這件
實物提供了三種字體兩種語言的對比材料，古語文學家才得以通過比
較打開了釋讀埃及文字的神秘大門。[2]

古代漢字的研究相對說來更有許多有利條件。漢字古今發展一脈
相承，沒有中斷，儘管幾千年來發生種種變化，但其根本性質沒變，
現行漢字本身就是一個完整的對照系統。古漢字的研究開始於古今漢
字交替後不久的兩漢，當時不乏對古漢字有較高修養的學者。他們的

2　〔德〕JohannesFriedrich：《古語文的釋讀》（香港：商務印書館香港分館，1979年），
　　頁36。

成果，在許慎所著《說文解字》一書中得到了集中的反映。《說文》以小篆為對象，參照古、籀文，附以釋形、說義、注音，為我們建構了一個比較完善的參照系統。而且，這個系統本身以篆書為核心，下與隸書（今文）相對照，上與古籀相比較，運用的基本方法就是字形比較法。因該書宗旨的限制，作為對照的隸書，只是一個潛在的系統。魏三體石經，古文、篆文、隸書三種字體並存，其比較對照的用意十分明顯。三體石經不僅規模大，而且是同一語言的代表不同發展階段的三種字體，作為字形比較研究的資料，它比 Rosetta 刻石更為理想。像《汗簡》《古文四聲韻》等古文字字書，也為進行字形比較研究提供了大量可資參照的材料。正因為有這些條件，歷史上不管是發現汲冢竹書，還是發現金文、甲骨文，很快都能有眾多學者發表考釋意見，而這些考釋無疑大多數是建立在字形比較的基礎上的。但是，這並不意味著「字形比較法」在古文字研究史上早已成為一種自覺的方法。直到清代，孫詒讓、吳大澂等人才比較有意識地運用這一方法，此前，在一些研究者中運用這一方法取得成就和違背它妄呈臆說的情況是並存的。近代以來，人們才逐步認識「字形比較法」的作用。羅振玉「由許書以溯金文，由金文以窺書契」，即以《說文》作為比較系統考證金文，以金文作為比較對象辨認甲骨文。一些古文字學家所總結的：據金文釋字、據《說文》釋字、據《汗簡》釋字等，均以一種已識字形做比較，辨認未識字，都屬「字形比較法」的範疇。到唐蘭先生才明確提出「對照法──或比較法」。[3]然而，即使到今天，從事古文字研究的學者，並不是都能自覺運用這一方法的。

　　所謂「字形比較法」，具體說來就是利用漢字系統性和古今發展的相互關係，拿已經確認的字（或偏旁）與未識字（或偏旁）做形體

3　唐蘭：《古文字學導論》（濟南市：齊魯書社，1981年），頁163。

上的細緻對比，來考釋未識字，這種比較可以分為縱、橫兩個方面。
橫的方面，即將同一時代層次的已識字與未識字相比較，求同別異；
縱的方面，則是尋求某一字形在不同時期發展演變的線索，將同一字
形不同時代的書寫形態排成系列，以溝通古今之間的聯繫，從而達到
以今識古的目的。如果古今字形未曾發生根本的變化，有時甚至可能
跨越不同時期尋找直接的對應關係，這種比較更為簡單省事。

　　漢字作為一個符號系統，在同一歷史層次中，各種字形之間存在
著不可分割的聯繫，同一字或同一偏旁，出現在不同環境，其符號形
式也應該是基本一致的。這樣，利用處於同一歷史層次的字形材料做
比較，就可以辨認未識字。如《宰辟父簋》「𩰫屯」二字，自宋以
來，諸家皆從呂大臨釋為「帶束」，只有孫詒讓所釋是對的。孫氏詳
細比較了二字在金文中多次出現的字形，指出：前一字只是「筆劃少
有減省」，後一字在傳摹中「有訛挩」，確認了字形，並以《尚書》
「黼純」讀之，結論正確無疑。[4]孫氏用的就是橫向的字形比較。再
如于省吾先生考釋甲骨文的「心」字，也是利用字形的橫向比較。甲
骨文「心」字與「貝」字字形相近，過去的研究者，一直未能正確地
分辨，誤釋「心」為「貝」。於先生從甲骨文「心」字與「貝」字比
較中，發現其細微差別，同中求異，把二者區分開來，又根據對
「心」出現的語言環境和「心」旁諸字的分析比較，發現「心」在不
同的環境和合體字中，形體有其一致性，從而確認出「心」和一系列
從「心」的字。[5]

　　縱向比較的前提條件，是要掌握同一字在不同時代的字形資料，
尤其是典型的字形。這些資料如果按時代前後排列成系列，足以顯示

4　〔清〕孫詒讓：《古籀拾遺》卷上《宰辟父簋》。
5　于省吾：《甲骨文字釋林‧釋心》，頁361。

出該字發展演變的軌跡。這種比較由古及今，循序遞進，自然就溝通了已識字與未識字的聯繫。縱向比較，不僅可以認識未知字，而且可以細緻觀察字形演變的細節，總結一些規律性的東西。如「宜」字，按縱向比較，可排成如下系列：

甲文　　　邲卣　　　矢簋　　　秦公簋　　　秦子戈

盟书　　　战国玺文　　　小篆

　　許慎《說文》說：「宜，所安也，從宀之下，一之上，多省聲。」通過字形的縱向比較，我們可以清楚地看到這個字的發展演變過程，以及字形演變中的訛化現象，許慎據小篆解說字形的錯誤之處也就一目了然了。[6]充分地佔有不同時代的字形資料，運用縱向比較，釋出的字大抵是可靠的。

　　如果字形變化不大，就可以省去縱向比較的一些不必要環節，如直接利用《說文》《汗簡》等書保存的字形，與甲骨文、金文或戰國文字相比較考釋未識字，在古文字考釋中就運用得很普遍，有時甚至利用隸書與古文字相比較認字。這是因為大多數字形，雖然因時代而變更，但並不是變得面目全非。《汗簡》所存字形以戰國文字為多，《說文》除小篆屬秦漢時期的字形為古文字的最後形態外，還保留了不少籀文和古文，利用它們作為比較考釋古文字，也屬於縱向比較。用這種方法辨認的古文字占相當大的比例。金文考釋起步較早，有些已經確認的字，同樣可以作為比較對象來辨認甲骨文，如孫詒讓《契

6　「俎」「宜」同源，甲骨文、金文均象肉在且上之形，《說文》對「宜」字形、義的解說均誤。

文舉例》一書，考證甲骨文「甲丙丁戊庚辛壬癸」等字，以金文作為
比較對象，考證「子申亥互帝我求」等字，均以《說文》古文為比
照，而釋「羌啟年牢且省冉及受豐京」等數十字，則直接以《說文》
篆文做對比，這都是縱向的比較。

對於難識字的考證，往往是縱向和橫向比較的交叉運用。利用縱
向比較，尋找出字形演變的關鍵環節；利用橫向比較，揭示處於同一
時代層次的字形變化的同步性，加強論證力量。因此，縱橫比較的配
合運用，得出的結論更為可靠。于省吾先生釋甲骨文「屯」就是運用
字形比較法釋字的典型例子。[7]甲骨文「屯」是常見字，骨臼刻辭
「某示若干屯」的辭例多次出現。除于省吾先生釋「屯」外，尚有其
它六種說法：

第一，葉玉森疑為「矛」，[8]王襄又以所謂「桺」字為證，提供了
字形比較的依據。[9]董作賓進一步分析「矛」的字形演變。[10]

第二，郭沫若釋為「包」的古文，謂有所包裹而加緘縢之形。[11]

第三，唐蘭以為是豕形無足而倒寫者。[12]

第四，丁山據「今屯」「來屯」辭例，釋為「夕」。[13]

第五，胡厚宣純由辭例入手釋為「匹」。[14]

---

7 于省吾：《甲骨文字釋林‧釋屯、晉》，頁1。

8 葉玉森：《殷虛書契前編集釋》，卷五，頁34。

9 王襄：《簠室殷契類纂》，卷一，頁3。

10 董作賓：〈帚矛說〉，《安陽發掘報告》，第四期（臺北市：國立中央研究院歷史語言
   研究所）。

11 郭沫若：《殷契餘論‧骨臼刻辭之一考察》，見《郭沫若全集‧考古編》，1卷，頁
   411-430。

12 唐蘭：《天壤閣甲骨文存》，頁20。

13 丁山：《甲骨文所見氏族及其制度》（北京市：科學出版社，1956年），頁4-9。

14 胡厚宣：《武丁時代五種記事刻辭考》，見《商史論叢初集》，3冊。

第六，曾毅公釋「身」，引申為一副稱一身。左、右肩胛骨為一對，稱一身。[15]

以上各家除胡、曾二位外，都或詳或略地對字形做了縱橫比較，有的還以辭例佐證，然結論各異。

于省吾先生細緻地羅列了「屯」字字形演變的材料，分析了字形變化的環節，尤其是正確地釋出了「春」字，糾正了釋「楙」等錯誤，使橫向比較建立在可靠的基點上，遂使結論確定不易。

諸家對「屯」的考釋，啟發我們如果不注意下面幾個問題，即使運用「字形比較法」，也不一定能得出正確的結論。首先，必須詳細佔有字形資料。釋「矛」「包」「豕」等說，也利用了字形比較，但其共同的缺點，是縱向比較的材料不系統，僅以個別字形為比照，具有較大的隨意性，因此，結論不甚可靠。于省吾先生的結論之所以可信，是由於他掌握了比較全面的字形材料，並將這些字形按時代發展排成系列，清楚地揭示了「屯」字逐步演變的軌跡。大凡全面掌握同一字形在不同時代演變的材料，進行客觀地排比，一般都能得出較為正確的結論。而信手拈來的比較材料，往往忽視其時代的先後，將不同時代層次的字形，作為比較的對象，結果只能是簡單比附，形似神離，難於得出可靠的結論。

其次，運用「字形比較法」，要注意可比性，「字形比較法」，必須是同一字形（或偏旁）在同一時代層次或不同時代層次的比較，一般說來，用作比較的對象應該是確定無疑的。倘若比較的對象或字形模糊不清，或考釋未有定論，或為訛變特例，或因鑄刻殘損，皆不具有可比性，不能作為比較的對象。如釋「屯」為「矛」者，皆以「楙」所從「矛」為比較，但所謂「楙」則是甲骨文「春」的誤釋，

15　曾毅公：《甲骨叕存》，頁618片釋文。

用作比較的字本身就未考定明白，自然就不具備可比性。其實金文「槑」從「矛」與「春」字所從有明顯的區別，如果進行縱向比較，釋「槑」之可疑立現。于省吾先生也用了同一字形，但是他從字形縱向比較和辭例兩方面確認它為「春」字，這就為字形的比較提供了可靠的依據。郭沫若釋「包」所用的比較字形（偏旁），是不屬於同一歷史層次的訛變形體，不具備橫向的可比性。唐蘭指出了這一點，然而他又誤釋為「豕」，所用來比較的字形可能是「豕」的殘損之形，辭例不明，同樣不具備可比性。將不具備可比性的材料用於字形比較，必然要犯主觀片面的錯誤，「可比性」是字形比較應該堅持的原則。

最後，運用「字形比較法」應以形體為客觀依據。字形是客觀存在的，在進行字形比較時，我們應該防止先入為主、強說字形、生硬比照以附會主觀想像的做法。正確的結論只能是通過字形的認真分析比較之後得出的。董作賓釋「矛」，也從縱向比較了「矛」的字形演變，然而他所提供的初形是杜撰的。唐蘭釋「豕」認為是「豕」無足倒寫，這不合乎古文字構形和書寫的規律，帶有很大的主觀性。丁山釋為「夕（月）」的主要依據是辭例，對字形也做了望文生義的解釋。他們都是古文字研究卓有成就者，像唐蘭還特別注重考釋方法的正確性，稍一疏忽，都難免犯主觀想像的錯誤，更不用說一般的研究者了。因此，進行字形比較時，我們必須注意每一個環節，嚴格堅持從客觀實際出發，以形體為依據的基本原則。

二 偏旁分析法

漢字就結構單位而言，可分為獨體與合體。合體是由獨體運用一定的方式組合而成的。對合體字形體進行解剖，其最小的音義單位，就是偏旁。對不認識的字，通過分析，確定構成它的各個偏旁，將這

些偏旁與已識的字相比較，再組合起來認識所要考釋的字，這種方法就是「偏旁分析法」。與「字形比較法」不同，偏旁分析法是通過漢字內部結構的分析來認字的。因此，對那些結構明晰，但因為沒有足夠資料進行系統的字形比較，或較易辨認，不須煩瑣比較的字，「偏旁分析法」則是行之有效的重要方法之一。

　　分析漢字結構是研究漢字形音義關係的重要手段。當文字學尚處在萌芽時期，即有所謂「夫文，止戈為武」[16]，「於文，皿蟲為蠱」[17] 等說法，這就是通過離析構字偏旁來說明形義關係的。許慎著《說文》，全面利用了這種方法，取書名為「說文解字」，突出地反映了該書分解離析漢字結構以說明形音義關係的特點。「偏旁分析法」作為考釋古文字的方法可以說是直接導源於《說文》的。宋人考釋金文已知運用這一方法，到清代金石學復興，運用此法釋字更為多見。如孫詒讓每釋一字，大多要對偏旁結構進行分析比較，其釋「靜」就是一個很好的例子。[18]

　　　　𤯃 𤯂，竊以此二字所從偏旁析而斠之，而知其形當以作𤯃者為
　　　　正，其字即「從青爭聲」之「靜」也。何以言之？𤯃字上從
　　　　「生」明甚，「生」下係以「井」者，當為井中一「·」缺耳
　　　　（尤盃正從井，《汗簡》「女部」載「靜」字古文作𡖇，云出
　　　　〈義雲章〉，按蓋借「妌」為「靜」），「青」從生丹，《說文》
　　　　「丹」之古文作彤，此從井即從古文「丹」省也。右從𠂇者即
　　　　「爭」字。《說文》「爭」「從𤓰𠪯」，「受，從爪從又」。此作𠂆
　　　　者，爪也，𠃊者𠪯也，木者又之倒寫也（小臣繼彝從彳不倒）。齊

16　《左傳·宣公十二年》。

17　《左傳·昭公元年》。

18　孫詒讓：《古籀拾遺·繼彝》。

侯瓶「卑旨卑瀞」,「瀞」字作🔲,「齊邦貿靜安寧」「靜」作
🔲,其以🔲為「青」,與此異,其以🔲為「爭」,則此🔲即
「爭」形之確證也。

孫詒讓利用「偏旁分析法」「析而斠之」,並借助字形的橫向比
較,糾正了阮釋「靜」為「繼」的錯誤,其方法之縝密,由此可見。
將偏旁分析作為一種考釋方法正式提出的,是唐蘭先生。在《古
文字學導論》一書中,他專門論述了這個方法,並且展示了自己用
「偏旁分析法」釋群字的兩組例子。他指出:「這種方法最大的效驗,
是我們只要認識一個偏旁,就可以認識很多的字。」由於他認出了甲
骨文偏旁「斤」,從而認識了「斬、折、斫、兵、炘、昕、斧、新」
等從「斤」的字二十多個。[19]於省吾先生釋「心」一例也是這樣,他
先用字形比較考得「心」字,將它與「貝」區別開來,進而利用偏旁
分析辨認群字,認出了一系列舊所誤識或不識的從「心」的字。[20]
「偏旁分析法」是建立在對漢字內部結構正確認識的基礎上的,
它將漢字內部結構按其組合規律進行解剖,有著充分的客觀根據。中
國文字學很早就創建了漢字結構的理論和方法,為「偏旁分析法」提
供了理論依據。因此,「偏旁分析法」是一種注重分析的科學方法。
要使「偏旁分析法」最大限度地發揮作用,我們必須注意兩點:
第一,要充分掌握同一偏旁的各種變體。對於每一偏旁的歷史演
變及同一時代的各種異體有了全面的了解,分析時我們就有了充分的
可資比較的對象,以準確無誤地確認未識偏旁,為進一步的考釋奠定
基礎。如果我們對偏旁的分析辨認有誤,其結果必然導致整個考釋的
錯誤。清人的考釋中,運用「偏旁分析法」失誤,主要是由於偏旁資

---

19 唐蘭:《古文字學導論》,頁175-193。
20 于省吾:《甲骨文字釋林·釋心》。

料掌握不充分，對同一偏旁的變異寫法誤認的結果。如阮元釋《邾公華鐘》將「名」誤釋為「聽」，就是對「夕」的偏旁掌握不全。[21]孫詒讓是精於偏旁分析的，但因對偏旁認識失誤而錯釋的甲骨文字也不在少數。如「㞢」即「往」之古文，甲骨文作㞢，從止王聲。孫詒讓說：「字恒見難識，疑當為臺字之省，《說文》『至』部：『臺，觀四方而高者也，從至從高省，與室、屋同意，之聲。』此上從Ｙ為『之』，與『市先』二字同，下從大，實非『立』字，疑當為『從高省』，猶『就』從『京』作京也。」他對「㞢」的誤釋，主要錯在對偏旁「王」的誤認上。他如「既」誤析為「從欠從豆」，是由於錯認偏旁「皀」為「豆」，「劦」（嘉）誤釋為「奴」，是對偏旁「力」不甚了然，誤認為「又」所致。[22]可見，如果不充分掌握偏旁資料，即使諳熟「偏旁分析法」也不能保證釋字無誤。孫詒讓著《契文舉例》僅見到劉鶚《鐵雲藏龜》所刊佈的材料，對甲骨文的偏旁缺乏系統的掌握，出現上述的錯誤在所難免。

第二，分析偏旁要像庖丁解牛，因循自然之理，防止主觀臆斷，割裂字形。如果我們分析時，不以偏旁為單位進行，將同一偏旁肢解，或切割為不成偏旁的筆劃，違背漢字構形的基本程序和規則，就難於得出正確的結論。古文字考釋中因割裂字形而致誤的也不在少數。如《捃古錄金文》所收《日壬卣》有㪔字，為人名，吳式芬引許印林說：「旡即旡，既字從之，㪔象舉手，從手既聲，乃摡字，此又省其。《集韻》摡、揯同字，注云：『《博雅》「取也」，一曰拭也，或作抆』。正其字矣。」[23]其實這個字是「何」（擔「荷」本字）的古體，象一人肩有所荷。許氏將人形分割為兩部分，又將所荷之物與人頭部

---

21 〔清〕阮元：《積古齋鐘鼎彝器款識·邾公華鐘》。
22 〔清〕孫詒讓：《契文舉例》，下卷，頁6、21、29。
23 〔清〕吳式芬：《捃古錄金文·日壬卣》。

視為一體，字形割裂分解，只得以省某自圓，又引後世字書材料論證，雖然煞費苦心，結論仍然難以成立。割裂字形的分析法，缺乏科學的依據和基礎，自然是要失敗的。

在上述誤認誤析偏旁中，我們看到釋字者因錯誤不能自圓其說，常常以「從某省」為搪塞之詞。偏旁的省略，在古文字結構中確實有，但必須有充分的字形比較資料證明，倘若忽視了這一點，就易於犯主觀附會的錯誤。

「偏旁分析法」釋字的可靠性在於它堅持客觀的科學分析，在偏旁離析、辨別、解說的每一環節，都要細心謹慎，以字形為依據，遵循漢字結構的規律，否則，就動搖了它的基礎。孫詒讓在利用偏旁分析時取得了很大的成就，同時也出現了許多錯誤，這可以給我們以有益的啟示。「偏旁分析法」將未識字結構分析清楚，但是最後解決字的形音義關係，仍要借助字形的比較。偏旁的確認本就是一個字形比較的過程。如果找不到作為比較對照的偏旁和對應字，即使我們利用「偏旁分析法」可以明白無疑地隸定該字，依然不能真正認識這個字。如唐蘭釋從「斤」的字，于省吾先生釋從「心」的字，不少都只是隸定出來，而未能最後認定，都是因為這個緣故，因此，在考釋古文字時，偏旁分析的運用也有一定的局限。要徹底釋讀一個字，還需要其它考釋方法的輔助。

三　辭例歸納法

在考釋古文字時，常有這樣的情況，由於時代久遠或鑄刻原因，字形有的殘缺不全，模糊不清；有的變化特異，詭譎難辨，有的雖形體清晰，卻不傳後世；有的形雖可說，義則無解。諸如此類，「字形比較法」和「偏旁分析法」都顯得無能為力，必須借助其它的釋字手

段。「辭例歸納法」的運用，可以在一定程度上解決這類問題。

　　「辭例歸納法」，是依據未識字出現的語言環境，通過對一系列辭例的分析、比較、歸納，從而達到釋字目的的方法。任何文字都是語言的符號，漢字作為記錄漢語語詞的符號，形、音、義三位一體。清王筠曾說：「夫文字之奧，無過形音義三端。而古人之造字也，正名百物，以義為本，而音從之，於是乎有形。後人之識字也，由形以求其音，由音以考其義，而文字之說備。」[24]「字形比較法」和「偏旁分析法」即依據漢字形音義三者的關係，由字形進而了解它代表的音義。另一方面，漢字作為記錄語言的符號總是出現於一定的語言環境和具體的辭例中，所謂語言環境，這裏除指未識字所出現的上下文關係，還包括它鑄刻的位置和使用的場合；所謂辭例，即詞語按一定規則組成的序列，在這個序列中，各個詞語是有機聯繫的，存在著相互依存和制約的關係。因此，當語境和辭例清楚時，出現於該語境或辭例中的未識字所代表的詞義範圍就有了大致的限定，這種限定引導我們沿著詞義指示的方向，由義推及形與音，並通過相同辭例的歸納，以達到釋讀未識字的目的。「辭例歸納法」是建立在文字形音義三位一體以及文字與語言關係的理論基礎上的。許多古文考釋的成功例子，表明「辭例歸納法」只要運用得當，是可以解決一部分問題的。「辭例歸納法」的作用主要體現在如下兩個方面：

　　第一，就辭例以辨釋字形。這就是利用語境和辭例的歸納，確定未識字代表的詞義範圍，並與相同、相近辭例的比較、歸納，以啟發字形的辨釋。如《召伯虎簋》有「⒜余既⒝有司」一語，第一字過去釋「月」或「曰」。孫詒讓從辭例入手，認為：「作『月』義不可通，且金文『月、曰』二字並無如此作者，以文義考之，當為『今』之變

---

24 〔清〕王筠：《說文釋例·自序》。

體。『今余』連文金文常見。」於是他列舉金文「今余」連文的八個
例子以為輔證，從而認定此字為「今」，糾正了誤釋。[25]這是利用辭例
的歸納，確認形體有變異的字。金文「訊」字，字形特別，不見於古
代字書和典籍，各家考釋意見不一，或釋「侯」，或釋「緯」，或釋
「馘」，或釋「絢」，均非確釋。陳介祺根據此字出現的語言環境，
「折首五百，執訊五十」，發現它與《詩經》「執訊」的「訊」相當，
在其它場合也都出現於「執」字之下，而且《虢季子白盤》所記正是
攻伐狁之事，遂按字義定為「訊」字。[26]吳大澂也主此說，並認為從
係從口，執敵而訊之。[27]王國維考察了《敔簋》《虢季子白盤》《兮甲
盤》《師簋》《不簋》等器銘文，細致比較了此字出現的語言環境，均
在「執」之後，正如《詩經》「執訊獲醜」「執訊連連」等語相近，進
一步論證此字為「訊」，義為「俘虜」，遂成定論。[28]「訊」的考釋是
由歸納銘文辭例與典籍例證比較而確定的。於省吾先生釋甲骨文
「攼」也是運用「辭例歸納法」的典範之作。甲骨文「攼」雖形有變
化，但結構明晰，均「象以樸擊蛇」，那麼，它到底是一個什麼字？
義訓如何？於先生由辭例歸納入手，將有關此字的辭例歸納為「攼」
「卯或歲與攼連言」「攼人」「攼羌」「攼牲」五類，列舉二十八條辭
例，然後通過分析、歸納，輔之以字形的說明，論證推考出「攼」，
即《說文》「敓」，異文作「脆」，本義為以樸擊蛇，引申為割裂支
解。[29]

　　上述三例，皆以「辭例歸納法」考釋未識字，在考釋過程中，字

25　〔清〕孫詒讓：《古籀拾遺‧召伯虎簋》。

26　〔清〕吳式芬：《捃古錄金文‧虢季子盤》。

27　〔清〕吳大澂：《說文古籀補》，頁11。

28　王國維：《不敦蓋銘考釋》，見《王國維遺書》（六）。

29　于省吾：《甲骨文字釋林‧釋》，頁161。

形的比較分析同樣也起到作用，歸納的結果，尚須與字形的解釋相合，否則也難成定論。

　　第二，就辭例以推求字義。有些古文字字形結構清楚，但是不見於後代字書或典籍，無法利用字形比較來最後確認它，那麼要了解它的含義，就全得憑藉「辭例歸納法」了。如甲骨文「　」字，在武丁時期的卜辭中是常見字。孫詒讓、羅振玉、王國維等人都釋為「之」，但其形與甲骨文「之」有明顯的差別。胡小石先生在《說文古文考》《甲骨文例》兩書中，根據此字出現的語言環境、辭例，認為它與「又、有」等義相同；「考卜辭用之例，或以為『又』，如：『俘人十六人』（菁華六頁），即『俘人十又六人』。『自今十年五』（籚室殷契徵文十一第六十一頁），即『自今十又五年』也。或以為『有』，如：『允來艱』（菁華一頁），即『允有來艱』也。或以為『告』之省，如『貞，於且丁』（前編卷一、十二頁）：即『貞，告於祖丁』也。其用與『之』絕異。」[30]郭沫若也認為：「凡卜辭用此字，均與『又』字義相同……唯字形尚未得其解。」[31]通過學者們對相關辭例的綜合研究，「　」在甲骨文中分別相當於後來的「有、又、祐、侑」等，已無疑義，但是，字形仍是一懸案。這是因為這個字在武丁之後逐漸消失，而用「又」取代它，字形沿續的中斷，為考釋帶來困難。「　」字義項的歸納之所以意見較一致，是因為「　」「又」通用的辭例為「　」讀如「又」音提供了證明，而「有」也以「又」為聲。

　　有時辭例明確，含義範圍也可以確定，但到底釋為何字何義最恰當，卻頗有爭論。甲骨文「　」字的考釋就極有代表性。此字甲骨文使用頻率很高，常見辭例如「有～」「亡（無）～」「旬有～」「夕亡（無）～」「唯～」「不唯～」等，就其出現的辭例考察，其含義為

---

30 胡小石：《甲骨文例》，油印本，卷一，頁1，1982年。

31 郭沫若：《卜辭通纂》，17片考釋，見《郭沫若全集·考古編》，2卷，頁230-231。

「凶災咎禍」之類是無疑的。到底是什麼字？各家之說則很不一致。
有「卟、戾、凶、絲、凸、骨、禍、悔、咎」等說法，幾乎著名的古
文字研究者，如王國維、郭沫若、于省吾、唐蘭、陳夢家、胡厚宣、
葉玉森等人，都發表過意見，但都沒能最終解決這個字的釋讀問題。
可見，僅僅依靠辭例的歸納，有時釋義也難於落實具體。同一語義範
圍，可選擇的近義詞有時是多個的，這就為最後的判定帶來困難。用
「戾、凶、禍、悔、咎」等字去替代「囤」字，大抵都可以說得通，
甚至都能找到典籍辭例為證。事實上「囤」只能代表其中或此外的某
一個意義，這樣，僅就辭例難於定奪，于省吾先生認為讀「咎」可
信，並提出了三條驗證「囤」字讀音的材料：（1）周《魯侯簋》「魯
侯又（有）囤工」，郭沫若讀為「有獸功」，而国即囤之異，與「獸」
相通；（2）臨沂漢簡「堯問許囤」，「許囤」凡三見，即「許由」，囤
通「由」；（3）《龍龕手鑒》「口」部上聲有囤字，音「其九反」。囤、
獸、由、咎，「均屬古韻幽部」。[32]根據這些材料，大致可以排除
「戾、凶、悔、禍、卟」諸說，範圍逐步縮小。但是字形為何也只能
存以待考。

　　還有一些字，辭例明晰，字義也無疑，字形卻難於理解。如宋人
發現金文中有「乙子」「癸子」等，歷來不得其解，根據甲骨文保存
的殷商的干支表，可知殷商皆以「子」為「巳」，遂解決一大疑案，
所謂「乙子、癸子」，實為「乙巳、癸巳」。但是，甲骨文有「巳」
字，干支為什麼全部用「子」？又成為一新的疑案。又如中山王器圓
壺有銘文「方數百里」、兆域圖有「王堂方二百尺」等語，「百」作
全、等形，𝚿是「百」絕無可疑，但是這個字形卻很特別，至今找不
出令人滿意的解釋。

---

32 于省吾：《甲骨文字釋林·釋》，頁231。

　　由此可見，「辭例歸納法」儘管可以確定意義範圍，甚至能夠斷定具體的含義，卻不能最後認定未識字。字形的確認還必須借助其它手段。

　　此外，「辭例歸納法」還可能說明辨別字形。有的字因形體同源，難於分辨，就得依靠辭例的幫助，如甲骨文的「比」與「從」「月」與「夕」「女」與「母」「竝」與「立」（替）、「寅」與「黃」「人」與「尸」等，字形間儘管有相對的區別，但很細微，只有通過辭例和語境，才能準確無誤地分辨出來。至於判斷一字多義的具體義項，尋求同音通假，離開辭例就無所憑藉了。因此，「辭例歸納法」無論是釋字釋義，還是分辨字形、尋求通假，都具有一定的實用價值，它可以補「字形比較法」「偏旁分析法」之不足，應該重視。

四　綜合論證法

　　上述三種方法的運用，可以解決古文字釋讀的基本問題。對於某些疑難字的考釋和構字本義的探求，事實上是一項更為複雜而艱巨的工作，往往需要調動各種相關的知識和手段，以盡可能充分的材料，從不同角度和層次進行綜合論證，這種方法我們姑且稱之為「綜合論證法」。運用「綜合論證法」，既要立足於文字和語言這一基點，又要求能夠高屋建瓴，將要解決的問題置於人類社會歷史文化的宏觀背景中加以考察，以尋求適切的答案。

　　文字和語言都是人類文化的重要方面，文字的構造及其發展，與特定時代社會歷史文化有著密切的關係。古文字在一定程度上積澱了古代社會的物質文化和精神文化，從古代的語言文字，可以窺測古代人們的某些習俗、觀念和心理。正是在這種意義上，于省吾先生曾說：「中國古文字中的某些象形字和會意字，往往形象地反映了古代

社會活動的實際情況，可見文字本身也是很珍貴的史料。」[33]古文字本身這一特性表明，通過對古代歷史、文化、習俗等方面的考察，有可能為釋讀疑難字，探求構字本義提供線索，這正是問題的兩個方面，也是「綜合論證法」賴以建立的基本依據。考釋古文字可以利用的古代社會歷史文化資料，有三個主要的方面：一是有關的文字記載，包括傳世的和出土的文字材料，這是最重要的部分；二是先秦的實物，主要是經考古調查、發掘而了解到的各種遺物、遺址；三是殘存於不同民族的古代風尚習俗。因此，對某些古文字進行綜合論證時，經常涉及古文獻學、歷史學、考古學、文化人類學、民俗學等眾多領域和學科，其綜合性的特點十分明顯。

「綜合論證法」是現代科學方法，一方面它體現了唯物論的反映論和辯證法的觀點；另一方面又顯示了古文字學與其它學科的交叉關係。這一方法的產生和運用，表明古文字學的高度發展以及古文字研究者理論修養的深厚和學識的淵博。我們認為較早地開創性地運用這一方法的是郭沫若。郭沫若一開始研究古文字，就在目的和方法上有明確的追求，他既總結了王國維、羅振玉等人的研究方法，指出：「大抵在目前欲論中國的古學，欲清算中國古代社會，我們是不能不以羅王二家之業績為其出發點了。」同時又明確地表示，「我們所要的是材料，不要別人已經穿舊了的衣裳；我們所有的是飛機，再不仰仗別人所依據的城壘。我們要跳出『國學』的範圍，然後才能認清所謂國學的真相」。這就是說要利用舊有材料，以新的方法和觀點加以研究，從而揭示中國古代社會的真實面貌。他的目的，就是要填寫中國在世界文化史上的白頁。他的第一部研究古文字的著作《中國古代社會研究》正是在這種動機下寫作的。在初版《自序》中，他說：

---

33 于省吾：《甲骨文字釋林·序》。

「本書的性質可以說就是恩格斯的《家庭、私有制和國家的起源》的
續篇。研究的方法便是以他為嚮導，而於他所知道了的美洲的印第安
人、歐洲的古希臘、羅馬之外，提供出來了他未曾提及一字的中國的
古代。」也讓那些「國故」夫子們知道，戴東原、王念孫、章學誠之
外，「還有馬克思、恩格斯的著作，沒有辯證唯物論的觀念，連『國
故』都不好讓你們輕談。」郭沫若明顯接受了馬恩科學世界觀和方法
論的影響，因而，在古文字研究領域，能夠異軍突起，成就卓著。他
考釋古文字，不僅能嫻熟地運用字形比較、偏旁分析和辭例歸納等方
法，而且還有一顯著特點，就是以世界文化史和中國古代社會歷史為
廣闊的背景，從人類社會的發展演進的角度來思考問題。如〈釋臣
宰〉一文，以社會發展與階級的產生、分化，結合古文字資料，論證
「臣民」與「宰」字的構形本義，指出「臣民均古之奴隸，宰亦猶
臣」，「一部階級統治史，於一二字即已透露其端倪，此言文字學者所
不可不知者也」。〈釋支干〉詳考十干、十二支的產生及構形本義，以
巴比倫古十二宮與十二辰、巴比倫星名與十二歲相比較，對中國古代
天文曆法及其相關的問題，發表了一系列獨特的見解。[34]〈殷彝中圖
形文字之一解〉，通過對圖形文字的具體分析，最後得出結論。「準諸
一般社會進展之公例，及我國自來器物款識之性質，凡圖形之作鳥獸
蟲魚之形者，必係原始民族之圖騰或其孑遺，其非鳥獸蟲魚之形者乃
圖騰之轉變，蓋已有相當進展之文化，而已脫去原始畛域者之族徽
也」，遂為圖形文字的考釋點破迷津。[35]他如〈釋干鹵〉〈釋黃〉〈釋
鞞〉等文[36]，也都屬於這一類型。這些文章在思考和解決問題時，不
僅能從宏觀上著眼，而且在具體論證過程中，盡可能引用實物材料、

---

34 以上二文均收入《甲骨文字研究》，見《郭沫若全集‧考古編》，1卷。

35 見《殷周青銅器銘文研究》。

36 均見《金文叢考》。

典籍記載和民俗資料，其思路之廣闊，論據之宏富，論證之充分，都是空前的，在方法上有著明顯的綜合論證的特點。

　　將「綜合論證法」作為一種考釋方法倡導的是於省吾先生。在〈釋羌、苟、敬、美〉一文中，于省吾先生指出：「我們對於某些古文字，如果追溯其構形由來，往往可以看出有關古代人類的生活動態和風俗習慣，值得我們很好地加以利用。與此同時，我們如果留意古代史籍和少數民族志中所保存的古代人類生活習慣，也可以尋出自來所未解決的某些古文字的創造本意……在我們已經看到和掌握到大量古文字的今天，不應局限地或孤立地來看問題，需要從事研究世界古代史和少數民族志所保存的原始社會人類的生產和生活的實際情況，以追溯古文字的起源，這是研究古文字的一種新的途徑。我寫這篇論文，便是走向新闢途徑的初步試探。」于省吾先生雖然沒明確提出「綜合論證法」，但他所宣導和運用的正是這一方法。這篇文章作為示範性作品，可以給我們很多啟發。文章的第一部分是釋「羌」，僅就這一部分看，其綜合論證的特點就表現得很充分。文章首先引了《詩經》《國語》等七種古籍材料及甲骨文等古文字資料，考察了羌族與華夏民族的關係，指出：「古代華夏民族在很長時期內，與羌族既有婚媾血緣的聯繫，又有戰爭上的頻繁接觸，比任何其它外族的關係都較為密切。」這一結論為問題的進一步討論規定了大的歷史文化背景。其次，追溯「羌」字字形演變和構形由來，提出「羌」字來源於「羌族有戴羊角的習俗，造字者遂取以為象」的見解。接著列舉了中外十二條材料，證明戴羊角、牛角或鹿角以為飾，是世界上各原始民族的習見風尚。並進而對這些材料展開討論，揭示了「戴羊角偽裝狩獵──一般裝飾──美觀、尊榮──禮神裝飾」的發展過程，從人類物質精神文化的發展來解釋戴角這種習俗的產生、發展和演變。最後根據華夏民族與其它民族的物質文化交往關係對漢字的影響，做出

如下結論：「由於當時羌族有著戴羊角的習俗，造字時取其形象，在𦍌（人）上部加以羊角形構成𦍌字。因為羌人經常被中原部落所俘掠，所以又係索於頸作𦍌形。晚期卜辭和金文中的羌字上部所從的羊角形訛變為從羊，小篆因襲未變，許氏遂根據已經訛變的羌字誤解為『從人從羊，羊亦聲』的合體形聲字。」[37]他對羌字的構形本義及發展演變的精闢論斷，完全是建立在綜合論證的基礎上的，與郭沫若的有關考釋文章在方法上極為一致，只是于省吾先生更為明確地將這種方法作為一種釋字新途徑提出來。此外，于省吾先生的〈釋孚〉、〈釋聖〉、〈釋庶〉等論文，也都是利用「綜合論證法」的成功之作。

由於郭沫若著作的廣泛影響和于省吾先生的進一步倡明，「綜合論證法」的作用和意義，已為不少學者認識到，並在考釋中加以運用。

像林澐先生的〈釋王〉[38]、黃錫全先生的〈甲骨文「屮」字試探〉[39]等，都是利用「綜合論證法」去探求構字本義的，而他們則直接受教於于省吾先生。不過「綜合論證法」作為一種考釋方法，目前還未能成為更多的古文字研究者手中的武器，這種方法難度大，需要有較高的理論素養和多方面的知識準備，固然是其主要原因，但對它缺乏充分的論證和推闡也不能不說是原因之一。

上述四種方法皆來自於古文字考釋經驗的總結，都是建立在唯物辯證法的基礎之上的。作為四種方法，它們各有側重，涉及對象的層次不盡相同。「字形比較法」，側重字體形態的縱橫比較和聯繫，從文字的表層入手；「偏旁分析法」，分解字形結構部件，則進入到漢字的內部層次；「辭例歸納法」，卻從文字符號代表的語言層面尋求解決問

---

37 于省吾：〈釋羌、苟、敬、美〉，《吉林大學社會科學學報》1963年第1期。

38 林澐：〈釋王〉，《考古》1965年第6期。

39 黃錫全：〈甲骨文「屮」字試探〉，《古文字研究》第6輯（北京市：中華書局，1981年），四川大學歷史系古文字研究室編，頁195-206。

題的線索;「綜合論證法」,在前三者的基礎上,從人類文化的角度去
考察,是一種更深層的研究。它們又是相互聯繫、互為補充的。字形
是考釋的根本依據,「辭例歸納法」和「綜合論證法」脫離了字形,
就會成為空中樓閣,無所傍依。背棄字形的任何考釋,都失去了客觀
依據,自然得不出正確結論,因此「辭例歸納法」的終結點是解決字
形問題,「綜合論證法」的出發點亦是正確的字形分析,而運用「字
形比較法」和「偏旁分析法」得到的結果,往往需要以具體的辭例驗
證,如于省吾先生每釋一字,除詳考字形結構的來龍去脈,還要逐一
驗之辭例,必使暢通無礙,才下最後的結論。在考釋過程中,這四種
方法並不是孤立運用的,它們互相滲透和補充,從不同的角度揭示問
題的真相。古文字研究者,為了問題的解決,應當盡可能地調動一切
有效的手段。

　　方法論的研究,是古文字學的薄弱環節。本文只是綜合了古文字
研究若干成功的經驗,還是很初步的。古文字學研究要進一步推向深
入,建立其方法論系統是不可忽視的工作。不唯如此,近年來發表的
有關古文字考釋和研究的某些論著中,違背古文字考釋和研究的基本
原則和方法,標新立異,以惑視聽者並非少見。我們感到,方法論的
研究,對保證古文字研究的科學性、純潔性,尚有不可低估的現實意
義。我們希望能讀到更多的專家學者有關這方面的權威性論著。

附錄二
《說文》辨正舉例

　　《說文解字》係我國第一部以六書理論系統分析字形、闡釋字義、辨識聲讀的字典，是中國語言文字學史上的一部巨著，也是閱讀古代典籍、考索歷史文化、研究古文字學的鑰匙和橋樑。

　　兩漢時代，甲骨契文，尚未出土，鼎彝銘識，世間希見。由於所處時代的局限性，許慎只能見到晚周以迄秦漢的文字資料，這些文字距其原始形態已很遙遠。漢字發展到戰國秦漢時代，其形體多有訛變，而《說文》卻是根據這些晚出的文字資料——甚至訛變的小篆形體，去探求漢字的本形、本音、本義，故疏漏與謬誤之處，自不可免。由於近世考古事業的發展，地藏所獲古文字資料不斷豐富，廣為流傳，加之唐宋迄今，尤其清代及晚近學者的深入研究，積纍了豐富的經驗和成果，為匡正《說文》一書的紕繆提供了條件。茲將其顯而易見的舛誤與疏漏，歸納辨正舉例，以成斯篇。

一　錯解字形例

　　漢字在「簡化」「分化」及「規範化」三種歷史原因的交錯作用下，其形體演進經歷了漸變的過程，故變化多端，錯綜複雜。而許慎僅根據晚出的小篆字體分析漢字的構形，其失誤自所難免。茲以許君所制定的六書理論，徵諸商周古文字，將《說文》錯解形體之字予以歸納，辨正舉例如下。

（一）誤以「象形」為「會意」

屰，小篆作𐤊，《干部》云：「不順也，從干下屮，屰之也。」《段注》據小徐本改為「從干下凵」，謂：「方上干而下有陷之者，是為不順。」甲骨文作𐤊（乙六九四八）、𐤊（乙一七八六）諸形，商代金文作𐤊（亞屰卣），西周早期金文作𐤊（父癸爵），均象倒人形，以示倒逆之義。今案屰即「逆」之本字，亦有作𐤊形者，隸定為屰，卜辭的「屰伐」，意即「迎擊」。此字於六書屬全體象形，不可分割；其字形與「干」「屮（或凵）」無涉。許慎據已訛的小篆說解，割裂其形體為「從干下屮（或凵）」的會意字，後世注《說文》者又曲為之解，殊誤。

小，《小部》云：「物之微也；從八、丨見而分之。」甲骨文作𐤊（佚四二六）、𐤊（甲二九〇四），象沙粒之形，乃「沙」之本字。後孳乳分化為「小」字和「少」字，其早期形體本為一字，屬於全體象形，不可分割。許君據小篆形體，以「從八、丨見而分之」的會意字為解，誤以象形為會意，失其溯矣。

干，小篆作𐤊，《干部》云：「犯也；從反入、從一。」甲骨文作𐤊（鄴三下三九·一一），西周金文作𐤊（毛公鼎）、𐤊（克盨），本象兵器干戈之形，本義為干戈之干。字屬全體象形，不可分割，許君以為「從反入、從一」的會意字，實誤。

葡，《用部》云：「具也；從用、苟省。」甲骨文作𐤊（一期，鐵二·四）、𐤊（一期，佚九六四），西周金文訛變作𐤊（周晚，番生簋）、𐤊（周晚，毛公鼎），為小篆所本。其早期字體象盛矢於器之形，即「箙」之本字，乃屬全體象形，不能割裂為「從用、苟省」。許君以小篆形體為說，誤以為會意字，非是。

網，《網部》云：「庖犧所結繩以漁；從冂、下象網交文。」甲骨

文作（一期，乙三九四七）、（一期，後下八・三），西周金文偏旁網作，均象漁網之形，屬全體象形，不可分割，上部顯而易見「從門」。許君以會意字為說，誤矣。

壴，《壴部》云：「陳樂立而上見也；從屮、從豆。」戴侗《六書故》謂壴象鼓形，至確。甲骨文作（甲五二八）、（乙一八八九反）、（佚三〇四），與小篆形同，確象鼓形，屬於全體象形，不得分割為「從屮、從豆」。許君以會意字解之，則誤。

禾，《禾部》謂：「從木、從𠂹省，𠂹象其穗。」是知《說文》以會意字解之。今案甲骨文作（拾二・九），與小篆形體相同，象穀子的穗、葉、根之形，為全體象形，不可分割。許君以「從禾、從省」的會意字分析其形體，實誤。

(二) 誤以「象形」為「形聲」

枼，《木部》云：「楄也，枼、薄也；從木、世聲。」甲骨文有（一期，乙五三〇三）形之字，郭沫若氏釋枼，謂枼之初文（《卜辭通纂》），至確。字春秋時作（《齊鎛》），戰國時作（《屭羌鐘》），為《說文》篆體所本。其早期形體象樹木生葉之形，因樹葉難於單獨表示，造字之初，先民遂連帶生長枝葉的樹木以示樹葉之形，故此字為全體象形，不得分割為「木」「世」兩個部分。從字形考索，「世」字亦由「枼」孳乳分化而來：西周金文「世」字作（周早《吳方彝》）、（周中《師遽簋》）形，顯係「枼」字的上半部。「世」字通行後，許慎附會三十年為一世之說，故《說文》將「世」的字形解釋為「從卅而曳長之」。實不可信。許君遂據晚出形體，將象形字「枼」以「從木、世聲」的形聲字說解之，尤誤。

食，《食部》云：「一米也；從皀、亼聲。或說亼、皀也。」甲骨文作（一期，甲一二八九）、（三期，粹九九九），象簋（古代常用

的一種食器）中盛滿食物之形。⊔象簋身，ᐱ象蓋，中間象食物，故此字為全體象形，不可分割。許君以形聲字為說，失其溯矣。

帝，《二部》云：「諦也，王天下之號也；從二、朿聲。」甲骨文作𣆟（一期，乙六四〇）、𣓐（一期，前三‧二一‧三）𣓐（前四‧十七‧五）諸形。王國維謂「象花蕚全形」[1]，實乃「蒂」之初文，為全體象形，不可分割。許君以形聲字說解之，誤矣。

穆，《禾部》云：「禾也；從禾、㝫聲。」甲骨文有𥝧（甲三六三六）字，在卜辭中用為地名，舊所不釋，《甲骨文編》和《續甲骨文編》均入於附錄。先師于思泊釋為「穆」字，謂：「本象有芒穎之禾穗下垂形。」[2]其說至確。西周金文有從水從穆之字作𣹟形（《𣂰父鼎》），不從彡，猶存初文。故此字為全體象形，不可分割。許君以形聲為說，實背於初形。

（三）誤以「會意」為「形聲」

聖，《耳部》云：「通也；從耳、呈聲。」甲骨文有𦕡（一期，乙六五三三）形之字，唐蘭釋為聖[3]，至確。此字從口、從𠂌：從者，乃以耳形著於人首部位，強調人耳之功能；從口者，口能言詠以發音，耳得感知者為聲。是知聖字早期形體從口、從𠂌以會意：以耳知聲則為聽，耳具敏銳之聽聞功能者是為聖。甲骨文另有𦕡（一期，存一‧一三七八）、𦕡（一期，京津一五九九）兩字，上部均從耳，其下部前者從人、後者從卩。若以古文字義近偏旁「人」與「卩」互作無別[4]例之，二者當為一字，實乃聖之初文。逮乎西周中期，「𥆞」下之人形

1　王國維：《觀堂集林》卷六《釋天》。

2　于省吾：《甲骨文字釋林》，頁146。

3　唐蘭：《古文字學導論》，頁238。

4　王慎行：《古文字與殷周文明》（西安市：陝西人民教育出版社，1992年），頁5。

訛變為🔸，遂使聖字作🔸（《師望鼎》），春秋時，人形又訛變為🔸，再變為🔸，聖字作🔸（《素命鎛》）、🔸（《王孫鍾》），致使耳下人形訛變為「壬」，遂為《說文》篆體所本。聖字初文本為象形字，以人首部位特大其耳，表示人耳之感知功能；後漸衍為從口、從耳的會意字。許慎以訛變的小篆形體為說，「壬」（人形之訛變）本與「耳」為一體，不可分割，而許君竟以口、結合為聲符「呈」，顯誤。

昃，小篆作🔸，《日部》云：「日在西方時側也；從日、仄聲。」甲骨文作🔸（一期，乙三二）、🔸（一期，京津四一六）諸形。日偏西而人影亦隨之側斜，上古先民，遂造「昃」字為從日、從側斜之人影，二者會合以表示日之傾昃之誼，實乃會意字，隸定作「昃」。徐鍇《說文繫傳》（小徐本）《矢部》收有「昗」字，謂「日西也；從矢、日聲」。儘管大、小二徐所見《說文》原本不同，但許慎以形聲字說解「昃」「昗」則一也。許君以後起的小篆形體為說，將從日、從矢的會意字，分析為「從日、仄聲」的形聲字，誤矣。

歠，《歠部》云：「歠也；從欠、䜌聲。🔸古文歠從今、水；🔸，古文歠從今、食。」甲骨文作🔸（一期，菁四・一），據古文字「舌」作🔸，可知上揭甲骨文歠字所從之🔸乃舌之倒文，故此字從酉，象盛水或酒之容器；從俯身人形特著其舌，象俯身欲飲之意。春秋戰國時「歠」字訛變作🔸（春秋，《余義鍾》）、🔸（戰國，《中山王方壺》），人形與舌分離，遂為《說文》篆體所本。是知其初文本屬會意字，而許慎以後起訛變的小篆形體為據，以形聲字說解之，則誤。若以小篆形體分析，應改為：「從欠、從酉、今聲」。

即，《皀部》云：「即食也；從皀、卩聲。」甲骨文作🔸（三期，粹三），西周金文作🔸（《盂鼎》），從皀，象圓形食器，乃「簋」之本字（說詳下「形義皆誤例」）；從卩，象人跪跽之形，許君以符節釋「卩」，殊誤。「即」之初文當為會意字，表示人就食之意。許君以形

聲字說解之，顯誤。

既，《皀部》云：「小食也；從皀、旡聲。」甲骨文作🔸（三期，粹四九三），商代金文作🔸（《🔸其卣》）。其初文右旁之🔸，象跪踞人形轉頭反顧，此字從皀、從旡，二者會合以表示人於簋前食畢、轉頭離座之意，實為會意字。許君以形聲字為說，失其溯矣。

卿，《卯部》云：「章也；六卿：天官冢宰、地官司徒、春官宗伯、夏官司馬、秋官司寇、冬官司空。從卯、皀聲。」甲骨文作🔸（一期，前四·二一·五）🔸（三期，合集三一六七二）諸形，從皀，皀為食器簋形；從卯，象二人相向跪踞之形，此字會合皀、卯以表示二人相向共食之意，於六書屬會意字，實乃「饗」之初文。饗、鄉（後起孳乳字為「向」）、卿初本一字，後世孳乳分化為三字；蓋宴饗之時，須相向食器而坐，遂造本字「饗」，引申之則為「鄉」；因有陪君主共饗之人，於是又分化為「卿」。《說文·食部》：「饗，鄉人飲酒也；從食、從鄉，鄉亦聲。」已非本形初誼。許君誤以「卿」為形聲字，實背於初文。

（四）誤以「指事」為「象形」

刃，《刃部》云：「刀堅也，象刀有刃之形。」是知許慎以象形說解刃字。「刃」本屬指事字，在刀的形體上加一指事符號「、」以標明刀口之所在，刀為獨立的形體，「、」起標明部位的作用，為指事符號，故字屬指事。《說文》以象形闡釋之，許君誤矣。

亦，《亦部》云：「人之臂亦也；從大，象兩亦之形。」是知許君以為象形字。甲骨文「亦」字作🔸（一期，林二·三·一五），與小篆形體全同，實乃「腋」字初文。「大」為人之正面站立之形，人臂下之兩點「八」為指事符號，以指明正立人形此處即是兩腋部位之所在，故當為指事字。許君以象形為說，非是。

面，小篆作◉，《面部》云：「顏前也；從百，象人面形。」可見許慎以象形字為解。甲骨文面字作◎（一期，甲二三七五），從◎（目）、從◎，目乃面部最主要之特徵，據《隸釋》錄石經《尚書》「面」字則從目作「面」，猶存初形；又作「面」，從日，當為目之訛變。是知漢隸從目，與《說文》篆體之從百迥異，疑《說文》小篆之從百，係目字之訛。從◎者，乃指事符號，小篆作◉。「面」本指人頭前部以目為特徵的表面，故字形於目周邊加注圓框，以指示人的面部輪廓，故其初文及後起小篆均屬指事字。《說文》以象形字為說，誤矣。

义，《又部》云：「手足甲也；從又，象形。」是知許慎以象形為解。甲骨文义字作◎（五期，前二‧一九‧三），與《說文》篆體形同。許君訓為「手足甲」，即手和腳的指甲，故加在手形（即「又」）指端部分的兩筆，當為指事符號，標明指甲之所在，是為指事字。許君以為象形，顯誤。

（五）誤以「指事」為「會意」

孔，《乚部》云：「通也；從乙、從子，乙、請子之候鳥也。」是知《說文》以「從乙、從子」的會意字為解。今案「孔」字西周作◎（《虢季子白盤》），與小篆形體不類，字不從乙。逮至戰國時訛變作◎（璽印《遇安》），遂為小篆所本。其最初形體從◎，象幼兒在褓繈中兩臂舞動，上象其頭，因幼兒在襁褓中，腿與腳不能活動，僅以一微曲之直畫以象之，故不見其兩脛。而所從之「乚」為指事符號，以標明幼兒頭頂囟門部位之所在。囟門係嬰兒頭頂骨未合縫之處，故有孔洞之義，凡孔洞之處則通達，故《說文》以引申義訓之為「通」。許慎以訛變的小篆形體為說，將與「子」分離而訛變的指事符號誤以為偏旁，釋作玄鳥字，遂將指事字分析為會意字。

　　折，小篆或體作𢪒，《艸部》云：「斷也；從斤斷艸，譚長說。𣂚、籀文折，從艸在仌中，仌寒故折；𢪒、篆文折，從手。」《說文》錄有折字的三種形體：𣂚為籀文，𢪒為篆文，故𣂚形必為小篆或體無疑。《說文》徵引譚長之說分析字形為「從斤斷艸」，此種連文以為意的說解格式，係許慎分析會意字的典型體例。折字，甲骨文作𣂚（一期，前四·八·六），西周金文作𣂚（中期《虢季子白盤》），均與小篆或體所從同，所示以艸斷草之意甚明，許君以會意字為說，不誤。至春秋戰國時，作𣂚（春秋《齊侯壺》）、𣂚（戰國印《衡齋》），為《說文》籀文所本。許說籀文𣂚形時曾謂：「從艸在仌中，仌寒故折。」今案許君仍以會意字說解籀文形體：認為在旁中部之「二」是仌，仌乃冰之本字，故《仌部》云：「仌，凍也；象水凝之形。」冰凍而艸斷，許說乖謬矣。「二」不應釋為仌（冰），當是標記草斷處的指事符號，籀文折形並非冰凍草斷，仍係以斤斷艸，故當為指事字。「二」在某些古文字偏旁中，是標誌兩體分離的指事符號，有甲骨文可徵：甲骨文有𣂚（餘四·二）、𣂚（鐵九五·四）諸形之字，隸定為，象以砍斷奚奴首級之形；左旁中部之「二」或「三」界於人首髮辮「𣂚」與身體「𣂚」之間，乃指事符號，標明自此而身首異處，此乃「二」為指事符號之明證。從上揭古文字「折」的形體嬗變過程，可知商周時代「折」字猶為「從斤斷艸」的會意字；春秋戰國時代遂演變為指事字，許君仍以會意字說解之，將指事符號「二」錯釋為仌（冰），遂有「仌寒故折」之誤解；秦代小篆時，又演變復原為會意字，同時左旁開始訛變，兩斷艸「𣂚」相連為「𣂚」，與「手」字偏旁𣂚形混，誤以為從手。這一錯誤形體為後世隸、楷之所本，沿訛襲謬兩千餘年。

　　厷，《又部》云：「臂上也，從又、從古文厷。𠂒、古文厷，象形。」（《段注》本）《說文》以為篆體「厷」從又從𠂒，乃會意字；古

文「厷」作，乃象形，是知許慎以會意、象形說解其小篆與古文。甲骨文厷字作（一期，後下二〇・一七），象整個上肢，加在象臂部分的「」，乃指事符號，以表明臂肘之部位，屬於指事字，實為「肱」之初文。許君以會意字為說，誤矣。

甘，《甘部》云：「美也；從口含一，一、道也。」甲骨文作（一期，後上一二・五），與《說文》小篆形體全同。此字從口，口中的一短畫「一」乃指事符號，表示口中含有食物；人口中所食，大凡總是甘美的，《說文》遂訓其誼為「美」。是知甘字於六書屬指事，許君以「從口含一」的會意字為說，則誤。

寸，《寸部》云：「十分也；人手卻一寸動脈謂之寸口，從又、從一。」是許君以會意字為解。今案「又」象手與臂之形，「一」為標明部位的指事符號，在手與肘之間，用「一」表示距手十分動脈之處即寸口之部位，故屬指事字。許書以為會意字，非是。

（六）誤以「指事」為「形聲」

曰，《曰部》云：「詞也，從口、乙聲。亦象口氣出也。」《說文》分析其字形，錄有兩說：形聲說在前，象形說在後，可見許君傾向於形聲說。甲骨文「曰」字作（一期，前七・一七・四），西周金文作（早期，《盂鼎》），口上之短畫「一」乃指事符號，人將發語，口上必有氣出，故以指事符號「一」加於口上，表示詞氣從口出，當屬指事字。許慎之形聲說或象形說，均誤。

言，《言部》云：「直言曰言。論難曰語；從口、䇂聲。」是許君以形聲說字形。甲骨文言字作（一期，甲四九九）、（二期，京津三五六一），西周金文作（早期，《伯矩鼎》）均與小篆形體近似。甲骨文舌字作（一期，乙四五五〇）（一期，乙三八一一），象伸出口外之舌形，上文所舉甲骨文歓字象人俯身低頭、張口伸舌於酒器之

形，即ㄓ、ㄓ為口外舌形之佳證。《甲骨文字典》謂舌「象木鐸之鐸舌
振動之形。ㄩ為倒置之鐸體。ㄚ、ㄚ、ㄓ為鐸舌」[5]，非是。茲對照甲骨
文舌、言之諸形體，舌字ㄓ、ㄓ形體上部加一橫畫「一」，正是言字的
形體，故知言字上部這一橫畫，必為指事符號無疑。言出於舌動，故
於舌上加指事符號「一」，以表示言由舌動而傳出口外，是知「言」
屬指事字，許書卻以形聲為解，失其造字本真。

并，《從部》云：「相從也；從從、幵聲。一曰：從持二干為
幷。」（《段注》本）許書說解其形，上言形聲，下引或說而謂會意，
是知許君傾向於以形聲解釋其字形。甲骨文并字作幷（一期，戩三
三・一四）、幷（四期，後上三六・三），所從之从（從）象二人相併
立之形，而置於二人脛部之一或二乃指事符號。卜辭云：「叀并駁」
（甲二八九）；「叀并轇，亡災」（卜通七三〇）。是知「并」字在卜辭
中的用法與後起字「駢」同義，《說文・馬部》：「駢，駕二馬也。」
引申之凡二物併合曰駢，故「並」在卜辭中用為兼、合之義。造字之
初，因人形簡單易造，遂借用二人並立之形，於脛部以下加指事符號
一或二，以表示二人自脛部以下若能同步，方可體現並合之意。《說
文》訓並為「相從」，乃屬後起之引申義。綜上所考，「並」之初文當
屬指事字，許君之形聲、會意兩說均誤。

悤，《囱部》云：「多遽悤悤也；從心、囱，囱亦聲。」是許慎以
會意兼形聲說解其字形。西周金文悤字作ㄓ（《克鼎》），不從「囱」
聲。裘錫圭認為「悤」之「本義似應與心之孔竅有關。『囱』『悤』
『聰』同音，蓋由一語分化。『囱』指房屋與外界相通之孔。『悤』和
『聰』本來大概指心和耳的孔竅，引申而指心和耳的通徹；也有可能
一開始就是指心和耳的通徹的，但由於通徹的意思比較虛，『悤』字

---

5 徐中舒主編：《甲骨文字典》，頁208。

初文的字形只能通過強調心有孔竅來表意。」[6]今案裘說至確，古人以心為思想器官，心靈通徹必思維敏銳則謂之「恩」，耳力通徹必聽聞靈敏則謂之「聰」。後因二字同音，在語言中無法區別，心靈通徹之「恩」遂被耳力通徹之「聰」所替代，致使「恩」字只表示囪邊之義，為《說文》訓詁所本，其本義遂晦。揆度先民造字之初，心之通徹無所取象，遂以心有孔竅以示之。上揭西周金文之兩形，實乃「囪」之初文，於心形的上口所加之點（、）或短豎（|），均為指事符號，以表示心有孔竅之所在，故必為指事字。許慎以訛變的小篆說解其字形為會意兼形聲，顯誤。

尤，小篆作，《乙部》云：「異也；從乙、又聲。」甲骨文作（一期，鐵五○・一），西周早期金文作（《槐伯簋》），均與小篆形體不類。丁山謂：「象手欲上伸而礙於一，猶之從一壅川、本之從木而橫上以一也。」[7]先師於思泊亦謂：「尤字的造字本義，繫於字上部附加一個橫畫或斜畫，作為指事字的標誌，以別於又。」[8]是知丁、於二氏均以「指事」解釋尤字初文，其說法可信。從上引甲骨、金文字形可知，尤字初文本從「又」，繫於又字上部附加橫畫或斜畫以構成指事字；而許慎據已訛的小篆形體為說，誤以尤字「從乙」，又誤以為形聲字，遂失其溯矣。

二　誤釋字義例

訓詁學是以「形訓」「音訓」「義訓」的傳統方法，對字義進行探究。而《說文》正是運用「形訓」之法，從小篆本身的形體去推考文

6　裘錫圭：〈說字小記〉，《北京師範學院學報（社會科學版）》1988年第2期。

7　丁山：《殷契亡尤說》。

8　于省吾：《甲骨文字釋林》，頁452。

字本誼，但因許君見不到漢字的原始形態，故其以形索義，多有失誤。

（一）訓釋本義錯誤例

丞，小篆作𠬞，《廾部》云：「翊也；從廾、從卩、從山，山高奉承之義。」《段注》：「翊當作翼，俗書以翊為翼；翼猶輔也。」是知許慎以輔佐為其本義。今案甲骨文丞字作𠬞（一期，鐵一七一‧三），象以雙手拯人於陷阱之形，實乃拯之初文，其本義當為「拯救」。許君據已訛的小篆形體，臆為之解，訓其本義為「翊」、為「奉承之義」，殊不可信。

錄，小篆作𢆶，《錄部》云：「刻木錄錄也，象形。」《段注》：「按『剝』下曰：『錄，刻割也。』錄錄，麗廔嵌空之貌。」是知錄訓刻割，錄錄為刻木之貌，此乃許慎之所謂錄字本誼。今案甲骨文錄字作𢆶（一期，前六‧一一‧四）、𢆶（一期，前七‧三‧一）、𢆶（三期，粹一二七六）諸形，西周金文作𢆶（早期《大保𣪘》）、𢆶（中期《錄卣》），均與小篆形體迥異，知小篆已屬訛變。其早期形體本象井上轆轤汲水之形：上部之𢆶象桔槔，下部之𢆶象汲水器具，下部之小點象水滴。疑為「轆」之初文，本義似應為「汲水轆轤」；而許君訓其本誼為「刻木錄錄」，殊誤。

函，小篆作𠭬，隸定為𠭬，《𠃌部》云：「舌也，象形。舌體𠃌𠃌，從𠃌、𠃌亦聲。」甲骨文作𠭬（一期，林二‧二九‧一四）、𠭬（一期，後下二二‧六），西周金文作𠭬（《不𡢍𣪘》），戰國文字作𠭬（璽印《周氏》），均與訛變的小篆形體迥異。其初文象矢在囊中之形，本義是藏矢之器，引申為「函容」之義。《漢書‧禮樂志》「人函天地陰陽之氣」，《顏注》謂：「函，包容也，讀與含同。」即其例。再由本義「矢函」引申出劍函、鏡函、信函等，凡盛物之盒均可稱函；再引申之，凡包含物品的外殼亦可稱函，甚至古時的鎧甲亦稱函，《周禮‧

考工記》「燕無函」，《鄭注》：「函，鎧也。」是其證，因鎧甲包裹人身，故稱函。以上考察了函字的本義與引申義，是知許慎據訛變的篆文立說，誤以圅字下部所從之圅為舌形，遂訓其本誼為「舌」，此乃致誤之由。

　　昔，小篆作昔，《日部》云：「乾肉也；從殘肉，日以晞之，與俎同意。𦠘，籀文，從肉。」甲骨文作昔（一期，乙一九六八）、昔（一期，菁六・一）、昔（一期，乙八二〇七）、昔（一期，後下五・三）諸形。葉玉森《說契》謂：「𡿧乃象洪水，即古𡿧（災——引者注）字，從日。古人殆不忘洪水之𡿧，故制昔字，取誼於洪水之日。」按葉說可信，上古時代，洪水氾濫為患，先民世代難忘，遂造從𡿧從日的會意字「昔」：從𡿧，象洪水之波峰，用為災害之災；從日，以洪水氾濫為災借代昔日之時。故其本義為昔日洪水之災，假借為往昔。隨著字形的演變，小篆上部訛從𡿧形，許君以為「殘肉」，遂致訓其本義為「乾肉」之誤也。

　　至，《至部》云：「鳥飛從高下至地也；從一、一猶地也，象形。不上去而至下來也。𡊏、古文至。」甲骨文作至（一期，合二六四），西周金文作至（中期，《禹鼎》），均與小篆形同，其所從之至，乃「矢」之象形。羅振玉謂：「象矢遠來降至地之形。」[9]今按羅說不確。其字所從之「一」，不必謂地，雪堂因循許說；「一」於此乃反映矢所至之處：或為「的」（箭靶），或為射擊物，係指廣義之目標，並非專指狹義之「地」而言，故其本義當為「矢之所至」。此字與「鳥飛」無涉，許慎誤以矢為鳥形，遂有詮其本誼「鳥飛從高下至地」及「不上去而至下來」之說，其乖謬不待辨也。

　　族，《认部》云：「矢鋒也，束之族族也，從认、從矢。」是知許

9　羅振玉：〈雪堂金石文字跋尾〉。

慎以為「族」乃「鏃」之本字。甲骨文族字作 ★（一期，甲二三七四），西周金文作 ★（早期，《明公簋》），均與小篆形體不類。其初文所從之「㫃」本象有斿之旗，「斿」，俗字作「旒」，即古代旌旗的下垂飾物。清人俞樾《春在堂全書・兒笘錄》訓「族」為「軍中部族」，謂：「從㫃所以指麾，從矢所以自衛。」上古時代，各個氏族皆有自己的軍事武裝力量，且以本族旗幟作為標誌；矢乃當時遠射程之先進武器，代表氏族的戰鬥力，故同一家族或氏族在本族旗幟下即為一戰鬥單位，遂以從㫃、從矢之「族」字會意「軍中部族」。是知族之本義為軍中部族，而許君誤以「族」為「鏃」之本字，訓其本義為「矢鋒」，顯誤矣。

也，《乁部》云：「女陰也，象形。★、秦刻石也字。」周伯琦《說文字源》謂：「也為古匜字。」王筠《說文釋例》亦云：「案女陰之說，它所未見，姑置不論。凡在某部，必從其義。乁者、流也，流者、器之嘴也，於女陰無涉，而字乃從之乎！且謂之象形，即必通體象形，何必抽其乁為義、而乀獨象形？……《博古圖》『周義母匜』作★……周伯溫以也為古匜字，信而有徵矣。」今案周、王二氏之說可信，「也」乃「匜」之本字，「匜」是古代盥洗時澆水之器具，西周中晚期始出現，字作★（周中，《史頌匜》）、★（春秋，《鄭伯匜》）諸形，其本義當為匜器，小篆訛變作★，許慎遂以為「也」字，訓其本義為「女陰」，乖謬之至。

（二）誤以引申為本義

元，《一部》云：「始也；從一，從兀。」甲骨文作 ★（一期，前四・三二・四），西周金文作 ★（中期，《曶鼎》），均從二（上）、從人以會意，表示人之上部為首。商代金文有 ★ 字（《元作父戊卣》），象人形而特著其首，以示人頭所在之部位，疑即「元」之初文。其本義

為「人首」，《左傳・僖公三十三年》「狄人歸其元」，《孟子・滕文公下》「勇士不忘喪其元」之「元」，正是用其本義。頭在人體之頂端，故「元」引申為「始」「開端」等義；而許君誤以引申義「始」訓其本義，則失之。

行，《行部》云：「人之步趨也；從彳、從亍。」甲骨文作𠆤（一期，後下二・一二），西周金文作𠆤（中期，《虢季子白盤》），均與小篆形體不類。羅振玉謂：「𠆤象四達之衢，人所行也。」[10]至確。「行」之初文既象四通之道路形，則其本義當為道路，《爾雅・釋宮》「行，道也」，《詩・小雅・小弁》「行有死人」，又《豳風・七月》「遵彼微行」之「行」，正用其本義，即其證。因道路為人所行走，遂引申出行走之義，《說文》所謂「人之步趨」即指行走而言。是知許君據訛變的小篆形體為訓，誤以引申義為本義，失其溯矣。

育，《㐬部》云：「養子使作善也；從㐬、肉聲。《虞書》曰：教育子。𡱂，育或從每。」是知許慎以「教育」為其本義。從《說文》所收錄的小篆或體「從每」作𡱂，可知殷墟卜辭中之𠫓（甲一七六〇），當是「育」字的初文。根據上揭甲骨文「育」之原始形體，可知它本象婦人產子之形：從屮（女）、從𠫓，𠫓象出生嬰兒顛倒之形，以其下的小點表示血滴或羊水，遂知其本義當為「生育」。《說文》所謂「養子使作善」及「教育子」，均繫本義之引申；而許君將引申義「教育」當作本義，誤矣。

休，《木部》云：「息止也；從人依木。庥，休或從廣。」甲骨文作𠆤（一期，乙六五三二）、西周金文作𠆤（中期，《靜簋》），與小篆形同，從人依木會意，表示人在樹旁休息，故其本義當為人在樹蔭下休息。《詩・周南・漢廣》「南有喬木，不可休思」之「休」字正用本

---

10 羅振玉：《增訂殷虛書契考釋》卷中〈文字第五〉。

義。後由「休」的本義引申出單純的休息之義，休息之義又引申出休假、休止、休要等義[11]，是知《說文》訓為「息止」者乃「休」之引申義，許君以引申義訓其本義，故失之。

保，《人部》云：「養也；從人、從糸省，糸，古文孚。」甲骨文作伊（前一‧三〇‧七）形者恒見，另有（唐蘭藏骨）形之字，唐蘭釋為保，謂「象人反手負子於背」，並認為「保」的本義是負子於背。[12]今案唐釋形、義至確，商代金文有（《父丁簋》）形之字，當是「保」字的原始象形初文，其負子於背之形昭然若揭。《尚書‧召誥》「夫知保抱攜持厥婦子以哀籲天」之前半句為動賓結構：「保抱」為動詞，其對應的賓語是「厥子」；「攜持」亦為動詞，其對應的賓語是「厥婦」。「抱」者懷於前，「保」者負於背，二字連文以成背抱之義：係指懷抱著、背負著孩子。《召誥》此句之「保」字正是用其本義，而《說文》所謂之「養」當屬引申義，許君卻誤以為「保」字本義，故失之。

止，《止部》云：「下基也；象艸木出有址，故以止為足。」王筠《說文釋例》謂：「止者，趾之古文。」甲骨文止作（甲六〇〇），而金文偏旁止字多作（《秦公簋》），與小篆形同；唯商代金文《子且尊》「步」字從止作、《父癸爵》作、周代早期金文《步爵》作，「止」之初形昭然可見，乃象人足之形。是知止字本義當為人足，因足在人體下部，係人行走、站立之根基，故引申為「下基」。許慎以引申義「下基」訓其本義，則誤。

役，《殳部》云：「戍邊也，從殳、從彳。，古文役，從人。」甲骨文作（一期，前六‧四‧一），象以殳擊人，其本義當為役使，

11 裘錫圭：《文字學概要》（北京市：商務印書館，1988年），頁143。

12 唐蘭：《殷虛文字記‧釋保》。

小篆從彳，乃「人」字形體之訛變；《說文》古文役，右旁⿰當為⿰之訛。許慎以引申義「戍邊」為其本義，失其溯矣。

王，《王部》云：「天下所歸往也；董仲舒曰：古之造文者，三畫而連其中謂之王。三者，天、地、人也；而參通之者，王也，孔子曰：一貫三為王。⿰，古文王。」甲骨文作⿰（一期，甲二四三）、★（四期，合集三二九六一），象刃部在下之斧鉞形，若橫置則斧鉞之象形意味尤彰。林澐先生早年曾有《說王》一文刊世[13]，論之甚詳。《說文》所引董仲舒及孔子說解字形和訓義，均不可據。「王」字本義當為斧鉞，在殷商方國軍事聯盟時代，斧鉞是軍事統帥（盟主）的象徵物，以主刑、殺、征伐之權，後演化為王權之象徵。《說文》訓王為「天下所歸往」，實乃後起之引申義，非造字本義，許君訓義誤矣。

（三）誤以假借為本義

冬，《夊部》云：「四時盡也；從仌、從夊，夊、古文終字。⿰，古文冬，從日。」又《糸部》：「終，絿絲也；從糸、冬聲。⿰、古文終。」今案冬與終本為一字，甲骨文冬字作⿰（一期，菁二・一）、⿰（一期，乙三六八），西周金文作⿰（中期《頌壺》），象絲繩兩端束結，以示終端之意，實乃「終」字初文。《說文》訓終為「絿絲」，《段注》云：「絿之言糾也。」絿絲即糾束絲結於終端，此正是冬之本義。「冬」用作《說文》所謂「四時盡」的冬季之義，乃屬後起假借義，商周時代，一年只有春秋兩季，劃分四季，乃春秋時代以後之事。許慎以後起的假借義訓釋字義，實非造字本義。

我，《我部》云：「施身自謂也；或說：我，頃頓也。從戈、從⿰。⿰，或說古垂字；一曰古殺字。⿰、古文我。」甲骨文作⿰（一

---

13 林澐：〈說王〉，《考古》1965年第6期。

期，菁二・一）朿（五期，甲二七五二），西周金文作𢆶（早期，《盂鼎》）、𢆶（晚期，《毛公鼎》）諸形，本象一種鋸或刃形似鋸的武器，它的本義當是這種鋸或武器之名。由於第一人稱代詞與此武器之名同音或音近，故借用武器之名「我」來代替「施身自謂」。許慎誤以假借義為其本義，非是。

孚，《爪部》云：「卵孚也；從爪、從子。一曰：信也。𤓽、古文孚，從禾，禾、古文保。」小徐本《說文繫傳》：「鳥抱，恒以爪反覆其卵也。」《說文段注》：「《通俗文》卵化曰孚。……《廣雅》孚、生也，謂子出於卵也。《方言》雞卵伏而未孚。於此可得孚之解矣。」今案許慎訓釋字義和後世之注解，均失之於牽強。「孚」即「俘」之本字，《說文・人部》：「俘，軍所獲也；從人、孚聲。」是知「俘」為後起之形聲字。甲骨文孚字作𤓽（一期，乙六六九四），西周金文作𤓽（早期，《𪉲鼎》），與小篆字形並無明顯差異，從爪從子以示用手逮人之虜獲義。後孳乳為𢓊（一期，菁六），因俘虜必驅之以行，故從彳。「孚」之所以「從子」，是因為上古時代生產力低下，故將成年俘虜均殺掉，收養戰俘中的男女兒童以為子，這就是「孚」字不從人而從子的造字本源和由來。是知孚、𢓊、徟係「俘」之初文，迨至小篆時代，遂分化為孚、俘二字；「孚卵」之義借「孚」字代替，「俘虜」之字以「俘」為之。逮乎後世，則另造「孵」字以專「孵卵」之義。許慎以後起之假借義「孵」說解「孚」之本義，又別採異說訓孚為信，均失其造字本真。

白，《白部》云：「西方色也；陰用事，物色白。從入合二，二、陰數。𖥀、古文白。」是知許慎以「黑白」之白訓其本誼。今案甲骨文白字作𖥀（二期，後下五・七），西周金文作𖥀（早期，《盂鼎》），與小篆字形近似。兒，小篆作兒，《兒部》云：「頌儀也；從人，白、象人面形。𧢲、兒或從頁、豹省聲，貌、籀文兒，從豹省。」從《說

文》所收錄「兒」之或體與籀文相比較，足證「白」與「百」係義近偏旁，可通用無別。「兒」乃「貌」之初文，其上部所從之「白」，《說文》謂:「象人面形。」其下部從人，可知『白』必為人首，此證一也。又《首部》:「首，古文百也。」（據《段注》本）是知「首」屬古文，「百」係小篆，形體雖異，實為一字，今古文「首」行而篆文「百」廢矣，可知「百」亦為人首。上文已證成「白」與「百」互作無別，此乃「白」為人首之證二也。上揭甲骨文「白」，即書契在商代人頭骨上，此乃「白」為人首之證三也。據此三證，足證「白」字初文為人首之象形，其本義當為人首。由人首而引申為「伯長」之「伯」，遂使上古時「白」「伯」同字，後孳乳分化出「伯」字。表示顏色之「白」，純屬「本無其字，依聲託事」的同音假借。許慎以後起之「西方色也，陰用事，物色白」的假借義為說，實非其造字本義。

乃，《乃部》云:「曳詞之難也，象氣之出難。」《說文》訓釋其字義，本於《公羊》《春秋公羊傳・宣公八年》:「而者何？難也；乃者何？難也。曷為或言而，或言乃？乃難乎而也。」是知許慎以虛詞「詞之難」說解「乃」之本義。甲骨文乃字作𠤳（一期，菁三・一），兩周金文作𠤳（早期，《盂鼎》）、𠤳（春秋，《者鐘》），均與小篆形同。姚孝遂先生認為:「『乃』當是『扔』之本字」，「甲骨文或增『又』作𠤳，象扔物之形益顯」。[14]今案其說可從，故「乃」字本義似應為扔物；而許慎以後起虛詞「曳詞之難」的假借義訓釋其本義，失其溯矣。

隻，《隹部》云:「鳥一枚也；從又持隹。持一隹曰隻、二隹曰雙。」甲骨文作𨾴（一期，前三・三三・六），與小篆形同。象捕鳥在手之形，「從又持隹」以示獲取之意，字在甲骨卜辭中皆用為「擒

---

14 姚孝遂:《許慎與《說文解字》》，頁76。

獲」，是其本義。許慎以後起假借義之數量詞「鳥一枚」為訓，實非造字本義。

秦，《禾部》云：「伯益之後所封國，地宜禾；從禾、舂省。一曰：秦、禾名。秦、籀文秦，從秝。」《說文》闡釋其義：國名說在前，禾名說在後，可見許君傾向於以國名訓釋其本義。甲骨文秦字作 秦（一期，後下三七‧八）、秦（四期，甲五七一），金文作 秦（周中，《史秦鬲》）、秦（春秋《秦公簋》）諸形，均與《說文》籀文形同。小篆雖略有簡化，但基本形體結構猶未變。其初文從 秦、秦、秦，象杵形；從 秦（廾），象雙手；從秝，以示禾之多，是知「秦」為會意字，表示持杵舂禾，是其造字本義。後世遂借其音以表示秦國之「秦」，久假而不歸，其造字本義遂晦，許君以後起之假借義「伯益之後所封國」訓釋其本義，故失之。

三　形義皆謬例

許慎欲據後起的古文、籀文、小篆及或體，探究漢字的本原，故其釋形訓義皆誤之例在《說文》中屢見不鮮。

示，《示部》云：「天垂象見吉凶，所以示人也；從二（古文『上』），三垂、日月星也。觀乎天文以察時變，示、神事也。示、古文示。」甲骨文作 示（一期，後上一‧二）、示（一期，乙三四〇〇）、示（一期，乙八六七〇）諸形，既不從「上」，下部亦不作「三垂」。其初文蓋象以木表或石柱所作神主之形，「宗」字從宀從示以會合設神主於廟以祭之意，此乃「示」為神主之佐證。「示」在殷墟祭祀卜辭中，用為天神、地祇，先公、先王之通稱，其本義當為廟主、神主，故許慎訓義、釋形皆誤。

皀，《皀部》云：「穀之馨香也；象嘉穀在裹中之形，匕所以扱

之。或說：皀、一粒也。又讀若香。」甲骨文作（一期，前五·四八·二）、（四期，甲八七九），象圓形食器中滿盛食物，其上部之小點表示香氣噴散，當為「簋」之本字。甲骨、金文中另有簋字作（二期，菁一〇·一五）、（周早《令簋》）諸形，所從之、象圓形食器；所從之，象手持匕柶以扱取食物。上揭簋字初形，隸定作㲋，係「皀」之孳乳字，迨至西周中期，又演化為（《展簋》），《說文》小篆作（簋）。其形體由簡約逐漸增繁，由象形而會意，由會意而形聲。西周初年之《天亡簋》「簋」字作，猶存初形，迨至小篆之形體，稍有變異，許君將「皀」與「簋」區分為二字，以「穀之馨香」訓釋其義，以「象嘉穀在裹中之形，匕所以扱之」說解字形，既背於形，復乖於義，許說形義皆誤。

　　卪，小篆作，《卪部》云：「瑞信也。守國者用玉卪，守都鄙者用角卪；使山邦者用虎卪，土邦者用人卪；澤邦者用龍卪，門關者用符卪，貨賄用璽卪，道路用旌卪。象相合之形。」今案甲骨文卪字均作（一期，乙七二八〇），與小篆形體差異不大，象人跪踞之形。《段注》「居」字下云：「古人有坐、有跪、有蹲、有箕踞，跪與坐皆厀著於席，而跪聳其體、坐下其䏶。」是知殷商時代，祭祀時的跪踞之形與燕居閒處時之坐姿，皆為雙膝著於地，故造字以象之而不復區別，遂使後世為辨明踞與坐而生異說。羅振玉《增訂殷虛書契考釋》謂：「亦人字，象踞形，命、令等字從之；許書之，今隸作卪，乃由而訛。」[15]李孝定則認為乃當時之坐姿。[16]二說皆不誤，但須視其辭例而定字義。不論「卪」為踞形或為坐姿，均與「瑞信」「相合之形」無涉；許慎誤以為符節字，故對此字訓義、辨形之說解無一是處，殊不可據。因此《說文·卪部》隸屬之字及以卪為偏旁之

---

15 羅振玉：《增訂殷虛書契考釋》卷中〈文字第五〉。
16 《甲骨文字集釋》卷八，總第頁2609。

字，許說形義均誤。例如《印部》：「𠈮，執政所持信也；從爪、從
卩」；「𠈮，按也；從反印。𢸃，俗從手。」今案印與𢸃，古時本為一
字，即「抑」字初文，甲骨文均作𠈮（一期，乙三八三），象以手抑人
使之跪跽，故其本義為「抑制」，是知許慎關於「印」「𠈮」二字形義
的說解，均因不明「卩」之本源而致誤。在古文字中，從又、從卩的
構形部位不同，遂分化為不同之字：上揭𠈮字乃「抑」之初文，其所
從之𠈮即𠈮（又）在𠈮之前；若𠈮在𠈮之後作𠈮（一期，粹四四七），則
隸定作「𠈮」，乃降服之「服」的本字，二字形體及訓義判然有別。

不，《不部》云：「鳥飛上翔不下來也；從一，一猶天也。象
形。」甲骨文作𠈮（一期，佚五四）、𠈮（一期，簠典九四），西周金文
作𠈮（早期《盂鼎》），均與小篆形體近似。其初文本象草根之形，實
乃《說文・艸部》訓為「草根之」之「芣」的本字。「不」作為否定
詞，乃屬假借。許慎以後起的小篆形體為說，將全體象形分割為兩部
分；訓釋字義為「鳥飛上翔不下來」，皆不可據。

易，小篆作𠈮，《易部》云：「蜥易、蝘蜓、守宮也；象形。秘書
說：日月為易，象陰陽也。一曰：從勿。」是知許君以蜥蜴、壁虎、
守宮等蟲名釋其本義，又徵引緯書及字形之別說闡釋其形義，足見許
慎對此字的本形、本義已不甚了了。甲骨文易字作𠈮（一期，合集六
七二八），與小篆形體迥異；曩昔，研契諸家均對其本源不得其解。
一九五七年九月西周初期青銅器《德鼎》在上海發現，其銘文中
「易」字作𠈮；另有同一人所作之器《叔德簋》（已流入美國）[17]，銘
中「易」字作𠈮。郭沫若釋上揭兩金文為「益」，謂：「易字是益字的
簡化。……益乃溢之初文，象杯中盛水滿出之形，故引申為增益之
益。益字既失其本義，後人乃另創溢字以代之，這是漢字由簡而繁的

---

17 陳夢家：〈西周銅器斷代（二）〉，見中國科學院考古研究所編：《考古學報》（北京
　　市：科學出版社，1955年），10冊。

一種過程。」[18]郭說可信,從易字的繁體⊻與簡體⠆(周早,《盂鼎》)相比較,方知簡體是繁體截餘下來的液滴和一小部分附有器耳的器壁。漢字的這種「截取性簡化」,使字形發生了突變,從截餘的部分是難以推測未截之前的初文本形,故致使許慎訓義釋形均誤。

叀,《叀部》云:「叀,小謹也;從幺省,中、財見也,中亦聲。⠆、古文叀;⠆,亦古文叀。」甲骨文作⠆(一期,乙七二六一)、⠆(三期,後上二四‧八),與小篆形同。本象紡塼之形:其上之丫代表三股線,紡塼旋轉,三線即成一股。甲骨文專字作⠆(一期,拾二‧一八)若⠆(四期,粹四五八),從奴或從又,表示以手旋轉紡塼之意,此乃叀為紡塼之明證。其本義當為紡塼之名;字於六書為全體象形,不可分割。許慎錯解字形,又誤釋字義為「小謹」,既背於初形,復乖於本義。

南,《宋部》云:「艸木至南方有枝任也;從宋、羊聲。」甲骨文作⠆(一期,乙三七八七)、⠆(一期,合集九三七二),本象樂器之形。《禮記‧文王世子》「胥鼓南」,《鄭注》謂「南」乃「南夷之樂」,甲骨文第一期恒見之貞人名「殼」作⠆(乙二三五九),所從之「告」與「南」實為一字,其字形象手執槌狀物敲擊「南」,從先秦典籍與甲文字形互證,「南」必為可以敲擊之樂器無疑。其本義當為樂器之名,其字形於六書乃全體象形,不可分割,許說形義均不可據。

東,《東部》云:「動也;從木。官溥說,從日在木中。」歷來治文字者,多以「東」為典型的會意字,信而不疑。揆度許慎初衷,對東字本形本義已不甚了然,遂錄官溥別說以供後世參考,許氏本人亦未必相信「日在木中」之說;否則,不會在官說之前謂「從木」。今案甲骨文東字作⠆(一期,前六‧三二‧四)、⠆(三期,京津四三四

---

18 郭沫若:〈由周初四德器的考釋談到殷代已在進行文字簡化〉,《文物》1959年第7期。

五），本象無底之口袋，中實以物，以繩紮結兩端，實乃橐之本字。其本義當為無底之口袋，甲骨、金文中，均借為方位詞「東西」之東，後世遂另造「橐」字以專橐槖之義。東字初文為全體象形，不可分割，既不「從木」，亦非「從日在木中」會意，故許說形義均不可信據。

爲，小篆作，《爪部》云：「母猴也；其為禽好爪，爪、母猴象也，下腹為母猴形。王育曰：爪、象形也。、古文爲，象兩母猴相對形。」甲骨文作（一期，合一三二），與小篆形體迥異，從（又）、從（象），以手役象而會意。殷商時代，黃河流域多象，古人服象以役使之，《呂氏春秋．古樂》：「殷人服象，為虐於東夷」，即其證。故「爲」字本義當即以手役象，引申之則有「作為」之意。迨至春秋戰國變作（春秋，《曾伯陭壺》）、（戰國，《盟書》一五〇．二）。許慎以訛變的小篆形體曲為之解，訓義與釋形均誤。

西，《谷部》云：「舌貌；從谷省，象形。、古文西，讀若『三年導服』之導。一曰：竹上皮，讀若沾；一曰：讀若誓，弼字從此。」凡《說文》博採通人、羅列眾說者，皆因許慎對該字的形音義不甚了了、猶疑不知何所決裁所致。今案許訓「丙」為「舌貌」、釋形為「從谷省」，殊不可據；《說文》中有關「丙」的形體，許說均誤。《夕部》：「𡖍，早敬也；從丮持事，雖夕不休，早敬者也。、古文夙，從人、；、亦古文夙，從人、西，宿從此。」「𡖍」即「夙」，《說文》所收錄「夙」之古文、兩形，其右旁所從之、，均與「舌」無涉，實乃「席」字形體之訛變。《說文．巾部》「席」之古文作，與上揭「夙」之古文形體近似，猶有跡可尋。茲徵之古文字，甲骨文席字作（一期，合三四〇）、（一期，甲一〇六六）形，王襄《簠室殷契類纂》謂「象織紋方幅之形」；清人王筠《說文句讀》據《廣雅》訓「丙」為「席」，則疑「丙亦席也」，未

見契文而有此見地，允為卓識。今案▨、▨兩形當為「宿」之古文，絕非「夙」之古文，因為甲骨、金文「夙（夙）」字作▨（一期，乙二七〇）、▨（周早，《盂鼎》），而甲骨文「宿」字作▨（一期，乙二七〇）、▨（二期，後下二·五），正像人宿於竹席之上，或作▨（三期，粹二九九），加注「宀」旁，以示人宿室內。甲骨文「宿」之或體作▨與小篆「宿」作▨，所表示的意義相同，均指人宿於屋內；唯不同者：小篆所從之▨（丙）形，甲骨文作▨若▨，是知甲骨文▨（或▨）與小篆▨（丙）必為同一字，係竹席之象形無疑。「丙」果若許君所說之「舌貌」，上揭《說文》古文「夙」「席」及小篆「宿」諸字之形義則無法索解，故許說「丙」之形義皆誤。

乳，《乙部》云：「人及鳥生子曰乳，獸曰產。從孚、從乙，乙者、玄鳥也。」《甲骨文編》附錄上八十八有▨形之字（乙八八九六），舊不釋，姚孝遂先生釋「乳」（《許慎與說文解字》），甚是。此字所從之▨，象兩臂環抱的婦人之形，中著一點以表示母乳；所從之▨，象張口的襁褓中之嬰兒，兩形會合以示婦人懷抱之嬰兒、面向母體就乳之意，實乃「乳」之表意初文。《說文》據訛變的篆體立說，訓其本義為「生子」，又徵引典籍為之附會；錯解字形為「從孚從乙」，又誤釋「乙」為玄鳥，許說形義皆誤。

中，《丨部》云：「內也；從口，丨、上下通。▨、古文中；▨、籀文中。」甲骨文作▨（一期，簠天一〇）、▨（四期，粹五九七）諸形，本象有斿之旗。唐蘭謂：「中者最初為氏族社會中之徽幟。……蓋古者有大事，聚眾於曠地，先建中焉，群眾望見中而趨附，群眾來自四方，則建中之地為中央矣。」[19]是知「中」之本義當為徽幟，其初文於六書屬全體象形，不可分割。而許慎錯解字形為「從口、

---

19 唐蘭：《殷虛文字記·釋中冲》。

│」，訓其本義為「內」，故釋形、訓義皆失之。《說文》所收籀文「中」作 🌀，其形體有誤：「中」既為有斿之旗，風吹而斿動，斿之方向隨風而變，或同時向左，或同時向右，不可能如籀文所示，上斿左向、下斿右向，其字形不可據。

　　朢，《壬部》云：「月滿與日相望以朝君也；從月、從臣、從壬，壬、朝廷也。𣍘，古文，朢省。」望，小篆作 𩓣，《亡部》云：「出亡在外，望其還也；從亡、朢省聲。」今案朢、望古本同字，後世分化為二，甲骨文均作 🜚（一期，粹一二三）、🜛（一期，寧滬二・四八）諸形，與小篆形體不類。其表意初文作 🜚，從臣（象目形）、從人（側立之人形），人形之上特著其目，以強調舉目張望之意，故其造字本義應為「人舉目張望」；其繁體作 🜜，突出人足，足下增加「土」旁，以示人立土上舉目眺望。目下之人立土上之形或訛變為 ⌂，字作 🜝（周早，《保卣》），其下部再訛變為 🜞（壬），遂為《說文》「朢」之古文所本。西周早、中期乃演變為加注「月」形之「望」，即為《說文》小篆望所本。西周晚期，「目」形又訛變為「亡」，致使字作 𩓣（周晚，《無叀鼎》），遂為《說文》小篆望字所本。至此，甲骨文時代的 🜚 字，演變分化為「朢」「望」二字，後世「望」行而「朢」廢矣。許慎以後起分化訛變的小篆形體為說，非本形、本義，實屬望文生訓、解形，殊不可據。

　　庶，《广部》云：「屋下眾也；從广、炗，炗、古文光字。」甲骨文有 🜟（一期，前六・三・五）、🜠（一期，京津二六七四）諸形之字，先師於思泊釋「庶」，謂「即煮之本字」[20]，其說甚是。林義光《文源》據金文庶作 🜡，謂庶字「從火、石聲」。甲骨文庶字從石、從火，以示用火燒石之意，揆度造字本義乃以火燃石而煮：先民在上

---

20 于省吾：《甲骨文字釋林・釋庶》。

古時代，或以火燒熱石而用之烙烤食物；或以熱石投於盛水器中而煮熟食物。此乃古人根據親身生活實踐而象意依聲所造之字，故庶字應是「從火、從石，石亦聲」的會意兼形聲字。但因典籍中借「庶」為眾庶之「庶」，則另造「煮」字以專代火燃石而煮之義，「庶」之本義遂湮沒無聞。《周禮》鄭注讀「庶」為「煮」，可見漢代已不知「庶」為「煮」之本字。許慎據訛變的小篆形體，割裂庶字上部的「广」而釋為「屋」形，又將剩餘部分作誤解為「古文光字」，遂曲解字形為「從广、灮」的會意字；訓其本義為「屋下眾」，說形義皆誤。

　　異，《異部》云：「分也；從廾、從畀，畀、予也。」甲骨文作𢍏（一期，甲三九四），西周金文作𢍏（早期《盂鼎》），象雙手上舉護翼其首，本義當為「護翼」。《盂鼎》銘中有「古（故）天異臨子」之「異」，即用其本義。其字於六書屬全體象形，不可割裂為「從廾、從畀」的會意字；更何況字不從「畀」，是知許慎說解字形、訓釋本義皆誤。

四　「省聲」錯誤例

　　漢字在發展變化過程中，其主要傾嚮之一則是由繁趨簡，故某些形聲字的聲符由於截取性的簡化而失去了原形，這種現象，許慎在《說文》中稱之謂「省聲」。換言之，「省聲」係指形聲字聲符的部分省略或省減。茲將《說文》中「省聲」無誤之例區分為三類：

　　省去聲符的字形重複部分。例如：

　　譶，《言部》謂：「從言、龘（tà）省聲。」所錄籀文作䚯，從龘，不省。

　　襲，《衣部》謂：「從衣、龘省聲。」所錄籀文作𧟟，從龘，不省。

　　融，《鬲部》謂：「從鬲、蟲省聲。」所錄籀文作䰰，從蟲，不省。

懠，《心部》謂：「從心、雙省聲。」《玉篇》所收重文作懠，從雙，不省。

第二，省去聲符字形的一部分。例如：

梓，《木部》謂：「從木、宰省聲。」所錄篆文或體作梓，從宰，不省。

巠，《川部》謂：「從川在一下，一，地也；壬省聲。」所錄古文作巠，從壬，不省。

竈，《穴部》謂：「從穴、黽省聲。」所錄篆文或體作竈，從黽，不省。

璗，《玉部》謂：「從玉、篆省聲。」《集韻》所收重文作璗，從篆，不省。

閔，《火部》謂：「從火、鬥省聲。」《玉篇》作閔，從鬥，不省。

第三，省去聲符的一部分，留出空間位置用以安排形符。

例如：

訇，《言部》謂：「從言、勻省聲。」所錄籀文作訇，從勻，不省。

夜，《夕部》謂：「從夕、亦省聲。」戰國《夜君鼎》作 ，從亦，不省。

鬋，《髟部》謂：「從髟、茸省聲。」《玉篇》作鬋，從茸，不省。

以上歸納的三種不同類型的「省聲」，均可在《說文》所錄籀文、古文、篆文或體和其它字書以及古文字中得到佐證，確實無誤，但這畢竟是許書形聲字的極少部分。雖然「省聲」是漢字演變過程中的一種並不罕見的現象，也是許慎指出某形聲字原來聲符的一種發明，若以古文字與小篆形體比較研究，則《說文》所謂「省聲」，十有八九是不可信據的，更有很多錯誤，此乃許君對形聲字分析失誤或係後人竄改、增補所致，

茲分類辨正如下。

（一）誤以非省聲字為「省聲」

赴，《走部》謂。「從走、僕省聲。」今案「僕」、大徐本注音：「芳遇切」；《人部》：「僕，從人、卜聲」，大徐本注「卜」之讀音亦為「芳遇切」，是知「僕」「卜」本是同音。「赴」字當從卜聲，不應謂「僕省聲」，許說迂曲而致誤。

咺，《口部》謂：「從口、宣省聲。」《宀部》：「宣，從宀、亙聲。」今案許說「宣」本身即從「亙」聲，故「咺」字也應該是從「亙」聲，不應迂曲而謂「宣省聲」。《水部》：「洹，從水、亙聲」，即「亙」可獨立作聲符之明證，許說顯誤。

岻，《丘部》謂：「從丘、泥省聲。」大徐注「泥」音「奴低切」。《水部》：「泥，從水、尼聲。」大徐注「尼」音「奴低切」。是知泥、尼本屬同音，「尼」又可單獨作為聲符，故「岻」當從「尼」聲，不應輾轉迂曲謂「泥省聲」，許說誤。

犢，《牛部》謂：「從牛、瀆省聲。」《水部》：「瀆，從水、賣聲。」瀆、賣二字大徐皆注音「徒谷切」，是為同音；「瀆」本身就從「賣」聲，故「犢」字當從「賣」聲。許說「瀆省聲」，顯誤。

（二）誤以「象形」為「省聲」

貞，小篆作貞，《卜部》云：「卜問也；從卜、貝，貝、以為贄。一曰：鼎省聲，京房所說。」（據段注本）今案貞字，甲骨文習見，均作𠅓、𠄮形，本象烹煮食器鼎之形，於六書屬全體象形，不可分割。許慎以訛變的小篆形體為說，割裂字形為「從卜、貝」會意，已誤；又徵引京房「鼎省聲」之說，殊不可據。

黍，《黍部》云：「禾屬而黏者也；以大暑而種，故謂之黍。從禾、雨省聲。」甲骨文作𥝊（一期，乙七七八一）、或從水作𥝊（一

期，乙四〇五五），象黍之散穗下垂形。其初文不從水而以小點表示水點者，此類形體均屬全體象形；從水的「黍」字各種形體均屬會意。黍字初形與「雨」無涉，許慎以形聲字說解字形，已誤；又以「雨省聲」強為之解，殊誤。

龍，《龍部》云：「鱗蟲之長，能幽能明，能細能巨，能短能長，春分而登天，秋分而潛淵。從肉，己、肉飛之形。童省聲。」（據《段注》本）甲骨文作龍（存六三一），西周金文作龍（晚期《昶仲無龍鬲》），其早期形體本象大口長身的一種怪獸，於六書屬全體象形，不可分割。許慎以後起訛變的小篆字形為說，割裂其形體為「從肉、己」，以會意兼形聲字分析字形，與象形初文不合，已誤；又以「童省聲」附會其音讀，殊不可信。

要，小篆作要，《臼部》云：「身中也；象人要處自臼之形，從臼、交省聲。要、古文要。」今案「要」乃「腰」之本字，《說文》篆體是古文的省變。許慎分析為「象人要（腰）自臼之形」，甚是，字當屬全體象形；但又以形聲字為說，則前後矛盾矣。小篆要中部所從之「𢆶」與小篆「交」作交形，絕不相類，與「交」無涉；《段注》改動篆形，以牽就「交省聲」之說，失之武斷。許君誤以象形為「交省聲」的形聲字釋之，不可信據。

（三）誤以「會意」為「省聲」

奔，《夭部》云：「走也；從夭、賁省聲。與走同意，俱從夭。」西周金文作奔（早期，《盂鼎》）、奔（晚期，《克鼎》）諸形。其早期字體上從夭，象人奔跑時兩臂甩動之形；下從三止，止乃人足也，二者會合以示人奮力奔跑時兩臂擺動、兩腳快速交替而足跡繁複之意。因

止（止）、屮（屮）兩偏旁形近易混[21]，迨至西周晚期，奔字下部所從之「三止」，訛變為「三屮」，遂為《說文》小篆所本。許慎不知其訛變之跡，誤以為此字從「卉（卉）」，是「賁」字的省減，於是，將會意字強作形聲解之。

監，《臥部》云：「臨下也；從臥、䘓省聲。」甲骨文作𥃝（三期，摭續一九〇），西周金文作𥃲（早期，《應監甗》），以表示人俯首於盛水器皿、鑒照面容之意。故《尚書・康誥》云：「古人有言曰：『人無於水監，當於民監』。」「監」的這個本義後來另造「鑑」（異體作鑒）字表示。其初文所從之𥄕，西周中期金文漸訛為𦣻形（《頌鼎》「監」作𥃲，即其證），遂為《說文》篆體所本。其初文在人形之上特著其目，以強調照鏡時用眼目的特徵；「皿」上之一短畫，表示器皿中盛有水，足見上古先民造字之巧思。「監」之初文與「臥」無涉，更與「䘓」風馬牛不相及，許慎以會意為形聲，已誤；又以「省聲」為說，殊謬。

受，《受部》云：「相付也；從爪、舟省聲。」甲骨文作𠬬（一期，乙三三二五）。從爪、從𠬞，口象承盤，古代祭享時用以盛放器物；象兩人之手，二者會合表示二人以手奉持承盤相授受之意，故字於六書屬會意，許君以形聲字為說，失之。迨至西周中晚期，受字作𠬬（《毛公鼎》），中間所從之承盤，與金文「舟」形近而相混。[22]至小篆時，「受」之中部省減遂作𠬬形，許君以訛變後的小篆形體為說，遂有「舟省聲」之誤解。

宜，小篆作宜，《宀部》云：「所安也；從宀之下、一之上，多省聲。𡪀、古文宜；𡧧、亦古文宜。」甲骨文作𡨄（一期，前七・一七・四）、𡨄（二期，前五・三七・二），金文作𡨄（商，《邲其卣二》）、𡨄

---

21 王慎行：《古文字與殷周文明》，頁49。
22 王慎行：《古文字與殷周文明》，頁60-61。

（周早，《天亡簋》），戰國文字作🦅（《盟書》二〇〇・三〇），均從自
（且）、從夕（肉），且為俎之本字，其上陳肉則作🦅形，以示肉在俎上
之意，實乃會意字。許慎以「多省聲」為說，顯誤。

　　魯，《白部》云：「鈍詞也；從白、鮺省聲。」甲骨文作🦅（一
期，乙七七八一）、西周早期金文作🦅（《井侯簋》），從魚、從凵，凵為
器皿，二者會合以示魚在器皿中之意，屬會意字。後來表示器皿之
「凵」訛變作凵，魚尾訛變為「火」，遂為《說文》篆體所本。今案
「魯」與「鮺」無涉，字本屬會意，而許君以鮺省聲分析之，殊誤。

　　《說文》將會意字錯析為「某省聲」之例甚夥，諸如：段，《殳
部》謂：「從殳、耑省聲」；袁，《衣部》謂：「從衣、叀省聲」；狄，
《犬部》謂：「從犬、亦省聲」；皮，《皮部》謂：「從又、為省聲」；
量，《重部》謂：「從重省、曩省聲」；商，《卨部》謂：「從問、章省
聲」；哭，《哭部》謂：「從吅、獄省聲」；事，《史部》謂：「從史、之
省聲」（今案古文字「史」「吏」「事」實為一字，均「從又持中」，其
後逐漸分化，但始終與「之」字無涉）等等，不勝枚舉。此等皆屬會
意字，許慎卻以形聲字「某省聲」解析之，均不可據。正如《段注》
所謂：「許書言省聲，多有可疑者。取一偏旁，不載全字，指為某字
之省，若『家』之為『豭』省，『哭』之為『獄』省，皆不可信。」
（「哭」下《注》）允哉斯言。

（四）誤以偏旁互借為「省聲」

　　齋，《示部》云：「戒潔也；從示、齊省聲。」今案「齊」字中間
的兩橫畫「二」，上屬則為「齊」，下屬則為「示」。換言之，它既可
看作「示」的上部，也可看作「齊」的下部，實際上是「齊」與
「示」的共用筆劃，屬於偏旁互借現象。許慎分析「齋」為「齊省
聲」，不知文字有偏旁互借，誤矣。

　　勠（黎），《黍部》云：「履黏也；從黍、称省聲。称、古文利。」今案「勠」字左上角之「禾」，既可看作「黍」的上部，也可看作「黍」的左旁，故「禾」是「黍」與「利」的合用偏旁。許慎誤以偏旁互借為「利省聲」，不可據。

　　羆，《熊部》云：「如熊，黃白文；從熊、罷省聲。」今案「羆」字中間的「能」，屬於上部「罷」和下部「熊」的共用偏旁，許慎以「罷省聲」說解形體，顯誤。

　　《說文》是一部偉大的劃時代的文字學開山巨著，如果沒有它，漢字的結構將無法明瞭，古文字形體與後世隸、楷亦無法對比聯繫，甚至很多漢字會泯滅失傳。總之，要研究漢字的結構和形音義以及中國古代歷史文化，是離不開《說文》的。但鑒於晚近的很多文字學家過於迷信《說文》，奉之為圭臬，甚至不容懷疑，不容提出異議，否則就是離經叛道。故筆者發憤，乃有〈《說文》辨正舉例〉之作，然而舉例是有限的，只能擇其疏漏之犖犖大端，歸納辨正，以見其例。若能對治《說文》或研究古文字者有涓埃之助，則幸甚幸甚！

　　指出《說文》的局限性，運用古文字研究的成果糾正其說解的錯誤，匡其不逮，並非有意苛求於許慎，貶低許書之價值；目的在於使今日治《說文》與古文字者既要看到它的偉大成就，又不必為其疏謬曲意迴護，能夠更好地利用《說文》這部重要的文字學著作，為研究中國傳統的歷史文化而服務。正如清初鴻儒顧炎武《日知錄》所謂：「今之學者，能取其大而棄其小，擇其是而違其非，乃可謂善學《說文》者歟！」這不僅是對待《說文》，也是對待一切古代典籍和前人研究成果應該採取的態度。

王慎行

再版後記*

　　這部書寫成於二十世紀九〇年代初，反映了當時我們對漢字闡釋問題的初步探索。此次再版，除前言、後記重新撰寫並校訂有關技術性錯誤外，全書一仍其舊，未做改動。

　　許嘉璐先生對這個課題的研究給予了極大的關懷。當年書稿形成後，蒙先生撥冗審閱並賜序，先生對我們的工作褒獎有加。該書出版後，學術界的同仁也熱情鼓勵，對本書多有徵引和評價。但是，由於種種原因，我們的研究工作並沒有進一步向深度開掘和拓展，這很有負於許先生和同仁們的厚望。

　　本書再版之際，首先，我要感謝許嘉璐先生長期以來的指導和教誨。儘管先生擔任國家重要領導職務多年，但對學術的鍾情和對後學的關心則始終如一。每次來皖，先生都要在百忙中專門安排時間，了解我的工作和研究情況，促膝暢談，如坐春風。

　　其次，我要感謝北京師範大學出版社。從文化傳承創新的角度來看，北師大出版社再版這部著作，實際上是賦予它新的學術生命和意義。同時，要感謝趙月華女士為本書的再版所付出的辛勞。

　　本書再版之際，我也特別懷念關心和支持本課題研究的師友。姚孝遂師生前一直主張重新認識許慎和《說文》的價值，強調要利用古文字學研究成果大力推進文字學理論創新。先生按照這個思路給我們講《說文》，其講稿《許慎與說文解字》曾由中華書局出版，近來又

---

* 本文為簡體版之再版後記。

由作家出版社精校再版。本課題的研究自然得到了先生的認可和支持。本書附錄二的作者王慎行兄，才華橫溢，能詩善書，由自學走上古文字研究道路且成就卓著。二十世紀八〇年代初，我有幸與慎行同在吉林大學于省吾先生門下研習古文字，慎行將自己的未刊稿作為本書附錄發表，足見同窗之厚誼高情！然天不假年，一九九五年本書初版問世前夕，慎行兄突發疾病，英年早逝，令人噓唏不已！

本書合作者常森君，後來赴北京大學攻讀先秦文學博士，並留校任教至今，他已從青年學生成長為很有成就的古代文學研究者。雖然這次再版他沒有承擔相關任務，但是當年的撰寫和校對工作，常森君貢獻頗多。

光陰荏苒，逝者如斯！謹以此書的再版，作為對師生之情、同窗之誼的紀念！是記。

黃德寬
二〇一一年重陽於安徽大學

中華文化思想叢書 A0100007

漢字闡釋與文化傳統

作　　　者	黃德寬、常森
責任編輯	蔡雅如
發 行 人	陳滿銘
總 經 理	梁錦興
總 編 輯	陳滿銘
副總編輯	張晏瑞
編 輯 所	萬卷樓圖書股份有限公司
排　　　版	林曉敏
印　　　刷	百通科技股份有限公司
封面設計	斐類設計工作室

出　　　版　昌明文化有限公司

桃園市龜山區中原街 32 號

電話 (02)23216565

發　　　行　萬卷樓圖書股份有限公司

臺北市羅斯福路二段 41 號 6 樓之 3

電話 (02)23216565

傳真 (02)23218698

電郵 SERVICE@WANJUAN.COM.TW

大陸經銷

廈門外圖臺灣書店有限公司

　電郵 JKB188@188.COM

ISBN 978-986-92892-7-6

2016 年 4 月初版

定價：新臺幣 360 元

如何購買本書：

1. 劃撥購書，請透過以下郵政劃撥帳號：

　帳號：15624015

　戶名：萬卷樓圖書股份有限公司

2. 轉帳購書，請透過以下帳戶

　合作金庫銀行 古亭分行

　戶名：萬卷樓圖書股份有限公司

　帳號：0877717092596

3. 網路購書，請透過萬卷樓網站

　網址 WWW.WANJUAN.COM.TW

大量購書，請直接聯繫我們，將有專人為您

服務。客服：(02)23216565 分機 10

如有缺頁、破損或裝訂錯誤，請寄回更換

版權所有·翻印必究

Copyright©2016 by WanJuanLou Books CO., Ltd.

All Right Reserved　　　　**Printed in Taiwan**

國家圖書館出版品預行編目資料

漢字闡釋與文化傳統 / 黃德寬, 常森著.-- 初
版.-- 桃園市：昌明文化出版；臺北市：萬
卷樓發行, 2016.04

　面；　公分.-- (中華文化思想叢書)

ISBN 978-986-92892-7-6(平裝)

1.說文解字 2.研究考訂 3.漢字

802.21　　　　　　　　　　105003032

本著作物經廈門墨客知識產權代理有限公司代理，由北京師範大學出版社（集團）有
限公司授權萬卷樓圖書股份有限公司出版、發行中文繁體字版版權。